U0107380

行走的印迹

上

——安平秋古籍工作论谈

安平秋 著

凤凰出版社

图书在版编目（ＣＩＰ）数据

行走的印迹：安平秋古籍工作论谈 / 安平秋著. --
南京 ：凤凰出版社，2024.5
ISBN 978-7-5506-4093-1

Ⅰ．①行… Ⅱ．①安… Ⅲ．①古籍整理－中国－文集
Ⅳ．①G256.1-53

中国国家版本馆CIP数据核字(2024)第071073号

书　　　　名	行走的印迹——安平秋古籍工作论谈
著　　　者	安平秋
责 任 编 辑	郭馨馨　林日波
装 帧 设 计	姜　嵩
责 任 监 制	程明娇
出 版 发 行	凤凰出版社(原江苏古籍出版社)
	发行部电话 025-83223462
出版社地址	江苏省南京市中央路165号,邮编:210009
照　　排	南京凯建文化发展有限公司
印　　刷	苏州市越洋印刷有限公司
	江苏省苏州市吴中区南官渡路20号,邮编:215104
开　　本	880毫米×1230毫米　1/32
印　　张	21.375
字　　数	462千字
版　　次	2024年5月第1版
印　　次	2024年5月第1次印刷
标 准 书 号	ISBN 978-7-5506-4093-1
定　　价	99.00元(全二册)
	(本书凡印装错误可向承印厂调换,电话:0512-68180788)

漢至
珹鈞

樸实无华　发踪指迹
錯古利今　求是出新

《古籍整理出版情况简报》六百期有感

安平秋
二〇二一年二月十五日

为《古籍整理出版情况简报》题辞

自　序

　　这部书里选录的是从 1981 年至 2023 年的 40 余年间我对古籍工作所发表的言论、文章。①

　　我是北京大学的一名教员，1965 年在北大中文系毕业后留校任教，从事中国古典文献学的教学、科研工作，1991 年评为教授。今年将有最后两名博士生毕业，可以为我的教学工作画一句号；科研方面，尚余有两个重大项目，或需要我主持完成（《国外所藏汉籍善本丛刊》），或需要我参与工作（《儒藏》）。也就是说，59 年间，我一直在古籍整理、研究的领域里尽绵薄之力。而在这 59 年中的后 40 年左右的时间里，我又被安排参与了全国高校的古籍整理与研究的组织、协调工作。即从 1983 年 4 月，教育部同北京大学商定，安排我主持直属教育部的全国高等院校古籍整理研究工作委员会（简称"高校古委会"）秘书处的筹建，1983 年 9 月正式下达文件成立全国高校古委会，我先后兼职担任副秘书长（3 年）、秘书长（6年）、常务副主任兼秘书长（4 年），1996 年接替高校古委会原

---

　　① 本书所收工作报告等，均由我执笔起草，征询意见后由我本人改定，并由我在会上报告。凡不属于此类的，本书不收。

主任周林同志任高校古委会主任（1996—2022，26 年）。这样，我在全国高校古委会兼职工作长达 39 年。由于这一兼职工作，在近 40 年的时间里，我对全国高校系统的古籍整理、研究与人才培养发表了一些意见和建议。这是今天呈现给读者的这部《行走的印迹》产生的背景。

这部《行走的印迹》所涉及的主要是全国各大学的古籍整理、研究和人才培养工作，也涉及这之外的如古籍的规划、出版、收藏、保护工作。这一是因为古籍的收藏与保护、古籍的整理与研究、古籍的出版与数字化，这三个部分犹如一条大河的上中下游，互相关联，互为支撑；二是我个人从 1992 年 5 月起任当时的国务院古籍整理出版规划小组成员，1998 年 2 月起任该机构的副组长，其后该机构几经改组，更名为"全国古籍整理出版规划领导小组"，我于最近几届任副组长，这从工作职责上讲也有业务关系。

《行走的印迹》中第一部分主要反映了我个人近 40 年间在高校古委会工作的状况，在很大程度上也可以看出教育部全国高校古委会 40 年工作发展的脉络与全国高校从事古籍整理、研究的成千上万的学者的努力与辛劳，同时也折射出全国古籍工作的大体轮廓和艰辛。这为研究 1980 年代以后全国的古籍工作史提供了真实、可信的资料。第二、三、四部分则反映了我个人在与古籍相关的学术研究中的实践与努力。我已虚龄 84 岁，来日无多，借此书将人生后 40 年的主体实践与思考做一归结，既是向党、向国家、向各级领导的汇报，也是向同行和关心我的朋友的陈情。

我是年纪越大越明白个人的渺小。我本来就是一个普通、平凡的人，一生真诚去做的事未必都是值得肯定的，况且清人曾国藩曾经说过："左列钟铭右谤书，人间随处有乘除。"（《沅圃弟四十一初度》）我抱着类似的心情将这部《行走的印迹》呈献给愿意随手翻阅它的人们。

安平秋

2024 年 5 月 12 日夜

目　录

上　册

一　历史与现状

下　册

二　演讲与访谈

三　纪念与回忆

四 书评与序跋

一　历史与现状

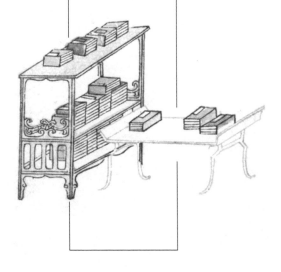

在全国高校古委会二届一次会议上的工作报告

1986 - 10 - 16　成都

一、三年来的工作

1981 年 9 月 17 日《中共中央关于整理我国古籍的指示》中指出："古籍整理工作，可以依托于高等院校。"为贯彻这一指示精神，教育部于 1983 年 2 月召开了"高等院校古籍整理研究、人才培养规划会议"，并于 1983 年 9 月 27 日正式成立了全国高等院校古籍整理研究工作委员会，11 月在北京召开了第一届委员会第一次会议，部署了全国高校的古籍整理研究工作与人才培养工作。3 年来，第一届委员会做了如下几个方面的工作。

（一）组织了队伍，建立了机构

党中央在 1981 年的《指示》中说，"整理古籍是一件大事，得搞上百年。当前要认真抓一下"，"先把基础打好，把愿意搞古籍整理的人组织起来，以后再逐步壮大队伍"。并且指出，"有基础、有条件的某些大学，可以成立古籍研究所"。根据这一指示，在高校古籍整理研究工作委员会的组织与推动下，经教育部批准，先后在 18 所院校中建立了 18 个古籍研究所、1 个研究中心。其中，部属综合性大学建立的研究所与中心有 10 个，部属师范院校建立的研究所有 6 个，中央部委和各省市所属院校建立的研究所有 3 个。这 19 个研究机构，占高校现有文科科研机构总数的 10%。这些机构中专职科研人员编制总数为 510 人，截止到 1985 年底，这些机构中实有专职科研人员 245 人，占高校文科科研编制人员总数的 6%。另有兼职人员 258 人。

在此之外，各省、市、自治区所属院校中也有一部分先后建立了古籍整理研究机构。有些省、市、自治区的教委还建立了省、市、自治区范围的古籍整理领导机构。中央有关部委所属高校中也有一定的古籍整理力量，有的也建立了相应的研究机构，如中国政法大学建立了古籍研究所，整理我国的法律古籍。我们都曾给予了帮助和支持。

上述各类研究机构中的研究人员构成了一支高校系统从事古籍整理与研究的专业队伍。这支专业队伍与在教学岗位上的人员一起，互相配合，形成了一支有相当数量和一定水平的高等院校的古籍整理队伍。

为了组织好这支队伍，高校古籍整理研究工作委员会 3 年来先后 13 次派人到有关院校讨论、研究有关问题；并且在 1983 年 11 月一届一次会议之后，于 1984 年 4 月召开了高校古籍整理研究所所长会议，于 1984 年 6 月召开了 29 个省、市、自治区教育厅（高教局）主管古籍工作的负责人会议，于 1985 年 5 月召开了一届二次委员会议，研究、解决了有关机构建设、队伍建设中的问题。

目前，这支队伍已经组织起来。在这支队伍里，60 岁以上的老专家约占 20％，40 岁至 60 岁的中年人约占 35％，40岁以下的青年人约占 45％。在老专家的带领下，中、青年专业人才正在茁壮成长，不少人已成为具有真才实学的专家。这支队伍中的许多同志有着强烈的事业心。正是批判地继承中华民族文化遗产、建设社会主义新文化、造福于子孙后代这一强烈的事业心，把这支队伍凝聚在一起。这是一支有实力的专业队伍，从数量上看，大约占全国古籍整理研究力量的 2/3 左右。多数的研究机构也开始有了自己的研究方向或学术特色。今后的任务是使这支队伍不断加强与壮大。

（二）制订了规划草案

《中共中央关于整理我国古籍的指示》中要求"把规划搞出来"。为了制订高校的古籍整理科研规划，1983 年 2 月高教一司科研处即组织专家讨论研究。高校古籍委员会建立后，又多次组织专家审议、制订。到 1985 年 7 月，在委员会下设立由专家组成的科研项目评审小组，两年来，从数千个项目中评审出 70 个作为委员会直接资助的项目。在此基础上，1986 年5、6 月间，在广泛听取意见之后，经项目评审小组讨论研究，制订了《高校中国古文献学"七五"科研规划草案》，包括 5个方面 41 项。这个规划的特点是：1. 强调以马克思主义基本原理为指导，对古文献整理研究的历史与现状进行系统的总结，加强学科基础理论和方法的研究。2. 发挥高校的优势，结合各研究机构的研究方向与学术特色，既有重大的科研项目，如《全宋文》《全宋诗》《全明诗》等，又有一批有价值、有意义的中型项目，如文史哲大家集、语言文字文献整理与研究等类目中的项目。3. 科研与教学结合、与人才培养结合，在整理研究的基础上，编出中国古文献学的教材。4. 贯彻中央关于古书今译的指示，做好普及与提高工作，组织各研究机构的学术力量，共同完成大型的今译项目《古代文史名著选译丛书》。

这个规划是高校古籍整理研究工作委员会全体委员和各个研究机构负责人经过 3 年的摸索与努力而拟订出来的。它既考虑到全国古籍整理工作的现状与发展的需要，又考虑到高校古籍工作的人力、物力和图书资料的实际状况。只要全体同志共同努力，我们完全有可能实现这一规划。

这一规划草案也是根据国务院古籍整理出版规划小组在 1982 年制订的规划，根据高校力量的实际而拟订出来的。对于高校系统教学科研人员所承担的国务院古籍整理出版规划小组 3100 项规划中的任务（约占 1/2 至 2/3），我们要继续尽力完成。

这个规划还在实施过程中，还需要修订与完善。

（三）开展了整理研究，陆续出了部分成果

高校的古籍整理与研究工作多年来一直在进行，各个研究机构和全国高校古籍整理研究工作委员会建立之后，得以有计划、有步骤地开展。目前，一批重要的整理、研究项目正在进行，如：《两周铜器铭文研究》（北大裘锡圭）、《故训汇纂》（武大宗福邦等）、《广雅诂林》（南师大徐复）、《经籍

纂音》（杭大姜亮夫、山大殷焕先）、《拓片史料发掘整理》（北大邓广铭）、《韩愈集校注》（川师屈守元）、《苏轼全集校注》（川大成善楷）、《张居正集校注》（华中师大张舜徽）、《王士禛集校笺》（山大袁世硕）、《明清文学理论丛书》（南大程千帆）、《北朝会要》（川大缪钺）、《周易全集》（吉大金景芳）、《甲骨文合集释文》（吉大姚孝遂）、《仪礼今注》（杭大沈文倬）、《三礼词典》（南师大钱玄）、《抱朴子外篇校笺》（川大杨明照）、《楚辞注疏长编》（北大金开诚）、《车王府曲本整理》（中大王季思）、《西域南海史地丛刊》（东北师大陈连庆）、《古籍版本学》（陕西师大黄永年）、《日藏汉籍善本书录》（北大严绍璗），以及《全明诗》（复旦章培恒）、《全宋文》（川大缪钺、曾枣庄、刘琳）、《全宋诗》（北大傅璇琮、孙钦善、倪其心）、《古代文史名著选译丛书》（章培恒、马樟根、安平秋）、《文史英华》（北师大白寿彝）、《中国古代教育文献丛书》（陈景磐）等。有的项目，经过3年来的努力，已经完成，或接近完成，如：《关汉卿集校注》（中大王季思）、《清诗纪事》（苏州大学钱仲联）、《甲骨刻辞类纂》（吉大姚孝遂）、《两周金文集释》（川大徐中舒）。也有个别重要项目还处于组织之中，尚未开始，如古文献学的教材。

由于古籍整理是细致的工作，整理出来□□将传之久远，要求有科学性和稳定性，加上近年来□□版周期长、出书慢，因此，这3年来所开展的整理研□□项目，大多数在目前还不能见到出版物。目前所能见□□、1983年以来出了书的整理研究成果，据粗略统计有□□7种。这中间大部分是高校的同志在1983年以前进行的，小部分是1983年以后进行的。它反映了近年来高校古籍整理研究工作者科研工作的一斑。这次会上陈列的，是这 667 种中的一部分。这中间比较突出的有：《说文解字约注》（张舜徽）、《世说新语笺疏》（余嘉锡笺疏、周祖谟整理）、《世说新语校笺》（徐震堮）、《韩昌黎诗系年集释》（钱仲联）、《人境庐诗草笺注》（钱仲联）、《牧斋初学集（点校）》（钱仲联）、《天问纂义》（金开诚）、《白雨斋词话足本校注》（屈兴国）、《华阳国志校注》（刘琳）、《高适集校注》（孙钦善）、《郑板桥全集》（卞孝萱）、《战国策考辨》（缪文远）、《文献通考·经籍考（点校）》（华东师大古籍研究所与上海师大古籍研究所）、《经义述闻（点校）》（许嘉璐）、《楚辞通故》（姜亮夫）。3 年之后，到第二届委员会换届的时候，再办一次成果展览，那时将会看到更多的第一届委员会期间高校同志完成的成果。

近年已经完成的和正在进行的这些项目，有两个突出的特点。一是校注、笺疏、笺注、考辨、校笺一类项目增多，古籍的整理与研究结合，且有一批成果表现出新的研究水平。二是按门类，或按时代的综合性整理研究项目增多，它预示着对专门专类问题做广泛、深入的研究已经开始了。如：《西域南海史地丛刊》《明清文学理论丛书》《两周铜器铭文研究》《故训汇纂》等。以上情况说明，近几年高校的古籍整理工作，在广度和深度上都有明显的提高。

（四）培养了人才

本科生的培养，在原有的北京大学古典文献专业之外，在杭州大学、上海师范大学、南京师范大学各增设了一个古典文献专业。到目前（1986 年秋）为止，4 个专业共招收了 275 名本科生。其中，有 60 人已走上工作岗位。4 个专业中，杭州大学中文系古典文献专业虽然建立较晚，但由于校、系两级领导同志的重视，专业负责人的兢兢业业，使得专业在人力配备、教学安排、教学质量上取得了成绩。

研究生的培养，到 1985 年夏天为止，各个研究所和专业已招收硕士学位研究生 209 人，博士学位研究生 14 人。其中，华中师范大学历史文献研究所是具有古文献学博士学位授予权的单位之一，几年来它们培养出一批硕士学位研究生和博士学位研究生，人才培养工作有章法，有经验。

与此同时，还办了讲习班、培训班。1983 年至 1984 年，经教育部批准，办了 7 个讲习班，它们是：吉林大学于省吾先生主办的古文字学讲习班、吉林大学金景芳先生主办的先秦文献讲习班、东北师大古籍所主办的历史文献整理讲习班、四川大学杨明照先生主办的历史文献讲习班、杭州大学姜亮夫先生主办的敦煌学讲习班、华中师大张舜徽先生主办的历史文献讲习班。共招收了 180 名学员。1985 年 3 月，经国家教委批准，高校古籍委员会在复旦大学主办了一期为时一年的古籍整理讲习班，招收了 33 名学员，周祖谟先生、徐鹏先生分任正副班主任，聘请了各校学有专长的学者授课。这些学员，主要来自高校，也有些来自图书馆、文博系统、出版社等单位。通过实践，大家认为今后办讲习班不宜多，以少而精为宜。

高校古籍委员会于 1984 年 10 月和 1985 年 12 月两次召集有关单位负责人参加的人才培养座谈会，就本科生、研究生的培养规格与要求，课程的设置以及教学实习等作了认真研究，就其中一些问题取得了一致意见；还对 1982 年制订的人才培养规划作了调整，使之更为切合实际。3 年来，委员会的领导同志和秘书处的同志分别到 4 个专业看望了师生，开了座谈会，听取了意见与建议，并介绍了高校古籍工作的现状，也向师生提出了要求。

几年来，各个层次培养出来的古籍整理人才，已充实到各研究机构及出版、图书馆、文博、教育等部门，从而缓解了古籍整理研究队伍"青黄不接""后继乏人"的严重状况，为古籍整理研究队伍的壮大打下了良好的基础。

（五）其他有关工作

1. 筹建繁体字车间：1982 年白寿彝等部分老专家写信给陈云同志，提出在北京师范大学、吉林大学、武汉大学、中山大学、华东师范大学 5 所院校建立繁体字车间，以缓解古籍出版印刷的困难。为此，财政部拨专款 325 万元。其后，高校古籍委员会又投资 16 万元在四川大学、兰州大学各建 1 个繁体字车间。几年来，各校筹建进度不一，北师大已形成生产能力，华东师大、武汉大学厂房已建成，有的院校由于种种原因，至今尚未建成。

2. 创办学术刊物：1983 年 11 月一届一次会议时决定创办学术刊物，其后几经曲折，至 1985 年定下由委员会主办，交北大古文献所承办，并承上海古籍出版社支持由他们出版。刊物定名为《古籍整理与研究》，建立了编委会。目前，前 3 期已发稿，第 1 期已出版。

3. 探索整理古籍手段的现代化：1984、1985 年曾就这件事多次学习、研究，1984 年 10 月，还请电子计算机专家与部分研究机构同志开了论证会。1985 年委员会决定给上海师大、东北师大两个古籍整理研究所各配一部微处理机，以试验用微机编制古籍索引和储存古籍的效果。同时也支持了华东师大古籍研究所用进口成套缩微设备复制古籍的做法。在这方面，委员会目前的想法是积极探索，而投资要谨慎。

以上是一届委员会 3 年来的工作梗概。总的看来，3 年的工作有成绩，也有缺点。不足主要是：1. 人才培养工作应该制订出切实可行的规划。3 年来虽然在一些方面作了调整，但对培养出来的人才质量和社会需要，未能作较为全面的调查研究。2. 对各省市自治区所属院校的古籍整理工作，自 1984 年 6 月郑州会议之后，未能深入了解情况，予以引导，只是到今年才开始抓这方面工作。3. 中国古文献学科的教材建设还很薄弱，理论建设就更差。4. 还有两项是委员会建立之前即已布置下去的工作，作为工作教训，应该总结的。那就是：（1）1982 年增设专业过多，一下子增了 3 个，而且都是东南地区，布局亦不合理。（2）繁体字车间的布点分散，进展缓慢。1983 年古委会建立之前这一工作就已布置，钱亦分下去了。古委会建立后，我们未能采取更有力的措施推动这一工作，应作自我批评，而有关的院校也应对此向国家教委作出负责的交代。

二、今后的任务

摆在我们面前的任务是十分艰巨的，而我们的工作又是在相当困难的条件下进行的。因此，在讨论今后应当切实抓好几个方面的工作之前，有两个问题必须提请注意。

第一个问题是，要进一步提高对古籍整理工作在社会主义精神文明建设中的重要作用的认识，增强斗志，增强信心。《中共中央关于社会主义精神文明建设指导方针的决议》指出：在四化建设过程中，我国要"创造出以马克思主义为指导的，批判继承历史传统而又充分体现时代精神的，立足本国而又面向世界的，这样一种高度发达的社会主义精神文明"。这是一项宏伟而又艰巨的任务，需要全民族从各方面进行长时期的艰苦努力。搞好古籍整理、研究，继承、发扬中华民族优秀的文化传统，是社会主义精神文明建设中不可忽视的组成部分。高度发达的社会主义精神文明不是凭空产生的，它既要从我国当前的实际出发，充分体现时代精神，也需要批判继承历史传统；既应该面向世界，汲取世界各国思想文化中的优秀成分，又不能离开本国的土壤，以形成中国人民自己的文明体系。古籍整理工作有助于提高中华民族的文化素养，使中国人民正确认识民族的过去与现在，从而增强民族自信心与自豪感，培养热爱祖国、热爱故乡的情感；古籍整理与研究工作有助于人们正确地理解过去已经、今后还可能继续在中国人民前进过程中发生影响的传统及各种观念，区分其中的精华与糟粕，从而有可能在马克思主义指导下，确立科学的人生观、价值观，树立正确的理想，培养高尚的道德情操。古籍整理研究的这种潜移默化功能，绝不是只在一段时间里、对一部分人发生作用，而是对全民族、对几代人甚至世世代代都将产生影响的。在当前的情况下，加强古籍整理研究，正确认识历史传统，发扬光大其中的优秀成分，更有其现实意义。在这个问题上，应该有马克思主义者的气度和战略眼光，任何片面、狭隘、平庸的观念都是不利于社会主义精神文明建设事业的。我们必须批判主张全盘西化、否定我国优秀文化传统的资产阶级自由化思潮。第二届委员会应当进一步提高高校古籍整理研究工作者对于自己所从事的工作在社会主义精神文明建设中的重要作用的认识，千方百计把工作做得更好。同时，还要扩大宣传，努力消除种种误解，争取领导部门和有关方面对我们工作的更多关心和支持。

第二个问题是，要进一步摸清规律，减少失误，使我们的工作更扎实，更有实效。从实际出发，按客观规律办事，这是我们做好工作的根本原则。从以往的工作看，对于委员会经常联系的院校及古籍所、古文献专业的情况，我们是有一定了解的，但是对于更广泛、更全面的古籍整理研究及队伍状况，目前和长远的人才需要，了解得还很不够，许多工作还是心中底数不实在。至于对古籍整理研究事业的各种规律的认识，如古籍整理事业的发展规律，古籍整理研究业务组织工作的规律，中国古文献学学科发展和人才培养的规律，都还相当肤浅。今后必须认真谨慎，才能扎扎实实地前进。

今后的主要工作是：

（一）加强学科的理论建设

在中国的历史上，古籍整理是源远流长、地位相当重要的事业。但就其发展来说，其理论形态远不如实践形态发展得充分。因此，尽管它对中国古代的学术文化发展影响深远，并因此引起世界上许多国家学术界的重视，然而却没有使中国古典文献学成为一门独立的学科。直到今天，还有人把古籍整理研究看成是单纯技术性工作，甚至有人把它看成雕虫小技。多年来的实际情况证明，要发展我国的古籍整理事业，光靠具体项目上的埋头苦干是不够的，如果继续忽略学科理论建设，不重视在马克思主义指导下，研究古籍整理和古文献学的历史与现状，予以科学的总结，上升为理论，反转来指导今天的古籍整理工作，长此下去，将很不利于古籍整理事业的发展，不利于各古籍研究机构的建设，也不利于社会主义精神文明的建设。

为此，以马克思主义为指导，加强学科的理论建设，对于古籍整理工作今天的顺利开展和未来的兴旺发达都具有重要的、特殊的意义。

在这方面，目前可以做如下工作：1. 建议各个研究所和专业经过准备，在明年（1987 年）9 月底之前，在本所、本专业召开一次座谈会，讨论有关中国古文献学和古籍整理的理论建设问题，可以有一般的建议，更希望结合自己的经验、体会作出较深入的分析。各单位将发言写成纪要，个别有分量的可以整理成单行材料，寄交秘书处。秘书处将择要在《高校古籍工作通报》上刊登。2. 鼓励专业工作者写出有理论高度和深度的《中国古文献学史》《古籍整理四十年（1949—1989）》一类的研究专著。3. 建议《古籍整理与研究》刊物，经过充分的准备，在适当的时候，开辟专栏，讨论学科的理论建设和整个学科的建设问题。

（二）完善科研规划，抓好重点项目，出一批有质量的成果

目前高校古籍整理与研究的科研规划分为委员会规划项目

与各研究机构、各省市自治区教委规划项目两个层次。就委员会这一层次的科研规划看，目前的5个方面41项，还是个基础，作为规划还不够完善，在今后3年里还需要边实践，边完善。而这规划从时间上看仅是"七五"期间的，我们在今后3年内，还要考虑拟定出更为长远的整理与研究规划。我们打算，仍然坚持委员会科研项目评审小组每年一次的评议工作，其任务，一方面是对申报的项目予以评议，一方面是完善"七五"规划，并协助委员会考虑、拟订长远规划。

与此同时，要抓好列入两个层次规划的重点项目，在3年内出一批有质量的成果。为达到这一目的，1987年至1988年要对重点科研项目进行一次检查。检查方式，可以是秘书处同志去听取情况，共同研究解决有关问题；也可以在拿出样稿之后由项目负责人或秘书处乃至委员会出面，请有关专家予以评议。初步议定，先从重点项目《全明诗》开始检查，检查的时间和方式，秘书处将与这一项目的负责人章培恒同志商定。对于这次检查中发现的好的做法、成功的经验、先进的个人和严谨的学风，要予以宣传、鼓励；对于存在的问题，要共同研究解决的办法，以利于项目的更好进行。

各省市自治区教委领导下的各高校的古籍整理工作，自1984年郑州会议后有所开展，有的成绩突出。为了推动各省市自治区所属院校古籍工作更有计划、更科学地前进，为协助各省市自治区教委制订出切实可行的人才培养与科研规划，我们拟在掌握一些典型之后，与各省市自治区教委的同志一起开会研究如何使工作更深入、更扎实。

为了保证质量，对于已经出版的高校古籍整理与研究成果，我们准备做两件工作：一是组织部分离退休的专家学者会同秘书处情况研究室的同志，有选择地给予评估。在《高校古籍工作通报》或《古籍整理与研究》上刊登评估的文章。二是在 1988 年下半年或 1989 年上半年搞一次成果评奖。评奖的门类可以细一些，获奖的面可以广一些。对获奖的成果，予以宣传介绍。在这次评奖之后，要组织一次高校古籍研究成果展览，以检阅几年来取得的成绩。

（三）在调查研究的基础上，制订人才培养规划，增强人才培养工作的计划性与科学性

1982 年 11 月教育部制订的《高等院校开展古籍整理研究、培养整理人才的方案》中，提出在 1982 年至 1990 年 9 年间培养研究生 1500 名，平均每年 166 名，本科生 600 名。3 年来的实践证明，这一规划不甚妥当。1985 年 12 月在高校古籍委员会召开的人才培养座谈会上，对这一方案做了修正，提出从 1986 年至 1990 年 5 年内，本科生培养 400 名左右，研究生培养 300 名左右。今后，要对社会的需要和高校的培养能力两方面进行调查了解，并据此制订出各层次人才培养的数字，以减少盲目性。

从目前的情况看，在今后一个相当长的时期内，不必增设新的专业点。要把力量放在办好已有的 4 个专业上。这 4 个专业的起点不同，发展亦不平衡，但都需要巩固和加强。希望 4 个专业所在的院校努力办好这个专业，委员会愿意协助这 4 所院校做好工作，以使中央关于古典文献专业的指示得到落实。一个专业的形成与发展有其历史的原因，也有其现实的条件，

它是受主、客观多方面因素制约的，有无生命力要在今后的时间里经受检验，要承认不平衡，也要允许竞争。对于办得好的专业点，要鼓励，对于有困难的要设法解决困难，使其前进。各个研究所、各个专业为本科生、研究生开设的课程，不求统一，但是应该在内容上不断改进与充实，并且逐步做到有如下几个方面的课程，即汉语言文字方面的基础知识（如文字学、音韵学、训诂学），古代历史文化知识，古籍整理的基础知识与技能训练（如古籍目录学、版本学、校勘学、古籍整理实习、中国古文献学史），理论修养与情报信息（如专业理论课、现状研究课），专书选读等。课程要有内容，有分量，对于研究生更要强调实际动手能力。

要加强教材建设。已有一套教材请北大金开诚同志任主编，编委会已组成，将于今年底开会落实。

今后，要加强大学后的人才培养工作。促进学科交叉，培养高层次人才，要有计划地试点进行第二学位的人才培养工作。

研究生的培养工作，还要摸索经验，逐步改革。考虑到高校古典文献专业年轻教师的培养，考虑到各古籍研究所科研人员的提高，也考虑到社会上各古籍出版、保管部门的需要，委员会准备委托一所院校的古籍整理研究所办 1 个研究生班，招收在职人员和古典文献专业、文史哲各系的毕业生，以培养古籍整理与研究工作的高层次的生力军。

为本科生和研究生设立奖学金，以鼓励他们更好地学习，培养更多又红又专的古籍整理研究人才。

（四）加强研究所的建设

委员会直接联系的 18 个所、1 个中心最早的建于 1982 年，最晚的建于 1984 年，与文科其他研究机构相比，建所晚，底子薄，现有人员少，因此，研究所的建设在今后一个时期内仍然是突出的问题。

研究所建设的标准是什么？我们想大体有四条：1. 在队伍上，有学术带头人，有一批形成梯队的专职科研人员。不要兼职人员甚多而专职人员甚少。专职中要注意老中青的比例，不要青黄不接。2. 在工作上，要有明确规划，任务具体，组织得力。有研究方向和学术特色。3. 在条件上，有基本的图书资料、设备，有够用的行政与科研的办公用房。4. 在自主权上，有业务工作的安排指挥权力；在财务上，在国家分配的古籍整理专款的预算范围内，根据国家和学校有关财务制度的规定可自行支配使用；研究所的办事机构的设立、人员编制的确定、人员的调动等，应请学校有关部门办理。这样四条标准一经大家讨论同意，今后就要按这个标准去努力，也要按这个标准去检查我们的工作。

各个研究所（中心）要有自己的规划，包括科研与人才培养两个方面。从根本上说，研究所（中心）要立稳脚步并长足发展，必须靠出成果、出人才。

各个研究所（中心）之间要互相学习，取长补短，同时要有竞争，这样才有活力。

（五）开展对外交流

目的是了解动态，收集相关信息，同时搜集散失在国外的中国古籍及其目录。为此，由秘书处信息研究室与有关院校研究机构合作，收集、研究港台地区及国外有关中国古籍的信息资料；在委员会下设立"对外交流工作小组"，协助委员会筹划对外交流工作，疏通渠道，开展活动。在适当的时候召开一个中小规模的国际汉学与中国学讨论会。同时，通过访问、留学、交流等形式派人出去。

以上5项为二届委员会的工作要点。还有一些工作，如：做好经费的管理使用与检查；继续办好《古籍整理与研究》刊物，要办得有特色，有吸引力；关于利用微机使整理手段现代化工作，要求进行试点的东北师大、上海师大在取得一定进展后提出试点情况报告等，都作为秘书处日常工作的一部分去解决。关于繁体字车间，要分别7个车间的情况，逐个解决，同时要有统一的要求与保证措施。

二届委员会在工作上处于承前启后的阶段。这一届的工作，要按事物发展的客观规律办事，使之更具科学性。这就要求我们全体委员，各研究机构、各专业的负责人，秘书处的工作同志，既要有对事业的热爱、对工作的热忱，又要有清醒的头脑、扎实的作风。让我们团结起来，为古籍整理事业的发展，为批判继承祖国传统文化，为创造伟大、光辉的社会主义精神文明而努力奋斗。

在全国高校古委会二届二次会议上的工作报告

1988 - 10 - 19　西安

全国高校古籍整理研究工作委员会从 1983 年建立，至今已有 5 年了。一届 3 年，第二届委员会工作也已经两年了。

第一届委员会的工作是打基础的阶段。主要是建立了 21 个科研单位，形成了一支包括全国各高校在内的古籍整理研究工作队伍；增设了 3 个古典文献专业。与原来的北大古典文献专业加在一起，共 4 个专业，加强了人才培养工作，并按本科生、研究生和讲习班三个不同层次培养了一批人才；开展了整理研究工作，取得了一批成果；初步制订了高校古籍整理的科研规划；与此同时，创办了学术刊物《古籍整理与研究》，开始了古籍整理手段现代化的试点工作。

第二届委员会是高校古籍整理研究工作的稳步发展的阶段。下面我们分两个部分向各位委员汇报第二届委员会的工作情况。

一、两年来的工作简况

从 1986 年 10 月至今，两年来主要做了如下 4 个方面的工作。

（一）抓好规划内的科研项目，出一批有影响、有质量的科研成果

高校古委会"七五"期间直接资助的重点科研项目为5个方面41项。主要的有：1. 中国古文献研究丛书。2. 大型断代诗文总汇，如《全宋文》《全宋诗》《全明诗》《全元戏曲》。3. 文史哲大家集及其他，如《李白全集校笺》《杜甫全集校注》《韩愈集校注》《柳宗元集》《苏轼全集校注》《清诗纪事》《明清文学理论丛书》。4. 语言文字文献整理与研究，如：《甲骨刻辞类纂》《两周铜器铭文研究》《故训汇纂》《广雅诂林》。5. 大型今译丛书《古代文史名著选译丛书》。二届委员会的主要工作是抓好这些规划内的重点项目，保证出一批有影响、有质量的成果。二届委员会一次会议责成秘书处组织有关专家，对若干重点项目予以检查、审议。两年来，我们逐项检查、审议了如下一些项目：

首先是"三全"。《全明诗》是规划中工程最大的项目，又是古委会副主任章培恒先生会同其他三校共同主持的，所以经与章培恒先生商定，检查汇报工作从《全明诗》做起。1987年4月在上海召开了《全明诗》审稿会，到会的有全国20多位专家，编委会拿出了样稿，在会上作了具体汇报，听取了意见。这些意见十分中肯，既有对版本、标点、校勘、小传方面的具体意见，又有对项目工程程序、参加项目人员的职称评定等的建议与关心。参加编纂的同志得到了教益，特别是章培恒先生在作总结时，提到编委会和会上专家对《全明诗》工作人员的关心，有的年轻人感动得热泪盈眶。这样的检查汇报会对《全明诗》的工作起到了明确方向、鼓舞士气的积极作用。《全

宋文》《全宋诗》由于两个编委会的努力工作，分别于1987年8月和1988年3月各完成了1册铅印的样稿，在古委会的支持和参与下，分别在成都、北京两地听取了当地专家的意见。古委会主任周林同志于1987年4月《全明诗》样稿审定会议期间，在上海召开了"三全"负责人座谈会。听取汇报，了解情况。由于这一系列的工作，特别是"三全"编委会全体同志的奋斗，《全宋文》前14册已经发稿，前4册已经发排，第1册已经见书，并于今年7月23日在北京人民大会堂四川厅召开了首册出版座谈会，全部出齐约100册；《全明诗》第1册将于今年底交稿，明年"十一"见书。

第二是今译丛书，即《古代文史名著选译丛书》。这是由秘书处组织编委会抓的重点项目。是以古委会直接联系的19个研究机构为主而进行的项目。自1986年5月杭州第一次编委会布置了40部译注书目后，至1987年上半年完成了36部书稿，1987年5月和7月分别在上海、北京开了两次审稿会，通过了25部书稿。周林同志于1987年7月5日在北京邀请在京近20位专家与编委会部分编委座谈今译工作，以提高《古代文史名著选译丛书》的质量。同年10月，在武汉召开了第二次《古代文史名著选译丛书》编委会，总结经验，布置第二批书稿，并邀请了部分长于古籍译注的专家到会。前几天，即今年10月6日至15日，又在西安召开了第二批今译丛书稿审阅会议。于16日至17日召开了《古代文史名著选译丛书》的第三次编委会，研究了工作，布置了第三批书目（共13部）。这样，从1986年5月至1988年10月，两年半的时间里布置了三批今译书稿，共103部。我们希望其中能有绝大多数的书稿合格，作为今译丛书的第一辑，以使《古代文史名著选译丛书》的工作有一个小结。根据今后形势的发展，第一辑出书后的反映和社会的需要，再考虑下一辑的工作如何进行。目前，前21部已经见书。

第三是其他重点项目。我们抓了几个典型项目：一是苏州大学钱仲联先生的《清诗纪事》，在上编精装7册出版之后，秘书处同志陪同周林主任到苏州看望了钱先生，了解了中编、下编的编纂与出版情况，解决了遇到的困难。二是北京大学严绍璗先生的《日藏汉籍善本书目录》，我们于1987年10月在北京召开了样稿审稿会，肯定了成绩，也指出了不足。三是古委会委托金开诚先生主编的《中国古文献研究丛书》，于1987年1月和1988年2月分别在无锡和北京召开了两次编委会，决定今年（1988年）底向出版社交10部书稿。四是两部乡邦文献丛书，即《岭南丛书》和《长白丛书》，我们于1987年12月和1988年8月先后在广州、吉林与这两部丛书的有关同志座谈，了解了工作情况。五是《教育古籍丛书》，在古委会的支持下，已有9本交稿，其中3本已付排，全书近50部。在抓几个典型项目的同时，我们适当了解了面上的情况。1987年12月我们在广州了解了中山大学古文献研究所、暨南大学中国文化史研究所的科研工作情况。1988年6月下旬，我们在上海召开了东南地区共8个研究所与专业的工作会议，了解科研工作情况。

在检查过程中，我们对进展较好的项目给予肯定、支持；对有困难的项目，积极创造条件，给予帮助；对于预先估计不足、进展迟缓而又一时难以改变面貌的项目，经慎重考虑，与该研究所和项目负责人反复磋商，决定下马，这样的项目有一项。

（二）抓好人才培养工作，出一批合格的人才

几年来，人才培养工作从本科生、研究生和讲习班三个不同层次进行。本科生强调基本功和实际动手能力，5 年中，4 个专业已有本科生 330 名。研究生的培养注重独立研究和解决问题能力，已招收硕士学位研究生 200 余人，博士学位研究生 20 余人。讲习班则或为专题性的（如敦煌学讲习班、古文字学讲习班），或为多科性的（如古籍整理讲习班），先后办了 9 期。这些工作对于缓解古籍工作人才青黄不接、后继乏人的状况和提高人才素质，起了重要作用。在这一基础上，两年来我们又做了三件工作：一是深入了解本科生 4 个专业的情况。我们于 1987 年 6 月到上海师大、杭州大学了解古典文献专业的教学情况，于 1988 年 6 月在上海听取了东南 3 个专业的工作情况。二是直接参加了一些研究所的研究生论文答辩。如 1988 年 5 月参加了陕西师大古籍所 18 个硕士学位研究生的论文答辩，6 月参加了复旦大学古籍所 3 个硕士学位研究生的论文答辩，看了研究生的论文，听取了研究生的答辩，了解了研究生的业务能力与研究所的人才培养情况，并在下面与研究生作了交谈，发现这两个单位对研究生的要求都很严格，导师花了大量的心血，有的研究生说导师对他的关心胜过对自己的孩子。研究生的论文都有相当的深度或独到见解。我们想，各研究所在培养研究生工作上应该作一个总结，一定会有许多好的经验和感人的事例。这次会上即请黄永年、章培恒两位先生介

绍他们在培养研究生方面的工作情况，希望今后有更多更好的经验和体会。三是拟定了一个《人才培养奖学金实施办法（草案）》。这是由秘书处起草，征求了人才培养小组各位先生的意见后形成的。由于形势的变化，现在是否还这样去做？这次也想听取各位委员的意见。（按：根据会上人才培养小组各位同志的意见和委员们的意见，人才培养奖学金拟于 1989 年开始实施。具体做法另行通知。）

（三）加强了与古籍整理界同仁的合作，密切了关系

全国高校古籍整理研究工作委员会从 1983 年建立就得到了古籍整理研究界同仁的支持，近两年来，我们与这些同仁的关系，特别是与各古籍出版社之间的关系更为密切，更为融洽，合作有所加强。我们规划中的 41 个项目，绝大多数落实了出版社，其中有的出版社分担了几个项目的出版工作，如巴蜀书社就有《全宋文》和《古代文史名著选译丛书》两个大项目，每种都有 100 册。不仅如此，巴蜀书社还从多方面支持了我们，在合作中关系融洽，易于共事。江苏古籍出版社出版我们规划中的《清诗纪事》和《中国古文献研究丛书》两个项目，他们为了古籍整理事业，为了繁荣学术，也是为了支持我们的工作，不惜亏损也要出好这两部书。今天，江苏古籍出版社社长兼总编辑高纪言同志告诉我们，《清诗纪事》共 20 册，约 900 万至 1000 万字，拟于明年 6 月全部出齐；《中国古文献研究丛书》明年拟发 4 至 5 部。高校古委会主办的刊物《古籍整理与研究》，最早要在上海古籍出版社出版，上海古籍的几位负责同志都热情欢迎我们，出了 3 期后，编辑部的同志觉得

北京、上海两地跑稿子有些不便，提出转回北京。当我们出面与上古同志商谈几次后，他们体谅我们的难处，支持我们的工作，善意、友好地同意我们转到北京出版。还有一些古籍出版社，与我们虽还没有具体的项目合作，但我们的关系一直十分友好，像齐鲁书社、吉林文史出版社。今年6月，全国12家古籍出版社在上海金山开会讨论如何加强合作、繁荣学术，还特别邀请了高校古委会的同志参加。北京大学古文献所主编的《全宋诗》特请了傅璇琮、许逸民两位同志参加，他们是中华书局的主力，但自今年以来每周要有一天到北大来上班，中华书局的领导同意了我们和北大古文献所的要求，这也是对我们工作的支持。我们不仅得到出版界朋友的支持，还得到图书馆系统同仁的帮助，北京图书馆、上海图书馆、北大图书馆、浙江图书馆等都给予我们的重点项目以方便，一般不能借阅的书允许我们借阅，复制费用较高的书允许我们少花一些钱复制。北京图书馆在迁馆搬家期间，善本部已停止借阅，但唯有"三全"可以例外，给予特殊接待。社科院系统的同志对我们也一直很友好，无论是在科研项目上，还是在有关的会议上，中国社科院文研所、历史所的同志都给予了我们支持。我们与古籍界同仁的这种关系，是我们共同努力的结果。它的基础，是我们都有一颗为古籍整理事业奋斗、为弘扬中华民族文化奋斗的事业心。而我们之间的这种友好合作与和睦关系，正是我们的事业兴旺发达的不可缺少的条件。

（四）其他工作

主要有三项。

1. 古籍整理手段现代化的试点工作取得了一定的进展。1984 年布点的东北师大、上海师大两家，古委会已于 1987 年 11 月在东北师大召开了汇报会。东北师大的同志将《贞观政要》输入微机，编制主题索引，取得成功。上海师大古籍所的这项工作进展缓慢。四川大学古籍所结合《全宋文》用微机编制索引，工作业已开始。他们还有一个设想，曾枣庄同志将在这次会上的发言中介绍。

2.《古籍整理与研究》刊物已经出了 3 期。普遍反映这个刊物的质量是好的。

3. 对外交流工作。先后与日本、美国、苏联、法国的朋友有所接触。

第二届委员会的这两年，主要是做了以上 4 个方面的工作，总的看来，并无惊人之举，但尚属脚踏实地。

二、今后工作的设想

目前，我国正进入以逐步建立社会主义商品经济新秩序为主要目标、进一步深化政治和经济体制改革的阶段。在新旧体制交替过程中，学术文化事业，特别是古籍整理研究事业，遇到了不少新的问题和困难。古籍整理研究工作者为求得事业的进一步发展，必须有针对性地解决以下几个问题：一是要进一步增强信心，振奋精神。在发展商品经济的社会潮流下，社会上的一些人把注意力集中到能够迅速取得经济效益的商业经营、应用技术的研究和开发，忽视以致轻视古代文化的整理研究，这是不可避免、不足为怪的，也是短期无法克服的现象。

要纠正这种社会心理的片面性，除了加强社会宣传和向有关方面呼吁外，一个有效的办法，是学术文化界自身以锲而不舍的精神，加倍努力地工作，在提高全民族科学文化素质方面作出更有实效的努力。大家看到社会上存在的对学术文化的短视之见和对粗俗低下的读物的欣赏现象，正好说明我们工作的重要和任务的艰巨。我们还应看到，随着与世界各国经济联系的加强和中国统一事业的发展，向世界人民介绍光辉灿烂的中国古文化、加强海内外特别是海峡两岸在古代文化整理研究方面的交流合作，已经是摆在面前的紧迫任务，需要我们提供更多的更好的成果，做出更加出色的工作。中央1981年《关于整理我国古籍的指示》中所说的"整理古籍是一件大事"，"是一项十分重要的、关系到子孙后代的工作"，这是千真万确的道理。二是要更加脚踏实地按客观规律办事。任何国家的发展，都不能割断历史、不能忽视学术文化的重要作用。中华民族的文化源远流长，是世界文化宝库中的重要组成部分，它在当今中国现代化建设中的重要作用是不容置疑的。我们目前遇到的某些冲击和困难，仅仅是前进道路上不难逾越的坡坎，没有必要让它成为我们精神上的阴影。由于我们的事业是国家整个事业的一个部分，所以我们的事业不能脱离社会。这就要求我们认真研究当今中国社会古籍整理事业发展的规律，更加自觉地按客观规律办事，把事情办得更扎实、更有实效。积古委会5年工作的体会，我们觉得有这样几点在今后工作中是必须注意的：第一，鉴于国家的经济实力和社会的关注点，古籍整理研究工作，无论是项目研究和人才培养，摊子都不可能太大，要强调质量。项目要精，质量要高；人才培养要坚持高质量的细水长流；研究机构规模要适度，队伍要精干，效率要高。第二，要强调出成果和注重成果的质量。第三，努力在事关国家发展的问题上（如促进中国与世界各国的友好合作、祖国统一等）作出自己的贡献。第四，要进一步完善发挥委员会领导下的高校研究机构的合作、协调的基础条件。基于上述认识，我们建议今后要着重做好如下工作。

（一）继续抓好重点科研项目，出一批高质量的成果

主要是"七五"期间古委会直接联系的 41 个项目。做好两项工作：一是"四全"（包括《全元戏曲》）与今译丛书，既要尽快完成，又要注重质量。要高质量完成，减少失误，传世之作尤其如此。二是 41 项中这两年没有涉及的项目，如大作家集，近年有几家（苏轼、杜甫）提出经费紧张，而我们对其工作情况又了解甚少，今后应有选择地深入了解该项目情况，切实保证质量，尽快完成。总之，科研项目今后一年内工作的重心是保证质量。同时，要强调整理与研究的结合。整理是研究的基础和起点，整理本身也有研究，所以整理是研究工作的一个组成部分，但还不是研究工作的全部。我们今后在整理的基础上，要加强研究工作，使二者结合起来；而研究工作还要注意到与今天现实的联系。

（二）深入做好人才培养工作

在目前形势下，本科生招生要细水长流，保存专业实力，提高教师水平，为今后发展作准备。当前工作主要有三项：1. 做一基本调查。如 4 个专业的课程设置、师资力量、学生分配

方向、用人单位的反映、学生工作后的体会及本科生与研究生的供需情况等，都应有一基本调查，作为研究人才培养工作的基础材料。2. 研究课程设置如何改进，提高教学质量，提高教师水平。可在 4 个专业内适当交换教师上课、交流进修教师。3. 加强对本科生、研究生的基本功训练，也增强他们的适应能力，以培养新型的古籍整理人才。

这些想法是否妥当，请人才培养组各位专家审议；如何具体去做，也希望大家出谋划策。

(三) 办好古委会信息研究中心

为了及时、有序地搜集、整理高校古籍整理研究工作的情报及港台、海外的有关信息，并对这些情报信息加以研究、应用，来为高校及社会的古籍整理研究工作者服务，我们计划把秘书处的信息研究室逐步扩建成信息研究中心。信息研究中心的工作可分为近期和长远两个步骤进行。

近期规划主要有：1. 编印不定期内部刊物《高校古籍工作通报》，尽可能及时反映有关信息与动态。请各研究机构、各专业从师生中各推荐一名联络员，以便由刊物编辑部正式聘任。2. 收藏 1949 年后新版古籍，编制书目卡片，做好基础资料工作，逐步编出《新中国成立以来出版古籍书目》《新中国成立以来古籍研究书目》。3. 开展古籍整理研究成果的评介工作。书评在《通报》上刊登（或摘登），或在条件成熟时汇编成册出版。

长远规划是在将来条件具备时再开展的工作，主要有：1. 组织编纂索引，为古籍整理研究工作提供必需的基础工具。

可由信息研究中心商请有关专家确定一批急需的、应用面广的索引选目，组织高校若干研究所分别承担，并组成编委会负责编纂。2. 汇集全国重要图书馆藏线装书目录，为古籍工作者提供方便。3. 约请有关学者（包括港台地区、国外学者）撰写较为系统的国内外中国学研究概述与评论文章，逐步掌握国际中国学的现状。

（四）促成海峡两岸学者在古籍整理研究方面的合作，为统一祖国尽一份力量

我们已经开始与香港有关机构接触，对方表示愿意沟通台湾学者与高校古委会之间的项目合作与学术交流。我们设想可以由大陆高校、台湾、香港三方，或大陆与台湾两方人员召开学术会议，探讨古籍整理经验与规律，推荐、介绍古籍整理成果，共同规划出版，乃至共同完成若干种古籍整理与研究的项目，各项目可以分别组成由几方人员参加的编纂委员会，通过项目的合作，通过各编纂委员会成员间的合作，开展海峡两岸中华传统文化学者之间的往来与合作，达到弘扬中华文化、促进祖国统一的目的。

（五）其他工作

1. 加强对古文献学学科的理论建设。我们准备请山东大学的同志在明年适当时候主持召开一次全国性的古文献学学科理论研讨会；同时，在实际工作中逐步使古文献学学科理论建设与对中国传统文化的研究结合起来。大家从事古籍整理研究工作多年，如何正确认识中国的传统文化，它对当代中国起了什么作用等问题有着自己切身体会和有特色的认识，我们准备

在今后有计划地组织同志们座谈这个问题。

2. 办好《古籍整理与研究》刊物，使其既要有学术性、科学性，又要提倡在学术上争鸣，活跃学术空气。

3. 继续古籍整理手段现代化的试点工作，除已布点的单位外，今后拟主要由古委会信息研究中心来从事这项工作。

以上初步想法，提出来作为大家讨论的引子，希望能在大家讨论的基础上，形成一个今后工作的基本设想。

秘书处作为高校古委会的办事机构，两年来虽然做了一些工作，还存在不少问题，在这次委员会上，希望各位委员提出批评意见。

谢谢大家。

在高校古籍整理研究成果海外发行工作座谈会上的发言

1990 - 07 - 28　黄山

　　我们这次会议是高校古籍整理研究成果海外发行座谈会。这个会是由国家教委的中国教育图书进出口公司和全国高等院校古籍整理研究工作委员会两个单位联合发起召开的。参加这次会的有全国 16 家古籍出版社和高校的 5 个古籍整理研究所的负责同志。这次会议要讨论的问题主要是两个，第一个是高校古籍整理研究成果向海外发行的问题，第二个是商讨明年在香港举办高校古籍整理研究成果展览的问题。这是我们会议要讨论的两个问题。

　　为什么要召开这样一次会？就全国高校古委会来说，这是和高校古委会的工作发展有关系。全国高校古委会从 1983 年建立，到现在进入第 8 个年头。7 年多来，主要的工作，做了三件事。第一件事是建立和健全科研机构。古委会建立之后，在全国高校陆续建立起了 18 个研究所、1 个研究中心、2 个研究室和 4 个人才培养单位（就是古典文献专业），这样加在一起，有 25 个教学、科研单位，这是高校古委会直接联系的机构。在此之外，各省市自治区教学所属的院校也建立了若干个研究所，比如华南师范大学也建立了古籍整理研究所，那是由广东省教委来管的，不是由高校古委会直接联系的。这样一批机构——由高校古委会直接联系的 25 个教学、科研单位里面，有专职科研人员大约 300 多人，兼职工作人员有 200 多人，这样形成了 600 人左右的一支队伍。在全国高校范围内从事古籍整理工作的人就更多。总的看，老中青的梯队初步形成了，人数大约占全国古籍整理人员的 2/3 左右。我们这批机构逐渐形成了各自的学术方向和学术特色，比如四川大学古籍整理研究所，他们在搞《全宋文》，发展方向是成为宋代文史、文化方面的一个资料中心与研究基地。再比如北京大学的古文献研究所，在搞《全宋诗》，也想在这方面逐渐形成自己的方向和特色。这是我们 7 年多来做的第一件工作，就是建立和健全研究机构。第二件工作，是培养人才。我们的人才培养工作分成三个层次。第一个层次是本科生，从 1983 年以来，已经培养的本科生，就是说已经毕业的本科生、走上了工作岗位的，大约有 260 多人。目前还在学校学习的有 125 人。第二个层次是研究生和研究生班。7 年多来培养的硕士研究生近 200 人，博士生 29 人。另外，有些单位办了研究生班，比如北京大学古文献研究所办了一个《全宋诗》研究生班，这个班的学生已经毕业了，大部分留在北大的古文献研究所从事《全宋诗》的工作。第三个层次是办了若干个讲习班。有的叫作培训班、短训班等，总而言之叫作讲习班。比如在 1983 年、1984 年，由高校古委会和当时的高教一司委托若干所院校办了古籍整理讲习班，那就是吉林大学金景芳先生办的"先秦古文献讲习班"、于省吾先生办的"古文字学讲习班"、东北师大古籍所办的"古籍整理讲习班"、陕西师大史念海先生等办的"古籍整理讲习班"、四川大学杨明照先生办的"古籍整理讲习班"、华中师范大学张舜徽先生办的"历史文献讲习班"、杭州大学姜亮夫先生办的"敦煌学讲习班"等等。在这之后，高校古委会又委托复旦大学的同志在复旦办了一期由古委会主办的古籍整理讲习班。这几年，陆陆续续地还办了各种类型的专门的班，比如北京师范大学受国家中医药管理局的委托，办了"中医古籍研讨班"，先后办了两期，效果很好。最近又在和煤炭部的同志合作，办煤炭系统的记者参加的传统文化讲习班。这是第三个层次，办了若干个讲习班。这样，人才培养方面，本科生、研究生、讲习班，三个不同的层次，七年多来，培养出来的人才，目前基本上缓解了古籍整理青黄不接、后继乏人的状况。这是我们七年来做的第二件工作。第三件工作是科研项目。也是分成三个档次来抓。第一个档次是全国高校古委会直接资助的重点项目。这有55项，比如：《全宋诗》《全宋文》《全明诗》《古代文史名著选译丛书》《唐人轶事汇编》《唐代碑刻资料汇编》《全元戏曲》《〈车王府曲本〉整理》《殷墟甲骨刻辞集释》《李白全集编年校释》《杜甫全集校注》《韩愈集校注》《苏轼全集校注》《柳宗元集校注》《王安石集校注》《两周铜器铭文研究》《故训汇纂》《明清文学理论丛书》《西域南海史地丛刊》《清诗纪事》等。这样一些项目都是高校古委会直接资助的重点项目，属于55项里面的。这些项目有一小部分与国务院古籍整理出版规划小组的规划项目是交叉的，也列入了国务院古籍整理出版规划小组的规划，但是经费是由高校古委会来提供的，学术、科研方面的了解、检查工作也是由我们来进行的。这是科研项目方面的第一个档次。第二个档次是我们直接资助的一般项目。这有200多项。第三个档次，是各研究所、各省市所属院校自己的重点项目，加在一起有二三千项。我们科研工作主要是经过这样三个档次来抓的。经过七年多的努力，这些项目已经有一批完成并且出版了，比如：《清诗纪事》，江苏古籍出版社高纪言同志那里出版的；《全宋文》，巴蜀书社出版的；《全元戏曲》，人民文学出版社出版，已经见到了第一册；《古代文史名著选译丛书》，也是巴蜀书社出版的；《殷墟甲骨刻辞类释》，是中华书局出版的；等等。还有一批中小型项目也已经见书了，大约有上千种。这些书，已在国内发行且受到欢迎，有的在海外也开始发行了。但是有相当多的一批成果出版之后海外发行渠道不畅，影响不大，这在很大程度上影响了高校古籍整理研究工作者的情绪，影响了正在进行的项目的进度。而这批成果，就其学术价值来说，不比中国台湾、日本这些地方的古籍出版物差，甚至还要比他们学术性高，我们这些成果应该推出去，扩大影响，鼓舞士气。扩大这些成果本身的影响，更扩大中华民族优秀传统文化在海外、在世界各地的影响，这对弘扬中华民族优秀文化，对海峡两岸学术文化交流，对祖国的统一，都是有意义的。

所以，国家教委的两个单位——中国教育图书进出口公司和全国高校古籍整理研究工作委员会，决定共同努力把高校这批成果推出去。这也是我们召开这次会议的主要目的。

中国教育图书进出口公司作为我们国家图书对外发行单位之一，很愿意为高校的古籍整理研究成果、为高校古委会与各家出版社共同合作的成果的对外发行打开一条渠道，在这过程中，教图公司也得到发展。这就需要到会的各出版社的朋友支持与合作。我们希望双方互惠，各有所得，共同发展。至于高校古委会，我们只起到牵线搭桥的作用。所以，这次会首要的任务是教图公司与各出版社朋友共同商量如何把高校古籍成果推向海外。

在这个基础上，我们想在明年适当的时候，在香港举办一次"高校古籍整理研究成果展览"，其直接的目的仍然是扩大影响，推向海外。

关于这两项内容，中国教育图书进出口公司的同志已经有了初步考虑，拟了一个供大家议论的方案。这个考虑、这个方案，是不是合适，行不行得通，还要请大家在会上共同讨论、修改，甚至整个推倒重来。但是不管这次会能否议定一个共同认可的做法，我们今天16家出版社、5个研究所和教图公司、古委会的同志聚到一起，至少是一次情况的交流，感情的交融，它为我们今后的合作奠定了基础。能够有这样一个基础，就是我们这次会议的收获。这也是一次新的尝试，组织项目的高校古委会、编书的古籍研究所、出书的出版社、负责对外发行的教图公司，联合起来工作，这为古籍整理事业拓宽了道路。希望我们几个方面的合作，众多朋友的共同努力，能够为发展古籍整理事业，弘扬优秀传统文化，建设社会主义新文化，做出我们这一代人所能做出的成绩。

今天参加会议的，除16家出版社的朋友之外，还有高校古籍整理研究所的5家代表，这不仅因为他们承担了若干重要项目，是这些古籍科研项目的整理者、编纂者，而且，就版权来说，他们也是最基本的版权所有人。他们过去在编书与出书方面与出版社合作得很好，相信在发行方面也能够合作得愉快。

一个人总是需要别人的支持、帮助和鼓励的。一个机构也是如此。如果只找缺点、抓辫子，那就会缺点一大堆、辫子一大把，这不利于队伍的团结，不利于事业的发展。高校古委会从建立到今天，得到了在座的各家出版社和全国各家古籍出版社的支持、帮助和鼓励。今天，我们邀请的 16 家出版社又由负责人出席我们的会议，这是对我们工作的又一次支持、帮助和鼓励。我代表全国高等院校古籍整理研究工作委员会感谢16 家出版社朋友的光临与合作，感谢中国教育图书进出口公司朋友的支持与合作。

谢谢大家。

（根据录音整理）

在全国高校古籍整理研究规划项目交流汇报会上的发言

1990 - 12　广州

在开幕式上的发言（1990 - 12 - 05）

我们这次会是全国高校古籍整理研究规划项目的交流汇报会。这有两层意思，一是国家教委全国高校古籍整理研究工作委员会"七五"规划里面的部分项目，今天是 25 个项目的负责同志来参加会议。二是交流与汇报。从项目的角度说，是交流汇报；从高校古籍整理研究工作委员会的工作角度说，是一次检查。通过交流、汇报、检查，要推动这些项目更好、更快地进行。这次参会的 25 个项目大体有这样几种情况：一种是几年来工作作出成绩，出了成果，即现在已出版见书的。如四川大学古籍所的《全宋文》，现在已出 8 册，发稿 20 册，校样看过 15 册。从 1985 年开始工作，已有 5 年时间，正式列入古委会项目是 1986 年，4 年的时间，工作进展很快，质量也是好的。同时，北京大学的《全宋诗》、复旦大学的《全明诗》

明年上半年要见前 4 册。这样一些大的工程，几年来作出成绩，出了成果，已经见到书或即将见到书。第二种情况是这几年埋头苦干，作出了成绩，但还没有最后完成，或虽然完成了，却还没有出版。从古委会秘书处的角度说，我们对这些项目了解还不够，想借此机会，请这些项目的负责同志来，介绍一下他们的情况，介绍一下他们的经验、体会，大家彼此通通气。如四川师范大学屈守元先生的《韩愈集校注》，山东大学萧涤非先生主持的《杜甫全集校注》，河北大学詹锳先生主持的《李白全集编年校释》等这样一些项目，都是埋头苦干，作出成绩的，但是我们了解还不够。第三种情况是这几年这些项目的负责人和从事项目工作的同志做了大量工作，辛辛苦苦，但是在实际工作中遇到一些困难，遇到一些问题，我们也请这些项目的同志来一起交流、研究我们碰到一些什么困难，有些什么问题，如何解决才好。所以说，我们这次会是一次交流情况的会，是一次检查工作、推动工作的会。我们希望通过大家的交流，第一，了解情况。第二，在了解情况的基础上，对我们存在的问题研究解决的办法。问题不一定都能解决，但可以对解决问题的办法进行探讨和研究，采取一定的措施，推动项目的前进。所以也是一次推动工作的会议。

为什么要召开这样一次会，这和全国高校古籍整理研究工作委员会几年来的工作有关。全国高校古籍整理研究工作委员会是 1983 年 9 月建立的，到今天已进入第 8 个年头，已经工作 7 年多了。这 7 年多高校古委会主要做了三件事情：第一件事情是建立和健全科研机构。高校古委会建立前后，在全国高校范围内建立了 18 个研究所，1 个研究中心，2 个研究室，4

个专业，形成 25 个教学科研单位。这 25 个教学科研单位是属于高校古委会直接联系的。除此之外，还有 29 个省、市、自治区所属院校，也建立了若干个古籍整理研究机构。比如华南师大就有一个古籍整理研究所，这个研究所属于广东省高教局直接领导，他们主管，和我们高校古籍整理研究工作委员会是一种间接的业务关系，类似情况还有一些。我们 25 个直接联系的教学科研单位现有专职人员 300 多人，兼职人员 200 多人，形成了 600 人左右的一支队伍，再加上 29 个省、市、自治区所属院校的古籍整理研究工作者，范围就更大、更多一些。我们粗略地统计，大约占全国古籍整理研究队伍的 2/3 左右，这样就形成一支老中青结合的梯队。比如四川大学古籍整理研究所在搞《全宋文》，在进行这一项目过程中，他们在搜集宋文的资料，准备在这方面形成资料基地、研究基地。复旦大学在编纂《全明诗》，也准备在这方面形成一个资料中心、研究基地。这是我们 7 年来做的第一项工作，即建立健全古籍整理研究机构。第二件工作是培养人才。我们人才培养工作分成三个层次：第一个层次是本科生。1983 年以来已毕业走上工作岗位的本科生大约 260 多人，目前还在学校学习的有 125 人。第二个层次是研究生和研究生班。7 年多来培养的硕士研究生将近 200 人，博士生 29 人。另外有些单位还办了研究生班，比如北京大学前两年办了宋诗研究生班，这个班学生毕业后多数留在北京大学古文献所从事《全宋诗》的工作。第三个层次是办了若干个讲习班，有的叫作培训班、短训班、研讨班。几年来办了十几个讲习班。1983 年至 1984 年办的讲习班比如吉林大学金景芳先生办了"先秦古文献讲习班"，于省吾先生办了"古文字学讲习班",东北师范大学办了"古籍整理讲习班",陕西师范大学办了"古籍整理讲习班",四川大学杨明照先生办了"古籍整理讲习班",华中师范大学张舜徽先生办了"历史文献讲习班",杭州大学姜亮夫先生办了"敦煌学讲习班"。这都是古委会委托几位老先生办的。1985年古委会又主办了由复旦大学承办的"古籍整理讲习班"。这几年讲习班办得越来越专门化。比如北京师范大学,去年办了"中医古籍研讨班",是受国家中医药管理局的委托,连续办了两期,效果很好。所以他们最近又和煤炭部合作,办了煤炭部记者的中国传统文化研讨班。9月份复旦大学办了"中国传统文化研讨班",时间较长,一年。总之,各种讲习班逐渐办得越来越具体、越来越专门化、越来越有特色。我们分三个层次培养了一批人才,目前基本缓解了古籍整理人员青黄不接的状况。这是我们7年来做的第二项工作。第三项工作是科研项目。是分三个档次来抓的:第一个档次是全国高校古委会直接资助的重点项目,有55项。比如《全宋诗》《全宋文》《全明诗》《古代文史名著选译丛书》《唐人轶事汇编》《石刻中的唐人资料研究》《全元戏曲》《〈车王府曲本〉整理》《殷墟甲骨刻辞集释》《李白全集编年校释》《杜甫全集校注》《韩愈集校注》《苏轼全集校注》《柳宗元集校注》《两周铜器铭文研究》《故训汇纂》《明清文学理论丛书》《西域南海史地丛刊》《古本小说集成》《近现代中国国情丛书》《日藏汉籍善本书录》《关汉卿全集校注》等。这些项目都属于我们古委会直接资助的重点项目,共有55项。这些项目里有一小部分是和国务院古籍出版规划小组的十年规划交叉的,就是说既列入他们的规划,也列入我们的规划。为什么有这种情况呢？这是因为：第一，虽列入他们规划，但承担项目的是我们高校的人；第二，经费由高校古委会提供；第三，项目的检查、交流由高校古委会负责。所以理所当然要列入我们的规划。项目的第二档次是我们直接资助的一般项目，即虽拨了经费，但未列入"七五"规划，不是重点项目，是一般项目。这类项目有200多项，如福建师大的《杨龟山全集》。这次参加会议的就有负责这一项目的同志。第三个档次是各研究所，各省、市、自治区所属院校自己的重点科研项目，粗略统计，大约2000多项。我们的科研工作主要通过这样三个档次来抓。经过7年多努力，这些项目已有一批完成并且出版了。比如苏州大学钱仲联先生的《清诗纪事》22册，江苏古籍出版社已出版。我们古委会直接抓的《古代文史名著选译丛书》今年8月份已在北京开了首发式，第一批50种51册已出版，江泽民同志、李鹏同志、李瑞环同志都题了辞。我们马上要在中山大学开会解决这套书的第二批书稿的问题，并确定第三批的选目。再如《全元戏曲》，人民文学出版社已出了第1册；吉林大学《殷墟甲骨刻辞摹释总集》也已由中华书局出版；等等。还有七八百种中小型项目也已见书，这些书在国内发行受到欢迎，国外的市场也正在打开。这是我们做的第三件工作，即科研项目。这三件工作中目前我们主要感到在科研工作方面存在两个问题：第一是出版困难，出版社觉得出这些书赔钱，要求出版补贴。但是从高校古委会角度来说，经费有限，同时我们使用这笔款子也有一个规定，即高校古委会的经费不得用于出版亏损补贴。这种情况既影响我们同志工作的积极性，也影响出版社出书的积极性。在这种情况下怎么办？我们要积极想办法，使我们的成果更好地推出去。所以今年7月，高校古委会和教育图书进出口公司联合在黄山召开了一个会，请了16家古籍出版社的社长、总编到会，研究如何解决高校古籍整理科研成果向海外推行的问题。会上有一个进一步的收获，就是大家提出国内是一个广阔的市场，向国内发行，把国内市场打开，古籍出版社出我们高校的古籍成果也还是有条件的。所以，最近我们和教育图书进出口公司向国家教委有关部门作了一次汇报，拟了一文，有可能经教委批准之后就下发给大学、中学的图书馆。规定各大学、中学图书馆每年的古籍馆藏书目由全国高校古籍整理研究工作委员会来拟定、推荐，由国家教委有关司局下发。文已拟好，批下来就正式执行。这样做主要是考虑高校古籍整理成果的出版问题，也就是说我们在解决出版难的问题上做了一点尝试，今后恐怕还有许多工作要做。目前困难的第二个问题就是我们项目本身的质量和进度，特别是我们55个重点项目。据我们了解，有的是按计划完成了，质量也好，速度也快。但是有的没有按计划完成。所谓"计划"，就是大家申报经费时填的协议书，有许多项目未能按时完成。当然那只是一个计划，在实际工作中势必有些变化。变化程度如何？请大家交流一下。第二个问题怎么办？我们今天召开这个会就是想在这个问题上，在我们项目本身的质量和进度问题上大家交流一下，互相了解，互相促进。比如全国有15个大作家集，我们到会的有8个，杜甫、李白、陶渊明、韩愈、苏轼、关汉卿、柳宗元、王安石，大家可以交流一下，商量一下，这就是我们开会的目的。

参加我们会的除了25个交流项目的负责人之外，秘书处还特别请来了高校古委会专家评审组的 5 位先生。因为不管是 55 个重点项目还是古委会资助的一般项目，都经过了专家评审组的评审，所以请他们也来了解这些项目的进展情况。

高校古委会主任周林同志因事不能到会，但在我们出发之前，周林同志特别对我们讲了这次会议的主题、开法及一些要求，我们在上面已经表达了周林同志的意思。周林同志很关心这个会，希望能开好，特别让我们代他向到会的同志问候，他觉得大家几年来在古籍整理研究的第一线非常辛苦，很不容易，特别是这几年古籍整理处于低谷，大家勤勤恳恳工作，他让我们转达对大家的问候和致意。

关于这次会议的开法。首先是交流汇报的内容。各个项目交流汇报应该有这样四方面的内容：第一是项目概况；第二是项目的具体做法、步骤、进度；第三是经验体会；第四是存在的问题和解决问题的办法。其次是会议的时间安排（略）。

以上讲的是这次会议的主题、目的、要求和时间安排。

谢谢大家。

在闭幕式上的发言 (1990-12-07)

我代表全国高校古籍整理研究工作委员会秘书处，把听了参加会议的 28 个项目情况之后的想法向大家汇报一下。这个会是规划项目的交流汇报会，到会的有 28 个项目的负责人（开幕式之后又有 3 家到会）。我们根据大家的汇报，对这 28 个项目作了分析，可以分为三种情况：

第一种情况是成绩突出的，有这样三个特点：第一，基本上按计划进行，无论从进度上还是从质量保证上来看，都基本上按计划。第二个特点是项目负责人认真负责，组织得力，也能向古委会通报情况。第三个特点是已经出了成果，这成果包括已经见书的，也包括虽未出版但稿子已完成的，还有一些项目已接近出成果。从会上交流汇报情况看，属于这种情况的大约有 20 项左右，这 20 项是《全宋文》《全宋诗》《全明诗》《中国古代教育文献丛书》《关汉卿集》《全元戏曲》《陶渊明集编年笺注》《故训汇纂》《唐人轶事汇编》《〈车王府曲本〉整理》《海国图志》《广雅诂林》《杜甫全集校注》《李白全集编年校释》《张居正集》《司马光集》《杨龟山集》《康有为集》《古本戏曲剧目提要》《〈明实录〉中的地方史料汇编》。这些项目里面像"三全"——《全宋诗》《全宋文》《全明诗》，工程最大，是在 1986 年列为古委会的重点项目的，同年开始资助，到今年为止，实际工作进展不到 5 年，4 年多的时间里，《全宋文》发了 20 册，15 册见了三校样，8 册见书，很不容易，他们几个暑假都没休息。《全宋诗》明年可以完成 14 册，至少明年上半年有 4 册可以见书。《全明诗》明年上半年有 3 册可以见书，三校已校完。"三全"能够进行到今天这种样子，那是靠了三个编委会全体同志的共同努力，特别是 3 个项目的主编，花了很大力气精心组织，全力把关。再有《故训汇纂》，几年来组织得力，工作也有章法，第一阶段资料搜集工作已经完成，编纂工作已经开始，很扎实。再有《陶渊明集编年笺注》和《海国图志》，会上有的同志讲《海国图志》的项目负责人陈华同志像着了迷一样，袁行霈同志在总结交流时讲到，《陶渊明集编年笺注》作为古委会的项目，"我深感自己责任重大，既不愿辜负读者的期望，更不愿辜负我本人所热爱的陶渊明"。像这样的项目负责人是把自己对所整理项目作者和作品的感情带进去了，融化进了自己的感情，不仅是对古人道德文章的钦敬，也是对自己所从事的事业的热爱。有了这样一种精神，不愁项目完不成。同时像《海国图志》和《陶渊明集编年笺注》这样的项目还有一个特点，就是把整理和研究结合起来。《陶渊明集编年笺注》在整理过程中，袁行霈同志对陶渊明的诗、文的一字一句都有研究，把自己的心得体会，体现在集子整理之中，即整理成果熔铸进了研究成果。我们认为这是一个方向，古籍整理不是简单的整理，它本身就包含了研究，但还不完全代表研究，我们的研究成果与古籍整理紧密结合，这才是今后我们古籍整理和研究工作的方向。我们交流汇报的共 28 个项目，能有 20 个项目取得这样的成绩，能够进展正常，组织得力，质量有保证，并且已见了一部分成果，我们想，今后的 5 年必是一个收获的季节，这应该感谢在座的各位先生和朋友，感谢没有到会的参加这些项目的埋头苦干、不计个人名利的从事古籍整理工作的同志，这也是对我们高校古籍整理研究工作委员会工作的支持。

第二种情况是虽没有按原定计划完成，但有各种各样的原因，有些是客观原因，因为我们的项目负责人在学校里工作，要受到学校各方面工作的制约，不是个人力量所能够解决的。尽管如此，项目负责人有决心、有措施在下一步抓好工作。比如像裘锡圭先生的《两周铜器铭文研究》，不光有决心，还采取了措施，今后怎么办，在小组会上也谈了。再比如像袁世硕先生的《王士禛集》，也提出了具体措施。《王国维全集》也是这样，不但实际上已见成果，他们下一步还准备进一步组织力量，搞得更好。像这样一些项目，在这次交流汇报中有小结、有措施、有决心，做法是对头的，也是得法的。这一类里也包括四川大学的《苏轼全集校注》。这一项目的主编成善楷先生去世了，由项楚同志担任主编。这次周裕锴同志到会上来汇报，从汇报内容看，这个项目的做法是对的，特别是项目承担人里能有像周裕锴同志这样的年轻人，我们感到很可喜。高校的古籍整理工作，需要老先生的指点和指导，需要中年人奋斗，特别是扶植青年人。我们的科研项目能有一批青年人参加并且挑起重担，这是非常可喜的。像这样一些项目尽管没有按原计划完成，但是有各种各样的原因，现在又下定决心推进，作为古籍整理研究工作委员会秘书处愿意竭尽全力创造条件支持你们的工作，你们有什么要求也请提出来，我们一定尽我们最大努力。

第三种情况是存在问题比较多的，主要有两点：第一，是没有按照原计划开展工作，也没有按照原计划完成工作。第二，针对这样一种情况，针对存在的问题，没有提出下一步工作的有力措施。这样的项目不多，但是存在。比如有的项目按照议定书上的进度是1986年到1990年，现在是1990年的12月，但完成不到1/2，质量如何？还不知道。我们相信这些项目的质量是好的，因为我们高校的古籍整理工作者是认真负责的，但是从进度上看，至少没有能完成。同时这样一个项目，这么长时间没能完成，几年来项目负责人没有向古籍委员会，也没有向秘书处专门就这一项目交流情况。如果早一些沟通情况，我们还有可能采取一些措施。这件事情应一分为二，首先古委会秘书处特别是我自己应该作自我批评，这个项目所在的古籍研究所，我自 1986 年以来去过两次，没有主动地问一问这一项目进展情况。另一方面，我们签定议定书时就有一个规定，项目负责人每年把项目的进展情况向古委会作一次汇报。而且这一项目的负责人并非年事已高，这次却没有自己到会汇报这些情况，而是派了代表来。其实，不仅是一个汇报问题，还有一个向别的项目学习的问题。我们发通知是很清楚的，不仅是一个项目参加，而且是一次向别的项目学习的机会。还有些项目前期的工作很好，我们去开过一两次座谈会，这些项目的前期工作做得很扎实、很有特点，所以座谈会后又追加了一些经费，但是中期的组织工作疲软，组织不力。属于第三种情况的这些项目尽管存在问题，但是做到今天这一步也不容易，如有的项目调查了版本情况，有了样稿，有的还完成了 1/3。这些同志很辛苦，一方面有教学工作，另一方面还有其他的科研工作，同时在今天的情况下，特别是年轻的同志还有家庭生活负担。能够专心致志地搞古籍整理工作，这是非常不容易的。但是和其他项目比较，还是有差距，还是存在问题。我们愿意支持这些项目的负责同志把这些项目搞好，愿意和这几个项目的负责人一道，研究问题，解决今天存在的困难，尽我们力所能及。有些困难我们解决不了，但我们可以解决的困难一定和大家共同商量去解决它。属于这一类的项目，我们希望有关同志请你们回去研究一下，查找一下原因，提出具体的解决办法，然后我们通个气。

针对以上三类情况，我们提出以下几种具体想法：第一，把这次会上交流汇报的材料集中起来，出一期《高校古籍工作通报》，我们的通报已经出到第 24 期，下期就准备把 28 个项目以及我们的总结一起汇总起来。第二，各个项目不管是属于哪一种类型的，请大家回去自己再找一下不足，针对这些不足找出原因来，提出改进的办法。个别项目有困难，实在又没法解决的，也不妨可以自己提出暂缓或者下马。第三，秘书处明年上半年，准备组织人到有关院校去了解若干个项目情况，和项目负责人一起，和学校有关的负责同志一起，研究这些项目存在的问题和解决的办法。第四，在前三项工作的基础上，明年适当的时候再召开一次古籍委员会项目专家评审组的工作会议，因为我们这些项目上马都是通过了专家评审小组工作会议评审的，是他们通过的。这次请他们到会来听取我们的情况。我们下一步的具体解决，包括存在问题比较多的项目也应该经过秘书处的了解，和各个项目的负责人提出的解决办法，汇总起来交给项目评审组来评议，商量、审定解决办法，包括审定这个项目是不是还应该继续进行下去，有没有力量进行下去。第五，请今天到会的 28 个项目的负责人，项目负责人没来的请转达，还是坚持原来的规定，每年向我们书面通报一次项目进展情况。

以上是古委会秘书处对这次到会的 28 个项目负责人及相关同志所汇报的情况的分析和对这些项目的要求。

谢谢诸位。

在全国高校古委会三届一次会议上的工作报告（摘要）

1991 - 11 - 08　北京

根据 1981 年中共中央《关于整理我国古籍的指示》精神，为统一筹划全国高等院校的古籍整理研究与人才培养工作，1983 年 9 月教育部建立了全国高等院校古籍整理研究工作委员会，至今已有 8 年。第一届古委会的 3 年（1983—1986）是组织队伍，筹划部署并开展高校古籍整理、研究与人才培养的打基础阶段；第二届古委会的 5 年（1986—1991）是承前启后的发展阶段。

一、第二届古委会的工作概况

第二届古委会的 5 年，主要做了如下五个方面的工作。

（一）巩固、加强科研机构与教学机构；

（二）组织科研项目，出成果；

（三）培养各种类型的古籍整理人才；

（四）加强学科理论建设，关注当前传统文化研究的倾向性问题；

（五）其他。[1]

二、第二届古委会工作的基本经验和存在的问题

（一）古为今用，推陈出新

古籍整理与研究工作是党和国家社会主义整体事业的一个组成部分，是党和国家在学术、文化乃至意识形态领域中的一项基础工程。今天，对古籍整理意义的认识，实质上是对传统文化、对祖国历史的认识问题。因此，它直接关系到社会主义祖国的巩固。所以在"民族虚无主义"论调一度甚嚣尘上的环境里，古委会坚定不移地贯彻执行中共中央和陈云同志指出的"整理古籍，把祖国宝贵的文化遗产继承下来，是一项十分重要的、关系到子孙后代的工作"的指示，兢兢业业地做好工作。

古籍与传统文化所含蕴的内容，有精华，有糟粕。但什么是精华，什么是糟粕，要在马克思主义、毛泽东思想的指导下，运用辩证唯物主义、历史唯物主义观点去分析。要在古籍整理过程中了解，在研究过程中鉴别。只有了解、比较、鉴别之后才有正确认识，只有经过消化才能取其精华，去其糟粕，才能古为今用，推陈出新，为社会主义服务。

如何古为今用、为社会主义服务？做好古籍整理与研究工作本身就是在为社会主义服务。前几年在商品经济的冲击下，

---

[1] 以上五个方面的工作内容，与本书所收《高校古委会十年总结与展望——〈辉煌十年〉前言》有重复，故删略。

古籍整理研究工作者不慕名利，甘坐冷板凳，为国家、为人民出了一批有质量的成果。今年8月台湾《国文天地》杂志在古委会秘书处的协助下，办了一个"中国古籍在大陆"专辑，刊登了高校古委会系统各研究、教学单位的17篇文章，介绍了大陆高校古籍整理与研究的现状。该刊在发表的"编辑手记"中明确提出他们的本来目的是："尝试了解大陆在共产体制下对于中国古籍的整理和研究到底建立什么共识？有着怎样的主导力量？这时我们心里想到的不是谁高谁低、谁被统战、谁占上风的问题，而是中国古老的典籍在今天究竟有着什么样的命运？呈现什么样的面貌？大陆为什么要整理点校？钱从哪里来？人才从哪里来？幕后的策动者是谁？抱着什么样的理念？"经过我们文章的介绍，经过他们自己的比较，《国文天地》的"编辑手记"承认"就中国古籍的整理和研究这个命题而言，台湾的研究规模较之大陆，实在是有一段距离；看过本刊专题报导的读者也会发现，台湾的古籍整理成果似乎远不及大陆；许多台湾大学中文系的学生也渐次发现，上课所采用的课本，有不少竟是大陆点校整理古籍的成果"，该刊敦促台湾当局对中国古籍整理研究"是好好思考和规划的时候了"！台湾"中央研究院"中国文哲研究所的教授林庆彰先生看了这个专辑给我们来信说："'古籍整理在大陆'专辑在台湾中文学界引起一些回响，只可惜整个体制僵化，不是一个杂志的专辑可加以影响改变的。"台湾成功大学张高评教授表示"十分羡慕大陆古籍整理的条件和组织工作"，认为"这是两岸制度不同所决定的"。这些评论，至少在客观上说明了社会主义的中国在共产党领导下重视古籍整理与研究，作出了成绩，博得了台湾学术界的好感。倘使我们没有做好古籍整理研究本身的工作，我们凭什么能让台湾学术界同行信服社会主义的大陆在古籍整理方面做出了成绩呢？这也正说明做好古籍整理与研究本身的工作，就是在为社会主义增光，为社会主义服务。

但是为社会主义服务还不能仅仅停留在这一步上，还必须关注现实的思想、文化、学术领域的斗争，坚持马克思主义，排除各种错误思潮的干扰，积极为社会主义精神文明建设工作。如编写《古代文史名著选译丛书》是贯彻党中央和陈云同志关于古籍要有今译、要让能读报纸的人都能读懂古书的指示，目的在于弘扬中华优秀文化，对青少年进行爱国主义教育，而事实证明也取得了这样的效果，目前该书已印制75000套。再如1989年底开始的《近现代中国国情丛书》意在古为今用，用历史教育青少年，使青少年正确了解近现代的中国，从而认识只有社会主义才能救中国。又如1989年底和1991年初在京召开的两次传统文化与社会主义文化讨论会和编出的关于传统文化问题的三份材料，都是为了批判在学术、文化领域中的反马克思主义思潮，为建设社会主义新文化服务。

（二）分层次，有重点，抓典型

出人才，出成果的关键在于组织工作。古籍整理与研究有它自身的规律，领导、协调这一工作也有工作的规律。只有从实际出发，按规律办事，组织得法，才能出人才，出成果。二届古委会的组织工作，在科研项目上，是分层次，有重点，抓典型。层次分为古委会直接资助的重点项目、直接资助的一般项目和各研究所重点项目三个层次。其中，重点是第一个层次。在第一个层次中抓了《古代文史名著选译丛书》《全宋文》《全宋诗》《全明诗》四个典型。在人才培养上，也是分层次，抓重点。这层次即是本科生、研究生和研讨班（培训班、讲习班）三个类别。而工作重点是抓本科生与研究生的培养规格、课程体系、教学方法和学风四个方面。我们的工作要进一步抓落实，努力按照古籍整理研究与人才培养的规律办事。

（三）依靠专家工作小组

古委会十分注意团结全体高校系统的古籍整理教学与研究工作者，充分调动大家的积极性，提倡相互尊重、相互体谅、相互支持。在古委会内部，注意发挥各位委员的积极性，同时充分依靠专家工作小组，发挥集体的力量。古委会有 3 个专家工作小组，即科研项目评审小组、人才培养工作小组和对外交流工作小组。科研项目的立项纳入规划，是在各单位自报的基础上，由科研项目评审小组评议、统筹，从 1985 年开始工作，至今已有 6 年，工作卓有成效，使古委会科研项目的规划、组织和检查走上了健康发展的轨道。人才培养工作小组参与了制订人才培养的规格、课程设置和教学方法等重点问题的研究，并从 1990 年起参与了古委会人才培养奖学金的评审。为缓解古籍人才青黄不接、后继乏人的状况作出了贡献。对外交流工作小组几年来也做了不少工作。

（四）依靠研究机构

使科研项目的开展与研究机构的方向结合，与队伍建设结合。项目完成的过程即研究机构学术特色形成的过程。在项目进行中，注重扶持中年学术带头人，既有利于项目较好较快地完成，又可保证项目与工作的连续性。

（五）处理好两个关系

一是在组织科研项目中，注意普及与提高两个方面：既有学术价值高的研究项目，又有向人民群众普及中华民族优秀传统文化的项目。

二是整理与研究结合：整理要充分吸收研究的成果，既汇集、吸收前人的资料与研究成果，又熔铸个人多年研究的心得。整理固然有研究，而研究则不仅限于整理。要拓宽视野，加强对传统文化的研究，加强对传统文化中的思想倾向的研究，加强对古籍整理与社会主义精神文明建设关系的研究。

二届古委会工作中存在的问题，主要是：

1. 在人才培养工作中，对学生专业课程设置安排具体、细微，而未能针对本专业的特点，研究设置有关用马克思主义、毛泽东思想批判继承文化遗产的专业理论课，更未组织编写这方面的教材。

2. 对科研项目的检查督促，前三年具体，后两年流于一般化，特别是对重点项目的检查，看优点多，对存在的问题开展批评并研究改进措施不够。

3. 对海内外古籍整理与研究的信息收集与研究，零碎无系统，长此下去势将影响高校古籍整理研究工作的深广发展。

4. 古籍整理手段现代化工作，如用微机（电脑）编制索引、储存数据等，虽有试点，尚不能实用。

三、第三届古委会面临的形势和我们的任务

当前，我们面临的总的形势是国际上风云变幻，社会主义在国际范围内正在经受新的考验；社会主义的中国在过去42年的发展和近十几年改革开放取得成绩的基础上，仍然面临着坚持社会主义道路，坚持人民民主专政，坚持党的领导，坚持马克思主义、毛泽东思想，反对和平演变的斗争；港、澳虽然回归祖国有期，但"台独"活动甚嚣尘上，祖国的统一还须作艰苦的努力。在这种形势下，中央提出必须把中国的事情办好，搞好经济建设，建成有中国特色的社会主义，其中也包括建设有中国特色的社会主义文化。三届古委会应该在建设有中国特色的社会主义文化中，在坚持马克思主义、毛泽东思想，反对和平演变斗争中，贡献我们的力量。这就要求我们坚定不移地以马克思主义、毛泽东思想为指南，努力按照社会主义发展的客观规律和古籍整理与传统文化研究的客观规律办事，一方面搞好古籍整理与研究工作，出人才，出成果；另一方面，以马克思主义、毛泽东思想为指导，分析传统文化，普及优秀传统文化，总结、吸收历史的有用经验。古为今用，更直接、更积极地为社会主义祖国服务。其中也包括开展海峡两岸在中华文化方面的学术、文化交流，以利于祖国的统一。

目前，在古籍整理与研究领域中的情况是，自1981年中央和陈云同志指示发出后，由于国务院古籍整理出版规划小组、高校古委会、各高校、各古籍出版社的共同努力，队伍已经组织起来，一批整理研究成果已经出版，培养出的各种类型

古籍整理研究人才已经在各自岗位上发挥作用。但是，在研究机构的建设与发展上，在队伍的素质上，还需要做深入的工作；科研项目的组织，包括个别重大项目的组织，还不得力；成果的质量也参差不齐；人才培养工作还没有得到有关部门的充分重视和支持，特别是本科生的培养工作仍处于低谷；古籍整理研究的成果出版方面也需要统一的调度。现在，国务院古籍整理出版规划小组正在制订新的十年规划，相信规划小组的工作将会有新的面貌和发展。新闻出版署正在领导筹备全国第一届古籍图书的评奖活动，估计这将对古籍图书的出版和整理研究工作起到推动作用，高校古委会应与上述情况相配合，做好高校的古籍整理研究和人才培养工作，使全国的古籍整理研究工作有一新的发展。

在这种形势之下，三届高校古委会的任务有如下几个方面：

（一）抓好整理研究项目，落实"八五"规划

二届委员会的重点项目，除已出成果的项目之外，尚有一批正在进行之中，是属于"七五"规划跨"八五"规划的项目。这批项目中大部分进行得是好的或比较好的。但就是在好的或比较好的项目中也存在问题，其中包括若干重大项目如《全宋诗》《全明诗》，仍须加快进度，提高质量。为此，三届古委会拟于今后5年内对重点项目，特别是重大项目采取两点措施：一是秘书处派人与项目负责人、项目参加人一起研究进度、质量，确定改进办法；二是召开专家审定会，对某些项目已出的部分成果（如"三全"）予以评议、鉴定，从中找出问

题，以利于改进工作。

与此同时，抓好"八五"规划的落实工作。在"七五"规划的基础上，已于 1991 年 5 月初步制订了古委会的"八五"规划草案。其指导思想是：

1. 贯彻古为今用的方针，以辩证唯物主义、历史唯物主义为指导，对传统文化要取其精华，去其糟粕，使优秀传统文化得到弘扬，向人民进行爱国主义教育。

2. 在古籍整理的基础上，加强研究工作，适当增加有关研究项目，特别是理论建设的项目。整理即包含有研究，但还不是研究的全部。"八五"的研究项目，包括对古籍及其作者的研究，对古文献学学科理论与方法的研究，从古文献学角度对传统文化及其现实影响的研究；但应与整个社会科学领域中对中国古代文化的研究有所分工。

3. 考虑到学科建设与科研项目的连续性，"七五"规划确定的跨"八五"的项目，应在"八五"规划中继续得到支持和保证。

4. 学术性强的项目与普及性项目兼顾。要继续上一批有学术价值的重大项目，以与"七五"规划中的有关项目成系列；并根据学科与实际的需要，增加新的有学术价值或有意义的项目。在普及性项目中，注意到不同层次、不同年龄、不同文化素养者的需要。

5. 增入本学科理论建设和信息收集与研究的课题，使其逐步成系统。手段现代化的课题应强调实用性。

6. 注重科研成果的质量，强调踏实谨严的学风。

"八五"规划仍分重点、一般、各研究机构自己的项目三个档次。在第一档次即重点项目中，在原有 8 类基础上，增至 11 类，即增入"国际中国学研究""古典文献专业基础教材"和"当前古籍信息与研究"三类。11 类中新增的项目如：在第一类"中国古文献学研究"中增《马克思与中国古文献学》《中国古文献学研究的理论与方法》《"五四"至新中国成立古籍整理研究》《古籍整理五十年（1949—1999）》；在第二类"断代诗文总汇"中增《全唐五代诗》《全金文》《全明文》；在第六类"普及丛书"中增《二十四史今译》《中国传统文化精华文库》《中国文化精华研究小丛书》；在第九类"国际中国学研究"中列入《欧洲所藏汉籍善本书录》《美国所藏汉籍善本书录》《善本汉籍海外闻见录》《中国古籍海外影响研究丛书》；在第十类"古典文献专业基础教材"中拟定了 14 种教材；在第 11 类"当前古籍信息与研究"中列入《古文献整理手段现代化研究》《近十年古籍整理与研究资料汇编》《国内所藏古籍书目》。另外，供大学师生与相当文化程度者阅读的、选编 200 余种经史子集古籍影印出版的中华国学基本读物《四部荟萃》也已开始筹备。在这个规划的新增项目中，《二十四史今译》已于今年 10 月上旬在北京召开了编委会，即将开始今译工作。

三届古委会的 5 年，将会有更多、更有价值的成果出现，会是一个收获的季节。

（二）做好各种类别的人才培养工作

本科生、研究生的培养在原有基础上，加强思想教育和马克思主义理论修养。各专业应研究开设在马克思主义指导下的专业理论课，给学生以正确地分析传统文化、批判地继承传统文化遗产的武器和方法。所开设的这种专业理论课，四个专业不求统一，可以各开各的，进行尝试，近期秘书处拟与四个专业的同志研究这一工作；待各专业这一课程开设一个时期后，古委会秘书处再与四个专业及有关研究所同志协商编写专业理论课的共用教材。

本科生与研究生的招生，应相对稳定，坚持细水长流，不断线。

为培养在职工作人员（特别是高校从事古籍整理人员）的政治、业务素质，应继续办好各种类型的研究班、培训班。

（三）办好刊物

为适应当前国内、国际形势的发展，弘扬优秀传统文化，对广大人民进行爱国主义教育，增强民族凝聚力，建设有中国特色的社会主义文化，繁荣古籍整理研究事业，增进学术交流，古委会决定将原委托北大古文献研究所承办的刊物《古籍整理与研究》改由古委会直接主办，更改刊名、刊期，调整编委会和编辑部。

改刊后，刊物定名为《中国典籍与文化》，季刊，每期20万字。读者对象是海内外中华传统文化爱好者。刊物坚持以马克思主义、毛泽东思想为指导，坚持为人民服务、为社会主义服务的方向和"百花齐放、百家争鸣"的方针。目标是办成一份中国古代典籍与文化研究的综合性学术刊物。重在反映、总结中国古代典籍与文化研究的学术现状与新成果，展望其前景，促进其发展。同时对于大众关心的传统文化问题进行探讨与介绍。刊物将广泛依靠海内外专家学者，注重扶持青年学者，努力体现社会主义时代精神，吸收世界中国学研究的优秀成果。刊物将主要刊登中国古代典籍与文化研究的论文、学术信息与评述、书评与专题讨论、文化漫谈等方面的内容。

刊物由周林任主编，编委由专家学者组成，建立精干务实的编辑部。

（四）加强研究所建设

在三届古委会期间，各古籍整理研究所应得到充实和提高，各古籍所所长、副所长应就就业业于这项工作，按预定学术方向逐步形成学术特色，进入巩固时期，各研究所应紧密团结本所人员，关心他们的工作、生活和成长，抓实队伍的政治思想素质建设，形成一支政治思想素质好、有学术水平的、能为社会主义祖国服务的队伍。

（五）加强与海外的学术交流

在交流中，一方面向海外宣传中华民族的传统文化和社会主义新文化，另一方面吸收外来的优秀文化，经过比较、分析，扩大社会主义文化的对外影响，同时为完善新文化探索道路。

（六）促进古籍整理手段现代化

除已布点的学术单位外，三届委员会原则上不再布新的点。已布点的 5 个单位，应在三届古委会期间拿出成果，做出成绩。

回顾过去 5 年，展望今后 5 年，全国高校的古籍整理与研究工作，在党中央、国务院的指导下，在国家教委的领导下，如日中天。全国高校古籍整理与研究的同行们，让我们用坚忍的毅力和辛勤的劳作去创造默默无闻而又深远长久的业绩！

在全国高校古委会三届一次会议全体委员聚会时的发言

1991 - 11 - 10　北京

　　本来不想讲了，周老点名要我讲。我想第三届委员会一共40位委员，2/3是老的，1/3是新的。新增补的委员，有的比原来的委员年纪还要大一些。参加古委会有先后，但是在古委会里，作为委员，大家是平等的，不应再分先后。刚才说继承发扬一届、二届好的方面和一些做法，我想主要是两条，第一条就是要有事业心。古籍整理是个事业，大家在古委会里面，在各个研究所工作，在各个学校工作，集中到一起，成为一个新的集体，这几年靠什么能够团结，能够和谐，我觉得大家有一个共同的目标，就是有一颗为古籍整理事业献身的事业心，这是把我们凝聚在一起的一个基本的力量。第二条我觉得就是大家互相支持，互相帮助，互相鼓励。人总是有毛病的，总是有缺点和不足的，甚至有错误。总看到缺点不足，总看到人家的错误，就无法取得共同点，要看长处，看优点。人总是需要别人的支持、帮助和鼓励。那么作为一个集体，作为古籍委员会，也需要所有委员的支持、帮助和鼓励。委员之间是这样，对我们这个集体也是这样。我觉得这也是几年来大家能够聚集在一起、团结在一起，能够干一点事情的基本经验。大家共事多年了，根据目前的情况，我想在第二条里再加一句，就是互相谅解。因为每个人的经历不同，处境不同，每个人对一件事情的看法不尽相同，处理起来往往有不一样的地方，甚至是对立的地方。那么能够谅解对方，谅解他的处境，谅解他的难处，这也是很重要的。

另外刚才提到秘书处，秘书处现在秘书长有 4 位，我是一个，副秘书长是马樟根同志、杨忠同志，还有曹亦冰同志（周林同志：一员女将！），一员女将，在我们古委会秘书处工作 8 年了。我想这 8 年来我们秘书处虽然做了一些工作，从周林同志、夏自强同志，到我们的各个所、各位委员，对我们还是鼓励的，但是我们也还有点自知之明，我们工作中缺点、错误不少，有不少毛病，无论是我们秘书处集体的缺点，还是我们个人的毛病，都不少。今后还有 5 年的时间，还要为大家服务，大家看到我们的缺点、不足乃至错误，请大家指出来。这 8 年的情况至少可以说明，缺点和错误大家指出来，我们还是可以接受和改正的，同时也希望大家的支持、帮助和鼓励。以上就是我想讲的三点内容。谢谢！

全国高校古委会"八五"科研规划（修订草案）①

1992 - 05　北京

一、"七五"科研工作的回顾

全国高校古委会主持制订的国家教委"七五"期间中国古文献学与古籍整理科研规划，分为三个层次：一是古委会直接资助的重点项目，有 70 项；二是古委会直接资助的一般项目，有 200 余项；三是各古文献研究所、古籍研究所及各省市所属院校自己的重点项目，有 2000 余项。其中重点是第一个层次。

---

①　1991 年初，受国家教委社科司委托，由安平秋和四川大学项楚先生各起草一份教委"八五"社科规划中的"中国古典文献学"规划。安平秋于 1991 年 5 月在北京邀集了夏自强、章培恒、裘锡圭、许嘉璐、马樟根、黄永年、周勋初、董治安、孙钦善、李修生、倪其心、曾枣庄、宗福邦、李国钧、刘烈茂、李国祥、杨忠、曹亦冰诸先生座谈起草好的"八五"规划草稿。座谈会后，在充分吸收专家意见的基础上，由安平秋完成《中国古文献学"八五"规划草案》，送交国家教委社科司。1992 年 5 月又对《草案》进行了修订，成为《全国高等院校古籍整理研究工作委员会"八五"科研规划（修订草案）》。

这一层次的项目，分为八类，即：（一）中国古文献研究，如《中国古文献研究丛书》；（二）断代诗文总汇，如《全宋文》《全宋诗》《全明诗》；（三）文史哲大家集及其他，如《李白全集编年校释》《杜甫全集校注》；（四）语言文字文献整理与研究，如《两周铜器铭文研究》《故训汇纂》；（五）大型今译丛书，如《古代文史名著选译丛书》；（六）大型小说丛编，如《古本小说集成》《近代小说大系》；（七）资料丛编与研究，如《石刻中的唐人资料汇编》《古本戏曲剧目提要》；（八）国情研究，如《近现代中国国情丛书》。

经过 5 年的努力，上述三层次项目已有一批完成并见书，如《清诗纪事》《殷墟甲骨刻辞摹释总集》。有一批跨"八五"的大型项目，已陆续交稿见书，如《古代文史名著选译丛书》共 133 种，已出 100 种；《全宋文》约 160 册，已出 24 册；《全明诗》约 80 册，已出第 1 册；《全宋诗》约 60 册，已出前 5 册；《古本小说集成》共 530 种，800 余册，已出 100 种 160 册。有的项目组织得力，进展正常，正在进行中，如《故训汇纂》《陶渊明集编年笺注》。

上述"七五"科研规划的特色有四条：一是坚持马克思主义，为社会主义建设和思想政治教育服务。如编写《古代文史名著选译丛书》，目的在于弘扬传统优秀文化，对青少年进行爱国主义教育；1989 年开始的《近现代中国国情丛书》意在使青少年正确了解近现代中国的国情，从而认识只有社会主义才能救中国。二是规划的构成与组织，分层次，有重点。既调动了广大学者的积极性，又有重大的"拳头"成果；实施中，在对各项目检查、督促的基础上，具体抓重点项目成果。三是重点依靠研究所，使科研项目的开展与队伍建设、研究机构的学术方向结合。如复旦大学古籍研究所承担《全明诗》，带出一支中青年明代文史研究学者，初步形成明代文史的资料基地与研究特色。在队伍建设中，尤其注意让中年人作学术带头人，保证了项目不致因主要负责人年老体弱而拖延甚至中断。四是注意普及与提高两个方面。既有学术价值高的研究项目，又有向青少年普及中华民族优秀文化的项目。

"七五"规划的不足有两点：一是本学科的理论建设与教材建设的项目，虽有规划和安排，如《中国古文献研究丛书》，但重视不够，进展缓慢。二是本学科的信息收集与研究工作，零碎无系统，长此下去势将影响学科的深广发展。

二、"八五"科研规划的指导思想

1. 贯彻古为今用的方针，以辩证唯物主义与历史唯物主义为指导，弘扬优秀传统文化，向人民进行爱国主义教育。

2. 在古籍整理的基础上，加强研究工作，适当增加有关研究项目。整理即有研究，但还不是研究的全部。"八五"期间的研究项目，包括对古籍及其作者的研究，对古文献学学科理论的研究，对传统文化及其对今天的影响的研究；但应与整个社会科学领域中对中国古文化的研究有所分工。

3. 考虑到学科建设与科研项目的连续性，"七五"规划中跨"八五"的有意义的重大项目，应在"八五"规划中继续得到支持与保证。

4. 学术性强的项目与普及性项目兼顾。要继续上一批有学术价值的重大项目，以与"七五"规划中有关项目成系列；并根据学科与实际的需要，增加新的有学术价值的项目。普及性项目，要注意到不同层次、不同年龄、不同文化素养者的需要。

5. 增入本学科教材建设和信息收集与研究的项目，使其逐步成系统。

6. 注意项目成果的质量。

三、"八五"科研规划的类别与具体项目

依照"七五"规划的办法，分为重点、一般、各研究机构自己的项目三个层次。这里所列为重点项目，即第一个层次项目，分为 11 类。

(一) 中国古文献学研究

1. 马克思主义与中国古文献学

论述马克思主义关于对历史文化遗产批判地继承的基本观点，论析如何运用马克思主义指导中国古文献研究，如何运用马克思主义基本观点分析中国古文献的精华与糟粕。

2. 中国古文献学研究的理论与方法

分析历史上对中国古文献研究的各种理论、方法与流派，提出今天以马克思主义为指导研究中国古文献的具体理论和方法。

3. 中国古文献学史

可分通史与断代史两类。总结历史经验，为今天的学科建设服务。

4. “五四”至新中国成立古籍整理研究

总结这一时期作为古文献学的实践的古籍整理工作的特色与优劣，作为今天的借鉴。

5. 古籍整理五十年（1949—1999）

总结新中国成立以来在党和政府的领导下，古籍整理所取得的成绩、特色及经验、教训。

北京大学安平秋原拟写《古籍整理四十年》。

6. 中国古文献研究丛书

“七五”规划跨“八五”项目。北京大学古文献研究所金开诚主编。已完成10部。

（二）断代诗文总汇

1. 全宋文

“七五”规划跨“八五”项目。四川大学古籍研究所曾枣庄、刘琳主编。

2. 全宋诗

“七五”规划跨“八五”项目。北京大学古文献研究所傅璇琮、孙钦善、倪其心等主编。

3. 全明诗

“七五”规划跨“八五”项目。复旦大学古籍整理研究所章培恒等主编。

4. 全元戏曲

“七五”规划跨“八五”项目。中山大学古典文献研究所王季思主编。

5. 全元文

"七五"规划跨"八五"项目。北京师大古籍整理研究所李修生主编。

6. 清文海

"七五"规划跨"八五"项目。南开大学古籍整理研究所郑克晟主编。

7. 全金文

四川大学古籍整理研究所计划 3 年后上马。

8. 全明文

复旦大学古籍整理研究所计划 2 年后上马。

9. 全唐五代诗

苏州大学（与南京大学合作）、河南大学均计划上马。

（三）文史哲大家集及其他

1. 屈原集校注

"七五"规划跨"八五"项目。北京大学古文献研究所金开诚主编。

2. 陶渊明集编年笺注

"七五"规划跨"八五"项目。北京大学中文系袁行霈主编。

3. 李白全集编年校释

"七五"规划跨"八五"项目。河北大学古籍整理研究所詹锳主编。

4. 杜甫全集校注

"七五"规划跨"八五"项目。山东大学文史哲研究所萧涤非主编，北师院廖仲安副主编。

5. 韩愈集校注

"七五"规划跨"八五"项目。四川师大屈守元主编。

6. 柳宗元集校注

"七五"规划跨"八五"项目。山东大学霍旭东主编。

7. 司马光集校注

"七五"规划跨"八五"项目。山西大学历史系李裕民主编。

8. 张居正文集校注

"七五"规划跨"八五"项目。华中师大历史系吴量恺主编。

9. 王士禛集校注

"七五"规划跨"八五"项目。山东大学中文系袁世硕主编。

10. 康有为全集校注

"七五"规划跨"八五"项目。复旦大学历史系姜义华等。

11. 王国维全集校注

"七五"规划跨"八五"项目。华东师大史学所桂遵义主编。

12. 楚辞注疏长编

"七五"规划跨"八五"项目。北京大学古文献研究所金开诚、董洪利、高路明主编。

13. 昭明文选校注

"七五"规划跨"八五"项目。北京大学古文献研究所倪其心。

14. 车王府曲本整理

"七五"规划跨"八五"项目。中山大学苏寰中、刘烈茂、郭精锐等。

15. 仪礼今注

"七五"规划跨"八五"项目。杭州大学古籍整理研究所沈文倬。

16. 北朝会要（编纂）

"七五"规划跨"八五"项目。四川大学历史系缪钺主编。

17. 明会要（编纂）

"七五"规划跨"八五"项目。北京大学历史系许大龄。

18. 元人文集丛刊　北师大计划上马。

19. 诗经整理研究系列

20. 王安石全集校注

21. 龚自珍全集校注

22. 礼记今注

23. 三礼今注

24. 苏轼全集校注　四川大学中文系。

(四) 语言文字文献整理与研究

1. 两周铜器铭文研究

"七五"规划跨"八五"项目。北京大学古文献研究所裘锡圭主编。

2. 故训汇纂

"七五"规划跨"八五"项目。武汉大学古籍整理研究所宗福邦等主编。

3. 殷墟甲骨刻辞大系

吉林大学古籍所姚孝遂主编。

4.“3·25”工程（古今汉字信息处理系统）

高校古委会、中国科学院、国家语委合作项目，已开始工作。

5. 传统小学书目提要

北京师大许嘉璐主编。

（五）资料汇编、研究及其他

1. 唐人轶事汇编

“七五”规划跨“八五”项目。南京大学古典文献研究所周勋初主编。

2. 石刻中的唐人资料研究

“七五”规划跨“八五”项目。南京大学古典文献研究所周勋初、卞孝萱主编。

3. 全唐诗文作者汇考

“七五”规划跨“八五”项目。陕西师大古籍整理研究所黄永年主编。

4. 全宋诗文作者汇考

5. 全明诗文作者汇考

6.《明实录》中的地方史料汇编

“七五”规划跨“八五”项目。华中师大历史文献研究所李国祥主编。

7.《清实录》中的地方史料汇编

8. 明代碑传集（编纂）

复旦大学古籍整理研究所。

9. 清代碑传文综录（编纂）

南京师大古籍整理研究所李灵年等。

10. 中华律令集成

中国政法大学古籍整理研究所张友渔、高潮主编。

11. 中国古代教育文献丛书

"七五"规划跨"八五"项目。北京师大教育系王炳照等主编。

12. 拓片史料发掘整理

"七五"规划跨"八五"项目。北京大学中古史研究中心邓广铭主编。

13. 元诗纪事（新编）

14. 明诗纪事（新编）

15. 宋集叙录

16. 中国考试制度资料汇编

国家教委考试管理中心杨学为主编。

17. 古本戏曲剧目提要

"七五"规划跨"八五"项目。北京师大古籍整理研究所李修生等。

18. 中国历代书目提要

"七五"规划跨"八五"项目。南开大学地方文献研究室来新夏主编。

19. 中国要籍索引丛书

将历代重要古籍制成索引，以便检索。

20. 全上古文补编

21. 先秦要籍丛书

山东大学古籍整理研究所董治安等计划进行。

22. 四部荟萃

将古籍按经、史、子、集选编 200 余种，影印，供大学师生及相当文化程度的人阅读，提供一部中华国学的基本读物。选编重实用。高校古委会周林主编。已开始工作。

（六）普及丛书

1. 古代文史名著选译丛书

"七五"规划跨"八五"项目。高校古委会章培恒、马樟根、安平秋主编。

2. 二十四史今译

北京师大许嘉璐主编。已开始工作。

3. 中国传统文化精华文库

山东大学古籍整理研究董治安主编。在进行中。

4. 中华文化精华研究丛书

高校古委会马樟根主编。已开始工作。

5. 中国古代礼俗小丛书

北京师大许嘉璐主编。在进行中。

6. 古代小说评介丛书

向中小学生普及古小说知识，分为 8 类，共 80 种，已完成 40 种。北京大学侯忠义、安平秋主编。

（七）古小说丛编

1. 古本小说集成

"七五"规划跨"八五"项目。杭州大学中文系徐朔方主编。

2. 中国近代小说大系

"七五"规划跨"八五"项目。复旦大学章培恒、王继权等主持。

（八）国情研究

1. 近现代中国国情丛书

"七五"规划跨"八五"项目。国家教委夏自强主编。

（九）国际中国学研究

1. 日藏汉籍善本书录

"七五"规划跨"八五"项目。北京大学中文系严绍璗。

2. 欧洲所藏汉籍善本书录

3. 美国所藏汉籍善本书录

4. 善本汉籍海外闻见录

5. 中国古籍海外影响研究丛书

包括《论语》《孙子兵法》《孟子》《管子》《菜根谭》等古籍。

（十）古典文献专业基础教材

1. 古籍整理概论

2. 文字学概论

3. 音韵学概论

4. 训诂学概论

5. 目录学概论

6. 版本学概论

7. 校勘学概论

8. 中国文化史

9. 古代文化史论

10. 文献学史

11. 古文献学文选

12. 古代文学要籍解题

13. 古代史学要籍解题

14. 古代哲学要籍解题

15. 古籍整理工具书使用法

（十一）当前古籍整理信息与研究

1. 古文献整理手段现代化研究

2. 近十年古籍整理与研究资料汇编

3. 国内所藏元人文集书目（北京师大古籍所已编有初稿）

4. 国内所藏明人文集目录

5. 国内所藏清人文集目录

在全国高校古籍整理研究所所长会议上的报告

1992 - 08 - 01　青岛

　　这次会议是全国高等院校各古籍整理研究所所长、各古典文献专业主任和六个重大项目负责人的工作会议。同时，还邀请了多年来支持古委会的工作、同我们有密切合作关系的出版界的几位朋友光临。

　　去年11月在北京召开的全国高校古委会三届一次会议，对自1983年以来8年中高校古籍整理研究的工作情况作了回顾，总结了经验和存在的问题，提出了三届古委会的工作设想。我们这次青岛工作会议，是在去年11月换届会的基础上，讨论如何解放思想，转变观念，抓住当前的有利时机，发展自己，即发展全国高校的古籍整理研究事业。也就是说，从实际出发，为长远考虑，在过去9年工作的基础上，赋予高校古籍整理研究事业蓬勃的生机与活力，开拓更富有生命力的新局面。

　　我们为什么在这样一个时候提出这样一个问题，并且召开这次会议来讨论这个问题？这是由高校古籍整理研究9年来的工作发展和当前文化教育界形势所决定的，这关系到高校古籍整理研究事业和古委会的前途。

从 1981 年中共中央作出《关于整理我国古籍的指示》至今已有 11 年，从 1983 年高校古委会建立至今已有 9 年。在这 10 年左右的时间里，高校乃至全国的古籍整理研究工作，从"文革"后期的人才匮乏，青黄不接，后继乏人，整理研究工作基本停顿，甚至被"四人帮"利用搞"儒法斗争"篡党夺权，到今天培养出一大批人才，建立起一支 1000 余人相对稳定的专业队伍，出了一大批前无古人、传之后世的整理研究成果，并且走上了正路，使传统文化和古籍整理研究为建设社会主义服务，为祖国的兴旺发达服务。这一变化，在古籍整理研究的学术领域里是"拨乱世而反之正"的根本性变化。在这一根本性变化的基础上，近年来高校古籍整理研究事业逐步进入了繁荣、兴盛的时期。繁荣、兴盛的标志是：1. 形成了一批有实力的科研机构和一支稳定的专业队伍。古委会建立初期成立的、由古委会直接联系的 18 个研究所、1 个研究中心、1 个研究室和 4 个专业共 24 个教学科研单位，经过几年努力，现在已经形成局面，现有专职、兼职人员 700 余人，其中教授近 100 人，副教授 150 余人，博士生导师 29 人。各省市所属院校近年也陆续成立了 64 个研究所、室，有三四百人的一支队伍。这 88 个机构中的 1000 余人的专业队伍已经组织起来，在数量上约占全国古籍专业人员的 80%。上述研究机构中，有一批已经形成学术方向和研究特色。这是历史上历朝历代乃至中华人民共和国建立以来所没有的。2. 已经出版了一批有质量的科研成果。近两三年出版的《全宋文》《全宋诗》《全明诗》《清诗纪事》《长白丛书》就是其中有代表性的传世之作。

这是过去历代王朝所没有作出的鸿篇巨制。近 10 年来，高校的古籍整理研究成果已出版的有 2300 项，比从 1949 到 1981 年 32 年间产生的全国古籍整理研究的成果总和还要多。3. 具有适应能力的 325 名本科生、279 名研究生已经毕业走上社会，经过几年的工作实践，他们之中有 70％左右的人在古籍整理研究或与古籍整理研究有关的岗位上发挥了作用，有一小批已经成为学术界的骨干或知名青年学者。4. 古籍的普及读物有如雨后春笋。古籍今译应时而生，成为一个热点。这反映了广大读者的需要，人民的需要，文化教育事业发展的需要，古为今用的需要。古委会直接组织的、由巴蜀书社出版的《古代文史名著选译丛书》是响应中央精选今译古籍名著的号召的、有质量的、有代表性的成套古籍今译作品。5. 古为今用，古籍工作要为社会主义现实服务，近两三年来，成为越来越多的古籍整理研究工作者的共识和工作方向。

在这繁荣、兴盛之下，还暴露出明显的问题、潜伏着令人忧虑的一面。有的研究机构在队伍建设、机构完善、项目组织上不得力，有的缺乏竞争向上的积极主动精神，有的按照多年的传统习惯，存在上级理所当然地给任务、给经费、由国家把我们养起来的思想；已经出版的成果中有的还存在明显的质量问题；人才培养工作仅是缓解了 20 世纪 70 年代末、80 年代初青黄不接、后继乏人的状况，并没有从根本上解决这一问题；普及读物，尤其是古籍今译质量亟待提高。这些问题和思想从反面影响着今天的繁荣、兴盛局面。凡事预则立，不预则废。我们应该见盛观衰。繁荣、兴盛不是永久的，满足于现状，不再向新的、更高的目标前进，就会眼看着从繁荣、兴盛的局面向下坡路走去。我们应该在这繁荣、兴盛的局面下，因势利导，兴利除弊，把高校古籍整理研究工作引向一个新的境界，使之进入一个新的阶段。

邓小平同志今年初在南方的重要谈话"贯穿了一个鲜明的中心思想，就是必须坚定不移地全面贯彻执行党的'一个中心，两个基本点'的基本路线，解放思想、实事求是、放开手脚、大胆试验，排除各种干扰，抓住有利时机，加快改革开放步伐，集中精力把经济建设搞上去，不断地把有中国特色的社会主义事业全面推向前进"（江泽民同志在中央党校的讲话。见 1992 年 6 月 15 日《人民日报》）。这是针对整个国家而言。就高校的古籍整理研究工作来说，邓小平同志谈话的基本精神也同样适用，那就是走正路，坚持"古为今用"，为社会主义现实服务的方向，解放思想，实事求是，按照古籍整理研究工作的客观规律，放开手脚，大胆实践，排除各种干扰，抓住有利时机，把高校的古籍整理研究事业全面推向前进。最近（6月 16 日）中共中央、国务院发出了《关于加快发展第三产业的决定》。《决定》指出科学研究事业、教育事业属于第三产业，"现有的大部分福利型、公益型和事业型第三产业单位要逐步向经营型转变，实行企业化管理"，"建立充满活力的第三产业自我发展机制"。高校古籍整理研究是科学研究事业，是教育事业，属于第三产业。古委会是事业型单位，应该按照中央精神适应社会主义市场经济的发展，建立充满活力的第三产业自我发展机制。邓小平同志的谈话和中央决定，对我们提出了新的要求，也给我们事业的发展提供了可能和条件。

当前，高校古籍整理研究事业的实际情况也需要我们转变观念，建立第三产业的自我发展机制。9年来，高校的古籍整理研究经费依靠国家拨款，而国家拨款数量有限，自1983年以来，每年250万元。高校各研究所所需的图书资料，随着物价上涨，纸张、印刷、图书大幅度涨价。一套点校本"二十四史"1984年定价240元，现在涨到近800元，是原来的3倍多。其中仅《宋史》一种，1984年时是43元，现在是192元，约是原来的4.5倍。作为古籍整理的底本或参校本的各图书馆的善本书，其复制费也比1983年时增加了2至3倍，有的甚至增加了10倍。今天的250万元已远不是1983年原有的价值了。而9年来，高校古籍整理研究事业发展较快，也较好，出现了繁荣兴盛的局面，但所需经费也多。况且我们负责联络着全国古籍整理研究工作80%左右的人力和全部古籍整理的教学、科研机构，他们的正常运转几乎全部需要我们的经费支持。每年都有一批新的科研项目申报并经项目专家评审组通过，仅科研项目一项（包括各省市自治区教委的科研项目）前8年每年平均数字为211万元。再加上人才培养费、各研究机构图书资料费、必要的设备费，造成近年来250万元远不敷用的局面。1990年古委会出现赤字为17万元，1991年赤字为19.8万元。长此下去，不仅不能发展事业，势必要限制事业的前进，我们9年的辛苦操持、中央11年关怀的高校古籍整理事业将会遇到更多的困难。我们的事业需要国家的拨款，但是我们不能躺在国家的拨款上。我们要生存，要发展，要前进，就必须照邓小平同志的谈话、中央指示的精神，抓住有利时机，提出具体的设想和措施。

　　我们怎么办？我们想，首先是面对现实，解放思想，更新观念。所谓"更新观念"，就是从传统的计划经济的意识转变为社会主义的市场经济观念。我们要在原有工作的基础上，从实际出发，实事求是，既要继续取得国家的支持，又要自己行动起来，逐步向经营型转变，建立充满活力的第三产业自我发展机制。当前，有邓小平同志的谈话和中央的精神与政策，有财政部和国家教委财务主管部门的支持，有国家教委和周林同志的领导，有为数众多的、经过9年奋斗的素质好、有实力的队伍，我们相信，我们一定能够经过艰苦努力逐步建立起充满活力的第三产业自我发展机制，使得高校的古籍整理研究事业进入新的境界，发展到新的阶段。建立自我发展机制，首先和主要的是高校古委会本身建立这样的机制；各研究所、各专业应根据各校的安排，参考古委会的机制转变情况，考虑并逐步安排自己的工作。古委会建立自我发展机制，是在原有基础上建立。9年来的出人才、出成果的基本做法和经验仍要遵循，这是我们的根本；不仅要遵循，还要提高，要深化，要前进。古委会自我发展机制的建立需要有一个过程，估计在近年之内仍是一种过渡，我们下面要做的仅仅是起步，仅仅是朝着这个方向去走。

根据上述的指导思想，我们提出高校古委会下一步工作设想的要点，请大家讨论。

（一）落实高校古委会"八五"科研规划，快抓、抓好重点项目出成果

这一问题在三届一次会议的工作报告中已经讲过。这里想提出三个要点。

一是在古委会"八五"规划的三个层次（古委会直接资助的重点项目、资助的一般项目和各研究机构、各院校自己的重点项目）中，重点是第一个层次，即古委会直接资助的重点项目。这是"八五"规划的核心。计有 11 类，100 项。这批项目，各项目负责人要快抓、抓好，也就是要加快速度，要提高质量，尽快地出水平高、疏误少的成果。其中的重大项目，如"三全"，尤其要贯彻这一精神。这次会议中间准备开一次小会，请 6 个大项目（《全宋文》《全宋诗》《全明诗》《全元文》《全元戏曲》《清文海》）的负责人坐在一起谈一谈工作和成果中存在的问题，特别是质量和进度上的问题，互相切磋，提出改进的办法。

二是明确科研工作的一个总体思想，处理好两种关系。一个总体思想是，要使科研项目的开展与研究所的学术建设结合，与出人才结合。研究所的学术建设是指研究所的学术方向和学术特色。研究所所开展的重点项目，应该有利于研究所学术方向与学术特色的形成。一个研究所有学术方向、学术特色，并不是说研究所中的所有教学、科研人员都在一个学术方向中，都具有同一的学术特色，而是应该既有重点，又发挥每个人的特长，应该有学术上的宽松性和包容性。出人才，是指研究所的学术实力，是要在项目开展过程中，有意识地培养、造就若干名学术骨干，使他们逐步成为在这一领域里有真才实学的学术带头人。处理好两种关系：一是整理和研究的关系。要二者兼顾。当前，针对前几年整理项目多而强、研究项目较少较弱的情况，要注意加重研究项目，特别要注意能够为现实服务的研究项目，比如《长白丛书》根据省里的要求，整理了吉林省有关经济发展的历史资料，并作了研究分析，为省里当前的经济建设服务；上海师大古籍整理研究所一位学者整理了太湖流域的水利与水害资料，并作了分析研究。这样的研究项目应该提倡。学术研究方向相同的研究所，彼此之间应加强学术联系，有条件的还可以建立学术研究联合体。比如，北大、川大分别在进行《全宋诗》《全宋文》的编纂，就可以在宋代文化方面加强交流与合作。二是大中小项目的关系。要三者兼顾。一个项目的重要与否，主要不在于它的大小，而在于它的价值和质量。在大中小三种类型项目之中，对大型项目，特别是"大而全"的项目，有些同志有疑虑和担心，有些同志认为"大而全"的项目上多了。就高校古委会从"七五"到"八五"的规划来说，属于"大而全"的项目有五项，即《全宋文》《全宋诗》《全元文》《全元戏曲》《全明诗》，约占规划中全部项目 2000 余种的 2‰，占重点规划项目的 5%。从数量上看并不多。从所用经费上看，约占高校古委会科研项目费的 10%，用费不少，但并没有超越过去的经济承受能力。况且，一个规划总要有重点，经费的使用也要有重点。就其成果的价值来看，目前 5 个"大而全"的项目，是古籍整理和研究的基础工程，它必将对今后的古籍整理和古代文史哲乃至社会科学的学术研究产生深远的影响。它的学术价值将会被历史所证明。但是，一些同志的疑虑和担心也是有道理的。那就是大项目不易驾驭，出成果慢，而目前也恰恰是大项目的工作进展不平衡，有的出成果缓慢，有的还有不同程度的质量问题。所以，当前的关键是要把几个大项目搞好，加快速度，提高质量。今后也不排除在条件具备的情况下，有限制地上少量的"大而全"的项目。与此同时，中小型项目的组织工作较为容易把握，质量较有保证，出成果快，投资也少，过去规划中的中小型项目不少，也有相当一批有质量的成果，今后仍应重点支持。特别是要有计划地安排和支持若干有学术价值、有现实意义的中小型项目上马，以使中小型项目所出的成果与大型项目相适应，使得大中小型项目在古籍整理与研究的学术发展中，互相补充，互相呼应，互相推动。

三是科研项目的管理要改革。我们的经费和科研项目的管理从 1983 年起即是基金制，当时有一个经费管理办法印发给大家。1985 年又作了修订，也印发过。9 年的实践证明有这样一个条例是必要的，也是行之有效的。随着事业的发展和机制的转变，我们的基金管理条例应作适当的修改。秘书处已修订出一个初稿。修改的主要之处有：（1）古委会资助的重大项目，评审通过资助数额在 5 万元以上的，逐年下拨经费，最后预留 15％不下拨，待完成全稿的 1/2 并且成果出版 1/3 后再拨足经费。（2）由古委会全额资助的 5 万元以上的大型项目，经与项目负责人签订协议，应视为项目负责人受古委会委托完成该项目，其知识产权应该归古委会所有，或由智力投资与财力投资双方共有；其国内稿酬与海外版税，应根据知识产权的归属而决定享有者。考虑到目前古籍整理稿酬低的情况，国内稿酬古委会暂不收取。回收的资金作为对古委会基金的补充，继续用于高校的古籍整理研究事业。（3）基金管理采取法制办法，签订协议书生效后，古委会与项目负责人各负法律责任。以上关于基金管理的想法是否妥当，请大家讨论，提出意见。新修订的基金管理条例（初稿）这次也印发出来，请大家提出修正意见。

（二）增强本科生、研究生的适应能力，造就一批有真才实学的中青年学者

9年来，高校人才培养工作已经形成格局，那就是分为本科生、研究生和研讨班三个层次，并且有一套行之有效的培养办法。这些已经在三届一次会议的工作报告里作了总结，对今后人才培养工作也提出了要求。这里想谈两个今后应该抓好的问题。

一是本科生和研究生的课程设置。9年来，我们已经不是从狭义上理解古文献学和古籍整理工作去设置课程，而是从作为综合性学科的广义上理解古文献学学科和古籍整理工作去设置课程，因此，现有的课程包含有中文系、历史系乃至哲学系的一些与本学科有关的课程，使得学生毕业以后走上工作岗位适应能力相对较强。这是我们过去人才培养工作中的一项成绩。但是，随着社会的前进，学术事业的发展，课程设置也应该有所调整和充实，以便增强学生到工作岗位上的适应能力。比如各专业及研究所可以考虑在本科生、研究生中逐步增设"历代政治制度研究""古今经济思想比较""中外文化比较"一类的古今乃至中外政治、经济、文化的比较研究课程。

二是造就一批有真才实学的中青年学者。人才培养不仅是在课堂上，更应该是在学术实践中。要在本单位的中青年中培养一批人才。在教学、科研的实践中，在项目进展中，带出一个学术群体，在此基础上培养出新的学术带头人。各单位都注意这个问题，那么就能在这片土壤里，在今后的5年乃至10

年，在古委会系统造就出一批 50 岁、40 岁、30 岁的被学术界所公认的具有真才实学的中青年学者。那时候，我们既有一批重要的科研成果，又有一批具有真才实学的中青年学者，那将是古委会对全国古籍整理研究事业的最大贡献。我们已经有很好的基础，过去已经出了一批显著的科研成果和一小批有水平的中青年学者，今后只要我们努力，一定会达到上述目标。

（三）让《中国典籍与文化》杂志发挥更大作用

古委会主办的《古籍整理与研究》已经改刊为《中国典籍与文化》，为季刊，是面向广大读者的、弘扬中国优秀传统文化的普及性刊物。现在第 1 期已经出版。这次会上送给大家每人 1 本，是想听取诸位的意见。与过去的刊物相比，这是一个崭新的面貌。它的特点在于是从整个中华优秀传统文化的深度和广度上，而不是只从古籍整理的角度上，承担起弘扬中华优秀传统文化的历史责任。它面向广大中等文化程度的读者，文章力求言之有物，短小精炼，有可读性。意在普及，意在让读者愿意看，在看的过程中，用优秀中华文化感染、影响、教育读者。同时不丢弃专门的学术研究文章，除在刊物的一年 4 期中有所反映外，每年办 1 期学术研究增刊，发表有见地、有质量、有可读性的研究文章，其目的仍然是承担起弘扬中华优秀文化的历史责任。我们准备从第 4 期开始作一改进，使刊物更充实、更灵活、更有针对性。请到会的各所长、专业主任、各项目负责人和特邀到会的古籍出版界的各位专家支持这个刊物，亲自或推荐别人为我们撰稿，欢迎在刊物上开辟专栏。我们希望这个刊物能发挥更大的作用。在季刊之外，每年的 1 期学术增刊，也请诸位支持。

（四）建杂志社，办公司

为了建立第三产业的自我发展机制，经主管部门批准，我们已经建立了《中国典籍与文化》杂志社。由周林同志任社长，章培恒同志任常务副社长。

今年中央决定开发浦东，为了抓住这一有利时机发展高校的古籍整理研究事业，今年4月下旬，周林同志亲自到上海与有关方面负责人磋商古委会在浦东办公司问题，得到上海有关方面的大力支持。经研究，周林同志点将，由古委会副主任章培恒先生具体筹划在浦东办公司事项。在周林同志的具体指挥下，章培恒先生经过两个月的紧张工作，现在，古委会已经在浦东注册登记了1家商务公司。经批准，公司的经营范围是图书、印刷、文化用品、礼品等。公司的下一步工作，已经有一个计划，正在进行之中。这是古委会系统的共同事业，希望在座同志献策献力，把这项事业办成功。

（五）研制古籍排印现代化的字库

目前排印古籍，无论是铅排，还是电子计算机照排，都没有一套完整的、够用的字库。特别是印制甲骨文、金文的著作，还只能手写。研制一套完整的、印制古籍特别是古文字的字库，并使其具有实用性、标准化，是古籍出版印刷界的一项急需工程。国内尽管有人想做这一工作，但因各种条件的限制迄今未能做到。古委会副主任裘锡圭先生有志于此，又得到了周林同志的坚定支持，于是由古委会、中国科学院、国家语委三家合作的这一项目，于今年 3 月 25 日正式上马。这样，定名为"3·25"工程的古今全汉字信息处理系统工程已经开始，计划 3 年完成。这一项目完成之后，将为国内外印刷古籍提供一套完整的软件字库。它的优点在于古今汉字齐备而字形准确，具有多种字体，符合国家标准和国际标准，且是计算机程序设计形成软件，使用便利。既有学术价值，又会有经济效益。

以上是古委会下一步工作设想的要点。

至于各研究所的工作，我们有三点想法，请大家考虑。一是继续抓好出人才、出成果的工作，我们在前面第一、二项工作中已经谈到，要把科研项目的开展与研究的学术建设（学术方向、学术特色），与培养有真才实学的中青年学者结合起来，要使本研究所成为有实力的研究机构，成为古委会在学术上起支撑作用的单位。二是不能满足现状，要有竞争意识，现有的由古委会直接联系的 24 个教学科研单位，在出人才、出成果方面过去多年来无所建树的，今后如仍无发展，这样的研究机构就不应该再作为古委会直接联系的单位；而目前尚未正式列入古委会直接联系的研究所，如果在出人才、出成果方面成绩突出，也可以成为古委会直接联系的单位。总之，在研究所之间我们提倡全面地竞争。三是作为古委会直接联系的 24 个教学科研单位，在今后的一个时期内，古委会一如既往，在经费上、工作上给予支持，用周林同志的话说就是"基本口粮照发"。但是也请各研究所考虑一下本所作为第三产业如何适应当前以及今后的实际，按照中央的要求，解放思想，转变观念，建立有活力的运转机制问题，这样做也应该有利于本所人员的稳定和发展，有利于本所出人才、出成果。各研究所能够按照上述三点想法把本所的工作搞好，就是对古委会的最有力的支持。

以上关于古委会下一步工作的设想要点和对各研究所工作的考虑，供大家讨论，请各位发表意见，以便根据大家的意见修改之后贯彻执行。

谢谢诸位。

在六个大项目主编会议上的总结发言^①

1992 - 08 - 05　青岛

《全宋文》《全宋诗》《全元戏曲》《全元文》《全明诗》《清文海》这六个大项目，到目前为止，发展不平衡，这是正常的，因为各个项目起步早晚不同，项目的繁难程度不同，在校内和工作班子内部工作的条件不同，还有个项目负责人的指导思想和组织项目的方法不同。就每个项目来说，成绩都是主要的。《全明诗》1984 年开始，《全宋诗》《全宋文》1985 年筹备，1986 年正式上马，这几年时间出来了成果。《全宋文》已出版 24 册，今年能见到 30 册，到明年这时，可全部交稿，还有一些扫尾工作需要做，成绩非常突出。《全宋诗》已出版 5 册，今年内可见到第 10 册。《全明诗》今年可出第 2 册，虽然出得慢一点，但慢工出细活，质量比较有保证。《全元戏曲》

---

① 六个大项目此次到会主编有：《全宋文》主编曾枣庄，《全宋诗》主编傅璇琮、孙钦善、倪其心，《全元戏曲》主编黄天骥，《全元文》主编李修生，《全明诗》主编章培恒、倪其心，《清文海》主编郑克晟。此外，参加这次主编会议的，还有当时虽未立项但已开始工作、其后在古委会立项的《全唐五代诗》的主编周勋初、傅璇琮，《全明文》主编钱伯城、魏同贤。

已经出了两册。《全元文》及《清文海》也在进展之中。从完成情况来看，看得出来，这几年几"全"在非常认真地抓，而且质量也是好的，尽管有这么多意见。刚才《全宋诗》主编傅璇琮先生说要沉得住气，我觉得有一个基本估计，才能沉得住气。第一，几"全"难免有错误，但有错误也是传世之作，也是有影响的，不比过去搞的《全唐诗》《全唐文》差，甚至还要比它们强。这一点是清楚的。第二，书出来后反馈回来的意见有的是对的，有的是不对的。刚才曾枣庄先生也谈到对各种意见要有分析。别人的意见要虚心接受，关键在虚心，真心诚意地虚心接受，一点不要虚假。这样对人家的意见就要认真去琢磨一下，该改的就改，不该改的，就保留意见，不必着急。所以我们的基本估计是成绩是巨大的。

这次开会，是考虑几"全"出了一部分书之后，秘书处想抓一下，因为大项目是我们的重点。让大家交流交流，主要谈谈问题，互相启发，今后注意，推动一下我们的工作。今年5月下旬，在国务院古籍整理出版规划小组召开的香山会议上，有的同志有不同意见，明确说搞某某大项目没有意义，已经上马的要赶紧下马，停下来。有几位先生持这种看法，而且还是一些有一定学术声誉的老先生。会上简报已发了，形成一种小的舆论，在这种情况下，我们就更应该抓一下。所谓"抓一下"，首先就是肯定我们的成绩，大家要有信心，要抓下去、抓好。从古委会来说是坚定不移的，不动摇的。大项目是我们看家的东西。其次，这些项目目前也确实存在一些问题，要加以解决，需要我们今后再做一些工作，再总结。如刚才提到的辑佚和普查的问题，就可以总结一下经验，交流一下，有些项目，如《全宋文》《全元文》，是从普查入手的，有些项目是从点校集子入手的。北大搞集子，普查也做了，但普查没搞全，现在回过头来搞，就有点返工，有点夹生。这类具体问题在互相交流时已经提出来了，希望现在刚刚做或即将成为我们重点项目的项目负责同志注意到这些问题。还有一个和科研结合的问题。四川大学《全宋文》几年来坚持整理和科研工作结合，做得是好的，过去介绍过经验，现在北大的《全宋诗》也注意到这个问题，复旦的《全明诗》也一直是注意的，并且出了《明代文学》的集刊。我想大家要互相从发言中吸收一些有用的东西。另外，这里面还有一个关键问题，即大家刚才谈到的领导班子成员的互相体谅问题。我想作一个补充。我们认为一个项目进行得怎么样，很关键的问题就是项目负责人是否认真负责地肯于抓，敢于抓，这个非常重要。抓法可以不同，有的强调严，有的强调宽，我看宽严都可以，根据每个所的具体情况来搞，不必强求一律。但不管怎么样，项目负责人要认真负责。不能委托别人，或自己掉以轻心，这是很重要的。《全宋诗》去年9月有一个总结，很见效果，大家对工作里面的问题，特别是辑佚问题提出意见，这几年孙钦善先生是主持《全宋诗》日常工作的主编，抓得有时严，但大多数时间是过宽，严格管理不够，后来很快纠正了，《全宋诗》的工作现在有起色。我觉得关键是项目负责人。另外提醒大家，搞一个大的项目，搞研究工作，研究所的研究方向随之要明确下来，这对各个搞大项目的研究所基本上不成问题。再要和人才培养结合起来，能出一批学术带头人，特别是年轻人。再如图书资料这类具体问题，如何解决？北大《全宋诗》的解决办法是找北大图书馆的劳动服务公司复制图书，给他们一笔复制费，图书馆的劳动服务公司就把北大图书馆的善本和普通古籍开单子来，再复制，调动了图书馆劳动服务公司同志的积极性。找图书资料，先去找行政领导，行政领导解决不了，就要调动经济力量，采取一点措施。还可以总结一些大项目的管理经验，过去曾枣庄先生就《全宋文》的编纂写过文章，这很好，也希望其他同志在这方面作一些探讨。

周老对几个大项目十分关心。今年2月在北京、4月在南京三次和我们谈起大项目的进度和质量问题，要我们请大家在今年夏天聚在一起研究一下如何提高质量、加快进度问题。4月下旬在香山会议期间，周老又专门听取了《全明文》《全唐五代诗》的筹备与进展情况，当时和会后又几次叮嘱我们一定要请大项目负责人实事求是地总结工作，找出存在的问题，以便减少疏误，早日出成果。这次大项目负责人会议就是根据周老的意见召开的。希望我们都不要辜负周老的期望，不要辜负学术界同行的期望，快出成果，出好成果。

（根据录音整理）

在四个大项目主编座谈会上的发言

1993 - 06 - 19　北京

今天是借《全元文》征询专家意见会议的机会，请到会的《全唐五代诗》《全宋诗》《全元文》《清文海》4 个大项目的负责人座谈。古委会支持的重大项目中属于断代诗文总汇的还有《全宋文》《全元戏曲》《全明诗》《全明文》。这 8 个项目，我们把它称作"七全一海"，是我们过去，也是今后着力抓好的 8 个项目。刚才，听了 4 个项目负责人的发言，我们想就重点项目、大项目讲几点看法。

第一，我们上大项目的目的。这个问题本来在 1983 年古委会建立之初就是明确的。但是去年 5 月在国务院古籍整理出版规划小组召开的会议上，有几位老先生提出了反对意见，认为目前高校系统进行的大项目，尤其是《全明诗》《全宋诗》《全宋文》这几"全"没有必要上，已经上马的要停下来，要下马。而会上也有相当一大批老先生和中青年学者认为这些大项目应该上，上得好，功德无量。同是对待大项目，态度截然不同。这就促使我们，促使全国高校古籍整理研究工作委员会回过头来考虑，仔细掂量一下，我们上这些大项目上得对不对？我们投资这么多钱，投资得对不对？同时，还有我们的效益如何？我们掂量来掂量去，就涉及一个根本问题——我们上大项目的目的是什么？我们想，主要有两个。

第一个目的是，推动中国传统文化的学术研究工作，为建设有中国特色的社会主义新文化服务。目前所上的这几个项目是我国历代的，如唐代的、宋代的、明代的诗文汇编，即把这些断代的诗文资料整理出来、汇总起来。整理、汇总的目的，就是要推动我们的古籍整理工作，推动我们的学术研究工作。这是研究中国传统文化、建设中国新文化的一项基础工程。所谓有中国特色的社会主义新文化，这个"中国特色"的依据、基础是什么？那就是客观实际。这个客观实际，包括两个方面：一是今天的实际，今天的政治、经济、军事、文化各方面的实际，是活生生的客观实际；二是中国历史的实际，中国古代的和近代的政治、经济、军事、文化各方面治乱兴衰、成功与失败的客观实际，它也是活生生的历史客观实际。我们讲从实际出发，就是从今天的与历史的两个实际出发。有了这两个实际，有了这个依据，在辩证唯物主义与历史唯物主义指导下，去研究，去总结，我们才能真正找出客观发展的规律，建设社会主义新文化，乃至建设有中国特色的社会主义社会，才是有成效的。因此，上这些大项目的重要性和意义是深远的，是具有历史性影响的。这点如果今天我们看不清楚的话，过若干年回过头来会看得很清楚。清朝编了《全唐文》《全唐诗》《四库全书》，后人说是盛世修文，在今天来看，我们还在享用它。刚才我们在说，尽管《全唐诗》错误很多，但也用了这么多年了，所以还是一部传世之作。今天上这些大项目，完全是为了推动古籍整理和整个中国传统文化的学术研究，使之进入一个新的阶段，这一点我们会逐步看出来的。特别是 1949 年以后，一度形成一种学术风气，即不重视资料，刚才孙钦善先生说了，有许多空论。完全空论吗？有一部分是这样，但是有一些文章不是完全空论，还是有资料的，但对这些资料全面的掌握，深入细致的掌握，然后在掌握这些资料的基础上，甚至在从事古籍整理工作的基础上，来进行研究工作，这样做的少，或者说没有占主导地位。有的甚至片面地强调与现实结合，却不注重全面研究中国今天的客观实际和研究中国历史的客观实际，这样一种学风是有害的，不应该提倡。所以我们现在进行的大项目，特别是"七全"，对于当前学术研究和端正学风，对于今后学术建设，会提供一个了解中国历史客观实际的基础资料。这是我们上这些重大项目的第一个目的。

第二个目的是，通过完成大项目，培养一批具有真才实学的、相对稳定的学术群体，建设若干个从事古籍整理和研究的学术基地。早在 1984 年我们就提出了这一想法，1986 年古委会二届一次会议的工作报告中更强调了把这作为今后工作的重点。其后在各种场合多次强调这一问题。从古委会来说，特别要求各个研究所上一些项目，这和我们强调的出成果、出人才有关系。一个研究所建立以后，要逐步形成研究方向和学术特色，这样你就要搞一些项目，可以搞中、小型项目，条件具备的也可以搞大型项目。像现在这样，北京大学古文献所搞《全宋诗》、四川大学古籍整理研究所搞《全宋文》、北师大古籍所搞《全元文》、复旦大学古籍所搞《全明诗》、南开大学古籍所搞《清文海》，这样在这 5 个研究所就要出这 5 个项目的科研成果。在搞科研成果的过程中，要有一批人参加，有一些年轻人参加，他们在从事古籍整理的标点、校勘、辑佚、辨伪、考证、写小传过程中锻炼成长，在这个基础上，再作进一步研究，势必培养出一批学术人才。在这样一种出成果、出人才的思想指导下，在进行科研项目的过程中，能培养一批人，带出一支队伍，并且逐步形成有特色的学术群体。比如北师大古籍所从事《全元文》的编纂，那将来在元代文史扩展到元代文化研究上有一批人，这批人不必多，现在是二十几个人参加，将来项目完成后如果有 10 个、8 个人在这方面能够继续从事工作，再进一步说，如果在这 10 个、8 个人中有一两个人是在元代文化研究上、在国内甚至国际上站得住脚的，大家公认是有真才实学的，那我们的目的就达到了。换句话来说，为了研究所的建设，我们要上一些重点项目，甚至是大项目，不惜资金，这样我们的研究机构才能够逐渐形成一个学术资料和学术研究的基地。在北师大古籍整理研究所找元代相关文的资料，应该说过些年之后，这里是这方面的基地。像刚才说的，北京师范大学古籍整理研究所从事了《全元文》，就是一个元代文的资料基地，那么在这个基础上，再形成一个元代文化的研究基地；有这方面的一个学术群体，出少量的、国内公认的、甚至是国际公认的，有真才实学的人才，这是我们的第二个目的。如果我们几个所都有这样的计划，都能按照这样的计划去做，几年之后，高校古委会系统的学术力量就相当可观了。以宋代的文献整理与研究而言，有北大和川大这两个所，又是资料中心，又是研究基地，又有一批人才，我们在宋代文化研究上无疑会做得有声有色。围绕几个大项目，有关的几个高校的研究所都能形成有关方面的学术基地，就好了。

至于《全唐五代诗》和《全明文》，情况有些不同。《全明文》是钱伯城、魏同贤、马樟根几位先生在组织。今年 4 月底 5 月初在舟山，周林同志曾同钱、魏两位商量了《全明文》的问题，也是建议他们在上海形成一个基地，这个基地不一定放在高校，高校古委会虽然是高校系统的，重点服务于高校，但也要面向全国的古籍整理研究工作者，大家为了一个共同的事业应该互相支持。《全明文》可以以上海为主，组织出版社的在职的、退休的编辑、图书馆的整理研究力量和高校的人员参加，组织起这样一批学术力量，有一定的经费，有一个办公地点，逐步形成一支相对稳定的队伍，与章培恒先生主持的、以复旦大学为基地的《全明诗》联手，形成在明代文化研究上的基地，这也是可行的。《全唐五代诗》是周勋初等 6 位先生任主编，而由苏州大学、河南大学两校联手，有这样两个工作基地，团结了社会各方面的唐代文学学者从事这一项目。这种情况，如果像其他项目那样以一个学校的研究机构为基地形成一个稳定的学术群体，不现实，很难，因为大家不在同一个单位里，而是分散在全国各地。但是由于唐代文学学会的关系，从事《全唐五代诗》的学者之间已经有了较为密切的学术上的联系，在这个基础上，通过《全唐五代诗》这一项目，在参加工作的学者中间，逐渐形成一个松散的学术群体还是可以的。也就是说我们不要把学术群体理解得很窄，定格为一种，应该是既可以有人员相对固定的实体性的学术群体，也可以有松散联邦式的学术群体。这是可以做得到的。

以上是第一个问题，关于进行大项目的目的。

第二，整理和研究。首先是整理与研究的关系。关键在于认识，在于指导思想。我们的想法是两者应该结合。一方面整理本身应该说还是整理，研究还是研究，另一方面这两者不能割裂，整理是研究的一个组成部分，不能把整理看成不是研究，把它排除在研究之外，刚才《全唐五代诗》两位主编吴企明先生和佟培基先生谈的情况，更证明了这个问题，《全唐五代诗》的整理过程，就是一个研究过程，它的考辨、辑佚，都不是不下功夫能做到的，而像这样的考辨，没有研究是绝对不行的，你绝对不能说它们不是研究，所以我们觉得整理本身就是研究的一个部分，整理里面就有研究。另一方面来说，我们还得在整理基础上进行深入研究。李修生先生设想的在北师大搞《全元文》的过程中要做到的几点，他那一套想法，我们也是赞同的。因为没有这样一个总体设计，只埋头于现在本身任务的完成，《全元文》不管三七二十一，你都给我先普查，普查完你就给我点校，咱们就先不想你将来出什么成果，这个我觉得也就不是我们的思路，不是正常的、正确的指导思想。我们应该先有一个总体设计，这支队伍，在从事《全元文》的整理过程中，应该出一些什么样的科研成果，一方面我们刚才说，整理本身就是研究的一部分，另一方面我整理之后，出了《全元文》，我还能出些什么深入研究的东西。我觉得这两个方面应该有机地结合，不能割裂开来。

　　同时研究也还有一个目的问题。今天的研究工作，我们一方面反对有些提法，比如说我们现在写一篇论文，搞一个具体的学术研究，必须立竿见影地为社会主义现实服务，这种想法不实际。你不能要求每一篇研究论文都必须立竿见影地为现实服务，做不到就是研究方向有问题，就是研究目的不对头，不能这样简单化地看问题。但是，反过来说，我们的研究应该有目的性，我们的一篇论文，一部专著，包括研究生，无论是博士生，还是硕士生的论文，写出来的，都应该要求能够说明我们在学术上某一个问题或两个问题，或一堆问题，能够解决这些问题，要有目的性。不要罗列一大堆材料却不能说明问题，更不能解决问题，不知道你写这篇文章的目的是什么，只看出你掌握了不少材料，却看不出你有运用这些材料解决问题的能力。有些甚至孤芳自赏，认为我资料丰富，不是"空论"。这种情况目前存在，也是一种不应提倡的学风。最近看了吴企明先生的一篇文章，题目是《刘辰翁〈须溪集〉人名考略》，我觉得这个路数好，他是运用一些资料，经过考证，说明并解决了一些需要解决的具体问题。这很扎实，他既有资料，又能够解决问题。像这样的考证文章就有明确的目的性。我们的研究要有目的，就是我们不是为研究而研究，而是为解决问题而研究。平白无故地写一些空论的文章，或者虽然不是空论，是考证，资料很多，但你的资料说明什么？解决什么问题？在学术上应该有所推进才好。有些大家，像程千帆先生，他的研究工作是建立在充分掌握文献资料、考辨文献资料、得出自己的看法的基础上，这样写出文章就扎实，给人以教益。再如章培恒先生最近出版了一本《献疑集》，是他个人的一本论文集，他的考辨性很强，而且还有一点辩论性，通过考证，与某种观点、某种认识展开辩论，尽管是一家之言，不一定都对，但有许多是真知灼见，能解决目前学术上存在的很多问题，体现了我们治学上的目的性、针对性。因此，开展大项目，要注意到研究工作的目的性，我们的研究要解决文化研究中的一些问题，针对性强一点。所以我们说整理和研究应该结合起来。

同时在这个过程中，应该注意到培养人才，特别要培养年轻人。这里面，就应该培养整理能力和研究能力两者的结合。要使青年人看到前途。我们现在一个很重要的问题就是队伍不是很稳定。一个青年人现在参加大项目，搞校点，收入不多，又看不到个人在这个方面能出什么成果，能成为什么样的学者，那么他就感到心中没底，时间拖得一长，他就慢慢泄劲，我们再推就不容易推得动。我们强调整理与研究相结合也有这个问题，就是使青年人看到前途，培养他们，培养他们两方面的能力。这是我们想到的第二个问题，关于整理与研究。

第三，质量和速度。现在几个大项目的进展不平衡，起步最早的是《全明诗》，1984 年开始，但是批准立项也是 1986 年 5 月，"三全"，就是《全宋诗》《全宋文》《全明诗》，是一起立项的，但《全明诗》工作开展得早，现在出得比较慢一些，进度慢，但是质量比较好，错误较少，目前还没有人写文章挑毛病。进度最快的是《全宋文》，今年暑假前点校工作全部结束，下一步有些设想，打算围绕《全宋文》开展专题研究。《全宋诗》就出书速度而言，比《全明诗》快，比《全宋文》慢，但是从另一个角度看，《全宋诗》没有《全宋文》那样的速度快，也没有《全明诗》那样错误少、质量好。我们在研究改进工作的时候，不能不看到这一点。立项晚的，像《全元文》和《清文海》，这两个项目相比较，《全元文》启动快，有章法，而《清文海》工作缓慢。所以大家要抓紧。我觉得，不要认为质量高就一定要速度慢，反过来说，速度慢不一定能保证质量。为什么呢？我们把《全宋诗》和《全宋文》比较一下，《全宋文》约近 1 亿字，全书出齐约 150—170 册；《全宋诗》约 3000 万字，全书出齐约 60 册。二者同时起步，《全宋文》投资 91 万元，《全宋诗》投资 81 万元，相差 10 万元，《全宋文》工作抓得比较紧，现在完成了，完成之后，尽管错误也不少，但《全宋诗》也让人挑了不少问题，进度相对要慢。这种情况下，今天来看，《全宋文》的那些钱基本上用完了，但任务完成了，《全宋诗》的钱用了大半，但任务还差一大半，现在经费就觉得很紧张。这一比较就看出来了。我们速度慢了，就影响经费的问题，财力就紧张，再加上货币贬值，这种情况下，时间一长，正如《全元文》主编李修生先生谈的，那就影响了年轻人的积极性。考虑到年轻人有一个成长问题，年轻人在这儿看不到很快出成果，出了成果，他还能拿到一些经济上的好处，做不到这些，积极性不容易调动，推动就慢，甚至推不动，在这种情况下，要参加工作的年轻同志保证质量，要他们更下功夫在质量上，很难说。我觉得速度和质量有互相牵制的关系。在目前的情况下，建议大家既要保证质量，又要相对加快速度，所以我们觉得《全元文》这个指导思想还是对的，就是加快速度，在现有情况下加快速度。但是，反过来说，加快速度不是在质量上漏洞百出，千疮百孔，错误很多，不是这样。我觉得有个互相牵制的关系。说到加快速度，对《全元文》我想提醒一点，《全元文》难度不光比《全宋诗》，恐怕比《全宋文》《全唐五代诗》都要大，尽管刚才《全唐五代诗》和《全元文》两位主编都说《全唐五代诗》与《全元文》在工作层次上不一样。《全元文》的校点问题要引起李修生先生、龙德寿先生两位所长的重视，这次会前和会议中间有些同志跟我说千万千万请北师大同志注意，《全元文》的标点不是那么容易，最容易出问题，大意不得。有些同志极而言之了，说几"全"里面，将来最容易出错、最容易受攻击的就是《全元文》，是不是这样，供你们参考。所以我们觉得，在质量和速度上，有个辩证关系，特别像《全宋诗》，要加快一点速度。《全元文》在强调保证质量、加快速度的时候，要注意到工作的难度，保证质量。这是第三，质量和速度的问题。

几个项目的工作，各有优劣。《全宋诗》5 位主编今天到了 3 位，《全宋诗》的工作有些问题应该引起各位主编的注意了。我们今天谈的三个问题《全宋诗》都有差距，那就是第一我们上大项目的目的应该明确，按这个目的去考虑工作；第二整理与研究的关系要正确处理；第三是质量与速度的关系要正确把握。在正确认识并解决这三个问题的同时，《全宋诗》还应该解决三个问题。第一是《全宋诗》目前投入力量太少。刚才说《全宋文》完成得快，重要原因之一是他们有二十几个人参加工作，全所的力量都投入了。《全元文》能做出现在这样一个计划，有信心按时完成，也因为他们有二十几个人投入工作。而《全宋诗》不是这样，参加工作的年轻人只有七八个，加上几位主编，而这七八个人又有教学任务，还有别的科研项目，主编也不是几年来都全力以赴在这个项目上。也就是说，投入的人力和精力都太少。这怎么能不影响《全宋诗》的速度和质量呢？第二是《全宋诗》的组织管理工作应该下功夫。投入力量少，无论是人力还是精力都少，这里有主编和所长的组织工作问题。所里应该和专业共同商量怎样组织得更好、运转得更好，在这方面下点功夫。刚才听到的北师大的《全元文》、苏州大学与河南大学的《全唐五代诗》组织工作都是动了脑筋的，《全宋诗》几年中有时运转得好，也是因为一度在组织工作上花了力气，但有时候由于各种因素造成《全宋诗》组织工作推不动。第三是《全宋诗》要注意培养人才，要认真研究并且落实，使整理与研究结合起来，不能认为我们整理了《全宋诗》就是培养了人才，这不错，但是低标准，不能靠在这个上面，满足于这个，要有意识地去培养人才，带出一支能整理、能研究的队伍。至于《清文海》，这次主编郑克晟先生没有来，刚才赵伯雄先生谈了情况，目前因为出版社没有落实，项目的进展受到影响。上次古委会杨忠同志、顾歆艺同志到南开去了解这个项目情况时已经谈过对这一问题的看法。我们认为在已经立项的情况下，出版社没有落实，不应该影响所长、主编抓好这一项目。况且，古委会历来有个规定，一个项目立项，必须落实了出版单位，没有落实出版单位的不能立项。《清文海》没有落实出版社怎么能立了项呢？我的意思是说，你们在立项时是报了有出版单位的，原来报的是天津古籍出版社，后来又改为吉林文史出版社，今天却说因为没有落实出版社所以不敢放开手去干这个项目。按照这个情况，古委会应该暂时取消你们的立项资格。作为所长、主编，应该赶快解决出版单位的落实问题，尤其不能因为这个问题没解决，连《清文海》项目的推动工作都要延缓下来，不敢狠抓这一项目，那就势必影响工作，不能按《项目议定书》上的时间完成任务。这里需要的是项目负责人负起责任来，在组织管理工作上下功夫。

今天听了 4 个项目的情况，谈了上面的一些想法，供大家参考。关于大项目，我们还要分别与项目负责人研究、解决有关的问题，希望大家能够支持、合作。

（根据录音整理）

在《中国小说史丛书》编撰研讨会上的发言

1993 - 11 - 03　福州

祝贺《中国小说史丛书》编撰研讨会的召开。

为什么要编写一套《中国小说史丛书》？就我所知，是和《古代小说评介丛书》有关。《古代小说评介丛书》是一套面向中学生和广大青年的普及读物，1991 年起步，1992 年 10 月出版，由侯忠义先生主编，在座的许多先生参加了工作，或是担任编委、学术顾问，或是亲自参加撰写。初版 1 万套，在短短的几个月内销售一空。1992 年 11 月在大连召开了《古代小说评介丛书》的出版座谈会，到会的有四五十位从事中国古代小说研究的学者，大家认为《古代小说评介丛书》分 9 类 80 册成书，考虑全面，也有特色，特别是其中的"断代简史类""分类史话类""小说知识类""小说与文化类"，大多写得简明实用，有利于青年阅读。同时，许多到会学者也提出，应在这套书的基础上撰写一套中国古代小说的研究丛书。而当时到会的学术顾问和编委们也觉得合作得愉快，编委会可以在完成《古代小说评介丛书》之后，继续做一点事情。于是大家决定，在原编委会基础上，扩大编委会，扩大作者范围，通力合作编撰一套《中国小说史丛书》。会后即开始筹备，到今天也还是处于筹备阶段，所以这次的会议名称叫作"编撰研讨会"。我们希望在这次会议之后，能够正式建立起编委会，组织起作者队伍，为撰写出一套有学术水平的《中国小说史丛书》而工作。

编撰这一套丛书，我个人认为，首先要在吸收前人和今人对中国古代小说研究成果的基础上，反映今天一代学者的研究水平，代表今天一代学者的研究水平。我想，这是一个很高的要求，但也是编好这套书的基本的要求。要做到这样是相当不易的，这首先需要我们的作者真正总结出中国古代小说发展的客观规律，特别是要探讨、研究中国古代小说史的基本问题。其次是团结广大古代小说研究学者一道工作。在座的各位都是对中国古代小说的研究具有真才实学的专家，但是仅靠我们还不够，还要吸收、团结全国从事古代小说研究的学者共同探讨、共同研究，一起工作，包括不同观点、不同系统学者之间的交流与讨论。我们应该虚心、诚恳地开展学术上的交流与讨论，从而促进学者之间的了解与合作，促进学者之间的团结，而不是加深误解与对立情绪。为此，我建议，《中国小说史丛书》编委会和作者队伍，应尽可能把高校系统研究古代小说的有代表性的学者吸收进来，还应尽可能多地请高校之外，如中国社科院、有关出版社研究中国古代小说的同行参加进来。这将有利于《中国小说史丛书》学术质量的提高，有利于中国古代小说研究的进步。再次，我们希望通过《中国小说史丛书》的编写，能在今后，不仅仅是在高校范围内，而且能在全国范围内，逐步形成中国古代小说研究的学术群体、学术流派乃至学术实体机构，为中国古代小说研究带来健康、兴旺的局面。

预祝会议成功。

高校古委会十年总结与展望

——《辉煌十年——全国高校古籍整理研究成就》前言

1994-06-26 北京

从 1983 年至 1993 年是全国高校古籍整理研究工作委员会（简称"古委会"）艰苦创业、取得丰硕成果的 10 年。

这 10 年高校的古籍整理工作，是中华人民共和国成立之后自 1949 年至 1982 年的 33 年全国古籍整理工作的继续。这 10 年，高校古委会在整理古籍、研究古籍、培养后继人才方面所取得的成果的数量，超过了过去的 33 年；这 10 年，高校古委会所取得的成就，超过了中国历史上任何一个朝代在这方面所取得的成绩。这里面凝聚着占全国从事古籍整理研究工作人员 80％左右的高校古籍整理研究学者的心血与辛劳，凝聚着全国 84 家古籍整理研究所（室）、4 家古典文献专业的负责人和古委会 40 名委员的心血与辛劳，也凝聚着作为组织、协调的中枢机构的高校古委会及它的秘书处人员的心血与辛劳。同时，也与全国各古籍出版社的支持、帮助和鼓励密不可分。

一、历史的简短回顾

中华人民共和国成立后，党和国家对古籍整理在社会主义建设中的重要性和价值予以了极大的注意。毛主席在研读马列经典著作同时，研读了"二十四史"和《资治通鉴》，并要求高级干部认真阅读，从中取得治理国家的借鉴。50年代后期，周恩来总理亲自布置有关部门组织专家点校"二十四史"与《资治通鉴》，并于1958年建立了国务院古籍整理出版规划小组，配合当时全国的科学规划制订有关古籍整理的出版规划。也是在这一年，为使古籍整理后继有人，中央委托当时的国家科委主任聂荣臻、国务院副秘书长齐燕铭、高教部长杨秀峰，在高等学校建立中国古典文献系科。在郭沫若、翦伯赞、魏建功、吴晗、邓拓、金灿然等老一辈学者的支持下，于1959年在北京大学创建了中国古典文献专业，并招收了第一届学生。1966年开始的"文化大革命"使"二十四史"的点校和北京大学的古典文献专业人才培养工作处于停顿状态。1972年由于中央的指示，北京大学古典文献专业恢复招生，同年底"二十四史"的点校工作也得到恢复。

1978年教育部在武汉召开全国高校文科工作会议，有关行政主管部门认为当时全国唯一的培养古籍整理研究人才的单位——北京大学中文系古典文献专业，专业面窄，社会需要量小，与现实联系不紧密，决定取消。北京大学中文系古典文献专业教师通过正常途径向系、校两级反映，希望重视古籍整理工作，保留这一专业，以便培养后继人才，却一直未能得到解决。延至 1981 年 5 月，这个专业全体教师联名给陈云同志写信，反映当时古籍整理工作的严重状况，希望重视这一工作。7 月，陈云同志派秘书到北京大学召开座谈会，转达陈云同志对古籍整理工作的重视并进一步听取意见。9 月，中共中央书记处讨论了古籍整理工作，下达了《中共中央关于整理我国古籍的指示》，专门对古籍整理与研究工作、对古文献学学科建设和人才培养作了部署，强调"整理古籍，把祖国宝贵的文化遗产继承下来，是一项十分重要的、关系到子孙后代的工作"，"是一件大事，得搞上百年"，指出"需要有一个几十年陆续不断的领导班子，保持连续的核心力量"，"可以依托于高等院校。有基础、有条件的某些大学，可以成立古籍研究所。有的大学文科中的古籍专业（如北京大学中文系的古典文献专业）要适当扩大规模"。几乎与此同时，台湾的学者鉴于当时台湾的社会情况，敏锐地提出了整理古籍、了解中华传统文化"将使年轻人寻到中华民族的根"。1982 年初，国务院古籍整理出版规划小组恢复工作，制订了 1982 年至 1990 年古籍整理出版的九年规划；而人才培养工作和全国高等院校的古籍整理工作，则决定由教育部主持。1983 年 2 月，教育部召开高等院校古籍整理研究规划会议，研究高校整理研究古籍与人才培养规划及古籍整理研究机构的设置。为贯彻中央指示，抓好全国高校的古籍整理研究与人才培养工作，1983 年 9 月经教育部党组批准，全国高等院校古籍整理研究工作委员会建立。高校古委会的主要工作任务是：1. 接受教育部（今国家教委）的委托，负责组织、协调全国高校古籍整理的科学研究与人才培养工作，包括重点古籍整理研究项目的规划、审定和项目进展工作的检查、指导；人才培养工作（包括古典文献专业本科生、各研究所的研究生及研讨班）的协调；队伍的组织和研究机构的建设。2. 为高校开展古籍整理研究和人才培养工作创造必要的条件，包括必要的图书资料、设备及出版印刷等。3. 负责财政部指拨的高校古籍专款的分配与使用，并检查使用情况。高校古委会设秘书处处理日常工作，办公地点在北京大学。秘书处下设办公室、古籍信息研究中心和刊物编辑部，工作人员由北京大学教师兼任。古委会下设三个业务工作小组，即科研项目评审工作小组、人才培养工作小组和对外交流工作小组，均由高校教授组成。从此，高校的古籍整理研究工作走上了有领导、有组织、出人才、出成果的发展道路。

二、十年工作与现状

全国高校古籍整理研究工作 10 年来的基本状况如何？

（一）科研机构与教学机构

80 年代前期，在高校系统陆续建立了一批古籍整理的科研与教学机构，其中由高校古委会直接联系的有 18 个研究所、1 个研究中心、1 个研究室和 4 个古典文献专业，共 24 家。这些机构，如综合大学中的北京大学古文献研究所、南京大学古典文献研究所、复旦大学古籍整理研究所、四川大学古籍整理研究所、山东大学古籍整理研究所、武汉大学古典文献研究所、中山大学古文献研究所、吉林大学古籍整理研究所、暨南大学中国文化史籍研究所、杭州大学古籍整理研究所；师范院校中的北京师范大学古籍整理研究所、华东师范大学古籍整理研究所、陕西师范大学古籍整理研究所、华中师范大学历史文献研究所、东北师范大学古籍研究所、西南师范大学汉语言文献研究所、上海师范大学古籍整理研究所。一个研究中心是北京大学中古史研究中心。古典文献专业，则在北京大学之外，增设了杭州大学、南京师范大学、上海师范大学三处。目前，在这些机构中工作的专职科研、教学人员有 400 余人，兼职人员 290 余人，形成了 700 余人的相对稳定的队伍。

在此之外，各省市所属院校和部分国家教委直属院校也陆续建立了 68 个研究所、室，如华南师范大学古籍整理研究所、吉林师范学院古籍整理研究所、南京师范大学古籍整理研究所、江西大学（今南昌大学）古籍整理研究所、西北师范大学古籍整理研究所、西北大学古籍整理研究所、厦门大学古籍整理研究所。在这些研究所、室中，也集中了约 500 名专职与兼职人员。

这批科研、教学机构的共同特点：一是自成系统，即都在高校范围之内，科研经费与人才培养补贴经费均由古委会提供，学术活动互相联系，各机构都在脚踏实地地从事科研与教学工作，在教学、资料乃至人力上常是彼此支持，互相协作。二是有实力。高校的古籍整理工作者在数量上约占全国古籍整理人员的 80%；在 24 家直接与高校古委会联系的机构 700 余人中，有教授 150 余人，副教授 300 余人，博士生导师 29 人。其中，如北京大学古文献研究所的专职人员中有教授 7 人、副教授 7 人、博士生导师 3 人。三是大多数研究机构已形成研究方向和学术特色。如北大、川大、复旦三个研究所分别进行《全宋诗》《全宋文》《全明诗》的编纂工作，已初步形成宋、明两代的文史资料基地与研究特色；吉林师院古籍整理研究所多年从事《长白丛书》的编纂，已出版 40 余册，逐步形成了吉林地方史料的资料中心与研究特色；北京师范大学、南开大学两个研究所正分别开展《全元文》《清文海》的编纂，将逐步形成在元、清两代文史的资料收集与研究上的优势。

（二）科研项目与成果

高校古委会的科研规划有个形成过程。早在 1983 年的 2 月和 10 月，教育部高教一司和古委会两次邀请有关专家到北京制订规划，但制订出的规划都不尽如人意。于是改变方式，暂不制订规划，而是在 1983 年四季度要求各高校自报拟进行项目和正在进行的项目，1984 年便由古委会秘书处从中筛选若干重点项目予以资助。考虑到古委会秘书处人员的人手与学力有限，于 1985 年设立了古委会科研项目专家评审工作小组，作为科研项目的评审机构，由各单位学术带头人申报，每年评审一次，根据项目本身的学术意义和各研究机构及承担人的学术力量与水平，并考虑到可行性，从各校报来的项目中选择重点，逐年积累，至 1986 年已初具规模，形成了高校古委会规划的基础。又经几年来的不断补充，至今已形成古委会科研规划的格局。

高校古委会的科研规划项目分为三个档次。

第一个档次是高校古委会资助的重点项目。有 11 类 100 项。

主要的有：1. 中国古文献学研究。如《中国古文献研究丛书》（金开诚）、《"五四"至新中国成立古籍整理研究》、《古籍整理五十年（1949—1999）》。2. 断代诗文总汇。如《全唐五代诗》（周勋初等）、《全宋诗》（傅璇琮、孙钦善等）、《全宋文》（曾枣庄、刘琳）、《全元戏曲》（王季思、黄天骥）、《全元文》（李修生）、《全明诗》（章培恒等）、《全明文》（钱伯城等）。3. 文史哲大家集及其他。如《陶渊明集编年笺注》（袁行霈）、《李白全集编年校释》（詹锳）、《杜甫全集校注》（萧涤非）、《韩愈集校注》（屈守元）、《柳宗元集校注》（殷孟伦、霍旭东）、《苏轼全集校注》（成善楷）、《康有为集》（姜义华）、《王国维全集》（吴泽、桂遵义）。4. 语言文字文献整理与研究。如《殷墟甲骨刻辞大系》（姚孝遂）、《两周铜器铭文研究》（裘锡圭）、《故训汇纂》（宗福邦等）、《广雅诂林》（徐复）、《古今全汉字信息处理系统》（裘锡圭等）。5. 普及读物。如《古代文史名著选译丛书》（章培恒、马樟根、安平秋）、《二十四史今译》（许嘉璐）、《中国传统文化精华文库》（董治安）、《古代小说评介丛书》（侯忠义、安平秋）。6. 资料汇编、研究及其他。如《唐人轶事汇编》（周勋初）、《石刻中的唐人资料研究》（周勋初）、《全唐诗文作者汇考》（黄永年）、《清代碑传文综录》（李灵年）、《中华律令集成》（张友渔、高潮）、《中国古代教育文献丛书》（王炳照）、《拓片史料发掘整理》（邓广铭）、《中国考试制度资料汇编》（杨学为）。7. 古小说丛编。如《古本小说集成》（徐朔方、魏同贤等）、《近代小说大系》（章培恒、桂晓风、王继权等）。8. 国情研究。如《近现代中国国情丛书》（夏自强）。9. 国际中国学研究。如《日藏汉籍善本书录》（严绍璗）、《善本汉籍海外闻见录》、《中国古籍海外影响研究丛书》（包括《论语》《孙子兵法》《孟子》《管子》《菜根谭》等古籍）。10. 古典文献专业基础教材。如

《文字学》《音韵学》《训诂学》《中国文化史》。11. 当前古籍整理信息与研究。如《近十年古籍整理与研究资料汇编》。

第二个档次是高校古委会资助的一般项目。有 200 余项。如《杨龟山全集》《逸周书集注》《中华野史丛编》《东北宗谱选编》《隋书新注》《〈经典释文〉电脑处理系统》《全汉字字族表（电脑处理）》。

第三个档次是各研究所、各地方所属院校自己的重点项目。约 2000 余项，如《岭南丛书》《长白丛书》。

上述三个档次的项目已有一批完成并出版，如苏州大学钱仲联先生主持的《清诗纪事》22 册已出齐，吉林大学姚孝遂先生主持的《殷墟甲骨刻辞摹释总集》和《殷墟甲骨刻辞类纂》已出版。有一批大型项目已陆续交稿见书，如章培恒、马樟根、安平秋三人主编的《古代文史名著选译丛书》，共 135 种，已出版；曾枣庄、刘琳先生主编的《全宋文》全书近 200 册，现已出 35 册；章培恒先生等主编的《全明诗》全书约 100 册，已出 3 册；傅璇琮、孙钦善等先生主编的《全宋诗》全书约 60 册，已出版 15 册；徐朔方等先生主持的《古本小说集成》共 530 种 800 余册，已影印出版 400 种 640 册；章培恒等先生主持的《近代小说大系》共 90 册，已出书 35 册；李澍田先生主编的《长白丛书》已出书 40 册。这批成果，得到国内外学术界的称赞，也得到中央领导的肯定。江泽民同志题辞勉励《古代文史名著选译丛书》"做好我国古代文史名著的传播普及工作，使其古为今用，以发扬爱国主义精神"，李鹏同志则肯定这套丛书是"弘扬民族优秀文化，激励爱国主义精神"。老学者评价《全宋诗》是"今既有《全宋诗》则不仅为今后之治宋诗者广开方便之门，且将成为研究中国文学史、中国诗史、两宋文化史诸方面之学者一大福音，一大功德。其学术价值之巨大，作用之广泛，影响之深远，诚非今日所能逆睹"（国务院古籍整理出版规划小组编《古籍整理出版情况简报》第 229 期）。

这批规划项目，取得了成果，也提供了经验，经验主要有五条。一是坚持正确方向，坚持马克思主义，排除民族虚无主义和历史复古主义的干扰，为社会主义精神文明建设服务。如编写《古代文史名著选译丛书》是贯彻党中央和陈云同志关于古籍要今译，让读懂报纸的人都能读懂古书的指示，目的在于弘扬中华优秀文化，对青少年进行爱国主义教育，而事实证明也取得了这样的效果，目前该书已印刷 75000 套，台湾锦绣出版集团买去版权，已印刷发行 6000 套。又如 1989 年底开始的《近现代中国国情丛书》意在古为今用，用历史教育青年，使青少年正确了解近现代的中国，从而认识只有社会主义才能救中国。二是规划的构成与组织，采取分层次、有重点的办法。在各单位自报基础上，古委会有一专家评审小组评议、统筹。规划项目的形成既有广泛的群众性，又经专家把关有重点。在实施中，尊重、信任项目负责人，同时又有检查督促，工作着力在具体抓重点项目出成果。三是依靠研究机构，使科研项目的开展与队伍建设、研究机构的发展结合。在队伍建设中，注重扶持中年学术带头人，以保证项目与事业的连续性。四是注意普及与提高两个方面。既有学术价值高的研究项目，又有向人民群众普及中华民族优秀文化的项目。五是整理与研究结合。整理即有研究，但还不是研究的全部。整理要充分吸收研究的成果，如袁行霈先生主持的《陶渊明集编年笺注》、陈华先生主持的《海国图志》，既汇集、吸收了前人的资料研究成果，又熔铸了主编自己多年研究的心得。

这批规划项目的不足有三点。一是对古文献学学科理论建设与教材建设的项目，虽有规划和安排，如《中国古文献研究丛书》，但重视不够，进展缓慢。二是对海内外古籍整理与研究的信息收集与研究，零碎无系统，长此下去势将影响高校古籍整理研究工作的深广发展。三是古籍整理手段现代化工作，如用微机（电脑）编索引、储存数据等，虽有试点，但尚不能实用。

（三）人才培养

古委会建立之后，秘书处曾多次派人到 4 个专业和各研究所调查了解人才培养情况，召开师生座谈会探讨培养规格和课程设置，旁听本科生的课，参加研究生的论文答辩。在此基础上，古委会于 1984 年 10 月、1985 年 12 月和 1989 年 10 月召开了三次人才培养工作会议，研究本科生与研究生的培养规格、课程设置、外语要求及如何办好研讨班等问题。经过几年的工作，古籍整理的人才培养工作已初具格局。

目前整理与研究的人才培养工作分为两个渠道、三个层次。

两个渠道，一是通过整理和研究的实践培养学术接班人，围绕若干个科研项目的开展带出若干个有特色的学术群体，而每一个学术群体都主要集中在一个研究机构中，如北京大学古文献所编纂《全宋诗》、四川大学古籍研究所编纂《全宋文》，这两个研究所人员在参加这两个项目工作中，逐步形成宋代文化研究的学术群体，并能培养出少数的为海内外公认的具有真才实学的专家。二是通过学校的教学培养人才。

三个层次，是指通过学校的教学培养人才分为本科生、研究生和研讨班三个不同层次。

本科生由古典文献专业培养。共 4 个单位，即北京大学中文系古典文献专业、杭州大学中文系古典文献专业、南京师大中文系古典文献专业和上海师大古籍整理研究所的古典文献专业。截至 1993 年 10 月，10 年来 4 个单位共招收本科生 488 人，已毕业走上工作岗位的有 325 人，目前还在学校学习的有 163 人。本科生的培养工作有四个特点：一是有明确的培养规格。古文献学是一门综合性基础学科，因此要求学生基本功扎实、知识面宽广；古文献学又是一门实践性强的学科，学生必须具有实际动手能力；而我国古代文化遗产精华与糟粕并存，学生又必须具有坚实的理论素养和较高的鉴别精华与糟粕的能力。因此，在培养规格上，要求古典文献专业的本科生在毕业的时候，除了与其他专业的学生一样是德智体全面发展的之外，还应该具有较好的理论素质、广博的文史哲基础知识、阅读古书与整理古籍的基本能力、准确地反映整理与研究成果的文字表达能力。学生对这四个方面的基础知识与技能，应该融会贯通。这种明确的培养规格，是根据社会的实际需要，在多年教学实践中形成的，也充分体现了古典文献专业的特色。二是建立起科学的、系统的课程体系。为了实现上述培养规格，4 个专业的课程设置都经过精心的安排，反复征询过许多著名专家学者的意见。课程除政治理论、外语等文科共同课程外，主要包括：1. 汉语言文字方面的基本知识，如现代汉语、古代汉语、文字学、音韵学、训诂学；2. 古代历史文化知识，如中国通史、中国文学史、中国古代文化史；3. 古籍整理的基本知识与技能训练，如目录学、版本学、校勘学、古籍整理实习、电子计算机应用；4. 理论修养与情报信息，如专业理论课、现状研究课、海外汉学现状课；5. 专书选读，如《论语》《孟子》《荀子》《诗经》《楚辞》《左传》《史记》。此外还有若干选修课。三是摸索出一套教学方法。其中主要的有：1. 强调基础。除古汉语、文字、音韵、训诂、目录、版本、校勘等专业基础课外，要求学生整本通读先秦两汉古籍并提倡背诵默写。2. 注重实践。既注重整理古籍的实践，又注重历史文化遗存的实地考察。学生在三、四年级参加古籍整理实习，校点或译注古籍，在三年级末在教师带领下去敦煌、西安、洛阳、开封及天一阁、嘉业堂考察、实习。3. 请校内外学有专长的学者到专业来讲学，增广学生视野，开阔学生思路。四是形成严谨踏实的学风。上述课程设置与教学要求，使学生入学后就受到严格的训练，逐步形成了注重理论修养、注重实学、不尚浮夸的学风。由于本科生培养规格明确、课程设置合理、教学方法对路、学习风气端正，近年大部分毕业生基本功较为扎实，知识面较为宽广，适应能力亦较强。他们当中有相当一批人考取了文、史、哲、经、法、科技史、中医药等专业的研究生，除在对口单位工作的之外，在报刊、广播、电视、文化、宣传、旅游、海关等岗位上工作的毕业生也能胜任愉快，如杭州大学一毕业生分配在地区报社，她所采写的稿件善于突出典型、文字畅达，使用率高，获得报社嘉奖。

研究生的培养主要由各研究机构承担。10 年来，已招收硕士学位研究生 364 人，博士学位研究生 57 人。研究生的培养工作有两个特点：一是培养规格要求在具备本科生应有的知识、能力基础上，做到初步兼通文史，并有一门专长，能够独立从事一般古籍的整理，独立进行学术研究。二是在做法上，有的让研究生随从导师，继承其学术专长，有的是让研究生参加大型科研项目从中锻炼成长。前者如章培恒先生的几位研究生着力在明代文化的探讨，黄永年先生的多位研究生致力于唐代文史与典籍的剖析。后者如北京大学古文献研究所主编《全宋诗》，招收了一个研究生班，10 名研究生边学习边参加《全宋诗》的整理编纂，在实践中成长。四川大学、复旦大学的古籍整理研究所的研究生也在编纂《全宋文》《全明诗》工作中得到锻炼和提高。目前，各研究所自 1983 年以后培养出来的研究生，已有一批人升为副教授、副研究员或副编审，其中有的在学术上取得了显著的成绩，成为较有名气的青年学者。

研讨班，有的称作讲习班、培训班、短训班，根据需要不定期举办，时间可长可短。自 1983 年以来，受古委会委托，各单位已办了 12 个研讨班。其中有专题性的，如吉林大学于省吾先生主办的古文字学讲习班、杭州大学姜亮夫、蒋礼鸿先生主办的敦煌学讲习班；有综合性的，如四川大学杨明照先生主办的古籍整理讲习班、华中师大张舜徽先生主办的历史文献讲习班。1985 年古委会又主办了由复旦大学中文系承办的古籍整理讲习班。近几年研讨班办得越来越有特色。如 1987 年北京大学古文献所与江西高校在庐山合办了"白鹿洞传统文化研讨班"，与深圳大学国学所合办了传统文化研讨班，1989 年和 1990 年北京师范大学古籍整理研究所受国家中医药管理局的委托主办了两期"中医古籍研讨班",1990年9月复旦大学古籍整理研究所与中文系合办了为期一年的中国传统文化研讨班。这些研讨班,几年来为高校、为各古籍出版社、为图博系统,培训了四五百名在职工作人员,为提高在职人员的业务水平,为广泛地培养古籍整理人才作出了努力。

以上三个层次培养出来的古籍整理人才,一般分配(或回到)各古籍整理研究机构、教学单位、图书博物系统、出版社及与古籍整理研究有关的文化教育部门工作,缓解了70年代后期到80年代初期那种古籍整理青黄不接、后继乏人的状况。

为了弘扬中国优秀传统文化、鼓励古典文献学科的本科生、研究生的学习积极性,高校古委会设立了"中国古文献学奖学金",自1990年起实施,每两年评一次。为此建立了由裘锡圭先生任主任的奖学金评委会。

(四)其他工作

1. 古籍整理手段现代化的试点

多少年来,古籍整理都是手抄笔录,如何把电脑用于古籍整理,是一个新的重要课题。几年来,古委会在北京大学、四川大学、复旦大学三个研究所布点用电脑编纂《全宋诗》《全宋文》《全明诗》,同时在东北师大、上海师大布点用电脑储存古籍、校勘古籍。1992年3月高校古委会与国家语委、中国科学院计算机研究所联手开展了"古今全汉字信息处理工程",用电脑编制包括甲骨文、金文在内的古今全部汉字字库,这既是古籍电脑排版的完整字库,又是用电脑整理研究古籍的基本库。这项工作预计在1996年初完成。

2. 对外宣传与交流

古委会已与日本、美国及我国的香港、台湾地区的学者有交流、合作，有的研究所还派出人员到国外有关学术机构讲学或进修。古委会曾委托有关研究机构于1988年8月和1991年8月分别召开了"昭明文选国际学术讨论会"和"国际宋代文化学术研讨会"，对古委会的对外宣传与交流工作起到了一定的作用。

1991年6月，高校古委会在香港举办了"全国高校古籍整理研究成果展览"，古委会赴港人员在香港作了两次大陆高校古籍整理研究状况及有关中国传统文化的讲演，与香港5所大学的教师、学者座谈，香港6家报纸连续几天发表了综合报道、专访和照片。同年8月，古委会与台湾《国文天地》刊物合作，在《国文天地》第75期发表了"中国古籍在大陆"专辑，刊登了古委会系统人员的17篇文章介绍大陆高校的古籍整理研究成果，为此该刊以《是该好好思考与规划的时候了》为题发表专论呼吁台湾当局要像大陆一样重视古籍整理和中华传统文化以利于国家统一。1992年8月，古委会人员赴美，与美国中西部11所大学文学院联合组织签订了合作交流意向书。

3. 办弘扬传统优秀文化的刊物

古委会于1985年创办了学术刊物《古籍整理与研究》，半年刊。刊登有关古籍整理与研究的文章，内容有较强的学术性。为适应形势发展的需要，于1992年6月改刊为《中国典籍与文化》，重在向广大人民，特别是青年人普及中国传统优秀文化，至今已出版8期，受到读者欢迎。

三、今后的设想与展望

今后，全国高校的古籍整理研究拟做好如下几方面的工作。

（一）深入抓好科研项目

1. 明确科研工作的一个指导思想，处理好两种关系。一个指导思想是，要使科研项目的开展与研究所的学术建设结合，与出学术群体结合。研究所的学术建设是指研究所的学术方向与学术特色。研究所开展的重点科研项目，应该有利于研究所学术方向与学术特色的形成。一个研究所要有学术方向、学术特色，并不是说研究所中的所有教学、科研人员都在一个学术方向中，都具有同一的学术特色，而是应该既有重点，又发挥每个人的特长，应该有学术上的宽松性和包容性。出学术群体，是指研究所的学术实力，是要在项目开展过程中，有意识地培养、造就若干名学术骨干，使他们逐步成为在这一领域里有真才实学的学术带头人。处理好两种关系：一是整理和研究的关系。要二者兼顾。今后，针对前几年整理项目多而强，研究项目较少、较弱的情况，要注意加重研究项目，特别要注意能够为现实服务的研究项目。二是大中小项目的关系。要三者兼顾。一个项目的重要与否，主要不在于它的大小，而在于它的价值和质量。今后，在保证搞好大型项目，加快速度，提高质量的同时，要有计划地安排和支持若干有学术价值、有现实意义的中小型项目上马，以使中小型项目所出的成果与大型项目相适应，使得大中小型项目在古籍整理与研究的学术发展中，互相补充，互相呼应，互相推动。

2. 检查、督促重点项目尽快、尽好地出成果。首先是断代诗文总汇"七全一海"——《全唐五代诗》《全宋诗》《全宋文》《全元戏曲》《全元文》《全明诗》《全明文》《清文海》。在今后两年内古委会秘书处拟逐项检查进度与质量，并与项目负责人、研究所长探讨如何在整理的基础上组织深入的研究工作。其次是古委会直接抓的大型普及读物——《古代文史名著选译丛书》，已在今年上半年最后完稿，可望于今年底、明年初出齐，至此全书 135 种，历时 8 年全部完工。再次是若干大作家集，如《韩愈集校注》《苏轼全集校注》《杜甫全集校注》，应检查督促。

3. 直接抓三个新上重点项目。一是组织撰写《中国古代文化研究丛书》，此为大型研究专著，约 50 种，包括专书研究、作家研究、历史著名人物研究、重要历史现象研究、文化现象研究等。如实总结，期在实用。主要由高校系统学有专长的专家学者承担撰写任务。1994 年内组成编委会，列出选题，开展工作。二是组织编写一套古文献学教材，约 10 种，已委托北京大学裘锡圭教授任主编。三是组织撰写普及读物《历史人物故事》，做到图文并茂，向青少年进行传统优秀道德情操教育。

4. 设立高校古委会青年科研项目基金，支持青年学者的科研工作。

总之，展望今后几年高校的整理与研究项目，将是一个丰收的时期，会有比前 10 年更多、更有价值的成果出现。

(二) 加强人才培养工作

1. 造就一批有真才实学的中青年学者。人才培养不仅是在课堂上，更应该是在学术实践中。高校各教学、科研单位，要结合科研项目的开展，结合研究所的建设，在本单位的中青年中培养一批人才。在教学、科研的实践中，在项目进展中，带出一个学术群体，在此基础上培养出新的学术带头人。在今后5至10年时间内，在高校、在古委会系统，造就出一批50岁、40岁、30岁的被学术界公认的具有真才实学的学者，那时，既有一批重要的科研成果，又有一批具有真才实学的中青年学者，那将是高校和古委会对中国古籍整理研究事业的最大贡献。

2. 在本科生、研究生的培养上，应该明确一个指导思想，即不仅培养专业人才，还要为国家输送有扎实的中国文史基础、对中国传统文化有较全面、较深入、较正确了解的干部。这是关系到专业人员与国家干部素质的根本性任务。

3. 提高本科生、研究生的外语水平，改变研究中国古文化的学者可以外语水平不高的老观念。为更多地了解国外对中国文化研究的现状，也为了向海外介绍中国优秀传统文化，以促进学术的交流与学术研究水平的提高，应加强古典文献专业的本科生和各古籍研究所的研究生的外语教学，如英语学习，本科生到毕业时应从现在的4级提高到6级。

4. 增强古典文献专业本科生的运用电脑能力。现在4个专业均开设有电子计算机课，但学一门课下来，一个学期平均每人只有2—3次的上机机会，学生还是不能较准确地（更谈不上熟练）操作电脑。为使古籍整理的手段现代化有后继人才，也为了增强学生毕业后到工作岗位的适应能力，应使学生能较好地使用电脑。为此，古委会拟拨款为高校4个古典文献专业增设专用的机房与电脑。

5. 在现有的两年一次的高层次的古委会"中国古文献学奖学金"之外增设普通奖学金，面向古典文献专业的本科生和古委会直接联系的研究所的研究生。每年评议一次，扩大奖学金获奖面，提高学生学习中国古文献与古文化的积极性。

总之，今后若干年高校古籍整理与研究的人才培养工作，可望是一个出人才的丰收季节。

（三）开展对外交流

与台港地区的交流合作，拟办三件事。一是合作编辑《中国典籍与文化》的港台专号；二是开展与台湾学者在中国古籍整理研究上的具体项目合作；三是筹备在适当时机召开海峡两岸中华传统文化学术研讨会。

与国外的交流合作。如与美国大学，即将开始的是三个方面，一是互派教授，3 年为期，每半年 1 人；二是进行《美国的中国学家名录》和《美国主要图书馆藏中国古籍目录》两个项目的合作；三是互派青年教师进修。又如与日本大学教授的两个项目合作，一是《日本中国学综览》，包括日本有关中国学的研究机构与大学、日本收藏汉籍的图书馆、日本有关中国学的协调机构（包括学会）与基金会、日本有关中国学的刊物、日本有关中国学的学术专题研究的历史与现状。这一项目将于 1995 年 9 月出版。二是《中日学者中国学研究纪要》，即学报，每年一期，由古委会秘书处与日本学者合编。

预计高校古籍整理与研究的对外交流会日渐宽广与深入。

（四）抓紧古籍整理手段现代化工作

继续支持裘锡圭先生代表高校古委会与国家语委、中科院计算机所同志合作主持的"古今全汉字信息处理工程",以期解决电脑的古今字库问题,使其具有实用性。这一工程如能按期完成,将在国内、国外处于领先地位。同时,在财力允许的时候,拟与已经提出用电脑开展古籍整理研究具体计划的三所大学的研究所商讨可行性。

另外,还要办好《中国典籍与文化》这一普及性刊物及其学术增刊《中国典籍与文化论丛》,按现有宗旨,办出特色,为中国传统文化的普及与弘扬作出努力。

过去的历史和近 10 年的高校古籍整理研究工作及对今后的展望都说明了古籍整理从来不是雕虫小技,不是与现实无关、于社会无补的遗老遗少的老朽行当。欲灭其国,先去其史。一个国家、一个民族,无论如何都不应该忘记乃至轻视自己的历史。在中国,作为历史的主要记录的古籍,对它的整理、研究,乃至对它所反映出的中国的历史与文化精华的弘扬,是涉及建设有中国特色的社会主义的成败,涉及中华民族兴衰的事业。这是天下的公器,不可营私。营私者一败事业,二害自己。这是规律。作为从事这一工作的古籍整理研究人员,不能不兢兢业业,鞠躬尽瘁,犹如春蚕吐丝,死而后已。过去 10 年,高校古委会和广大高校古籍整理研究工作者就是靠这种认识与精神取得了成果,今后仍然要靠这种认识与精神才能作出实绩。

1994 年 6 月 26 日写毕

1994 年 8 月 1 日小改

在全国高校古籍整理研究所所长暨部分大项目负责人会议上的发言

1995 - 10 - 18　兰州

前面是开幕式，我算是开幕式之后的第一个发言。刚才在开幕式上夏自强先生讲了，这次会是全国高校古籍整理研究所所长以及部分大项目负责人会议。各个所的所长基本上都到了，只是北大古文献所孙钦善先生最近要到美国去，请了假。作为大项目《全宋诗》的主编，倪其心先生来了。还有北大中古史研究中心主任王天有同志请了假，因为他兼北京大学历史系主任，这次正好19号有个会在山东召开，是全国历史系系主任的会，要讨论的内容是北大历史系提出来的一个方案，他作为系主任不去不好办，所以请中古史研究中心副主任李孝聪先生来参加。第三个所是西南师大，刘重来所长没有来，事先我们不知道，昨天听说他正在北京社会主义学院学习，副所长喻遂生先生到会。除去这三个所之外，各个所都是所长到会。另外请了九个大项目的负责人来。刚才夏自强先生已经讲过了，我们这次会议要讨论的问题涉及大项目，也涉及古籍所的学术建设。那么，归根结底，我们这次会议的中心议题是高校古籍整理研究所的学术建设。这是一次工作会议，不是委员会，是所长的工作会议，是若干大项目负责人的工作会议，是秘书处根据我们了解的情况来召开的一次工作会议。

为什么现在我们要提出来研究所的学术建设？我想同我们将近 13 年古委会的工作有关系。因为，在古委会建立之初就提出来，要出成果、出人才，而这个精神是根据中央的指示，根据陈云同志的意见提出来的。古委会一届换届的时候，1986年在成都开会，我们在换届的工作报告中就提出了关于研究所建设的四条标准。在那个会上我们提出了二届委员会的四项工作，其中一项就是加强研究所的建设。这是 1986 年二届一次会议的时候。到了 1991 年 11 月三届一次会议，我们的工作重点之一仍然是研究所的建设，提出了三届委员会的六项工作：第一是抓好科研项目，落实"八五"规划；第二是做好各类人才的培养工作；第三是办好刊物；第四是加强研究所建设；第五是加强与海外的学术交流；第六是促进古籍整理手段现代化。我们现在正处于三届委员会的后期，因为三届委员会是从1991 年 11 月换的届，到明年 1996 年 11 月就到届了。我们从1991 年遵循三届委员会提出的这六项工作来做，这几年工作当中，抓了科研项目，也强调了研究所的建设，也抓了人才培养。1992 年我们做了一件事，对我们古委会的工作有推动也有不良影响，那就是当时我们想办公司。办公司的出发点是想把我们搞得更活一点，使古籍整理的经费更充足一点，考虑到高校古籍整理教学、研究人员条件太差，想对大家有所补益，所以，从 1992 年到 1993 年，我们的精力有所转移，但实际上，我们的主观想法与客观实际距离很大。到 1993 年的下半年，我们又进一步地抓人才培养、科研项目，包括研究所的建设。因此在 1994 年上半年，在广东从化开了一个人才培养工作会议，会上大家对人才培养提出了一些想法。在去年（1994年）5 月从化会议之后，秘书处的一些同志到了杭州大学、上海师范大学以及北京大学古典文献专业座谈，对人才培养工作做了研讨和总结。从那之后，我们对人才培养问题又作了研究，到去年的 11 月，在上海华东师大召开了人才培养工作会议，这样就形成了我们对本科生人才培养的一些想法。今年 9 月在杭州，关于本科生培养我们又开了一个座谈会，这样就形成了关于人才培养工作的四项措施。这 4 项措施简要地说就是：第一，本科生要加强外语教学。从积极方面来说，加强外语教学对于学生将来走上工作岗位很有好处，他既懂古籍整理又懂外语，便于吸收海内外科研成果，也便于把我们的古籍整理和传统文化推向海外，从消极方面说，是便于本科生毕业找工作。第二，加强电脑课程。每个专业都建立一个机房，配备 8—10 台电脑，使本科生能在机房里上课并且操作。第三，加强专业课实习，走出去，要特别重视专业的实习考察，包括对历史遗存的考察。第四，加重我们的奖学金。在原来古文献奖学金两年评一次的基础上，另设一个古文献学的普通奖学金。这两个奖学金合起来，使我们专业本科生的获奖面每年能够达到 50%。这四项措施是为了巩固和加强本科生的专业，也为了巩固和加强本科生的教学。最近在杭州开会时，我们实际上也提出了第五项措施，就是强调和加强本科生的专业基础课教学。因为，一是我们发现我们的 4 个专业在专业基础课教学上，一方面各有特色，一方面重视程度有所区别。尽管专业课程如何设置、如何教学是各学校、各专业的事情，古委会和秘书处不准备过多干预，但是对于专业基础课必须加强，这还是应该明确的。二是从若干个办得好的国外学校和专业来看，比如像日本的东京大学、庆应义塾大学（一个是公立大学，一个是私立大学）都是强调专业基础，四年制的学校里前两年完全上专业基础课，而且是相对稳定，有点像工具书、字典和辞典一样，强调它的科学性，强调它的稳定性；像美国的两个很有名的大学，一个是私立大学哈佛大学，一个是公立大学西海岸的伯克莱大学，这两个学校，特别是哈佛，都强调基础课，他们叫作核心课程，或称作中心课程。所以，不管公立、私立，不管是美国还是日本的大学，都强调基础。所以我们在杭州开会的时候特别提出来要强调我们的专业基础，而且是强调它的科学性和稳定性。我们过去强调比较多的是它的适应性，强调它和现实的结合。今天我们不是不强调它的适应性，它和现实的结合。随着现实的发展和需要，我们要调整我们的课程，这当然需要，但还有一个基本点，就是专业的基础课是科学的、稳定的。国外的学校就是靠这些专业基础课程，比如哈佛，就是靠开设了几十门核心课程而形成了自己的特色，提出了自己的教学体系，并且培养出了 6 位美国总统，33 个诺贝尔奖获得者，这是我们平时所说的资本主义国家在为它自己培养人才。一个学校是这样办，对于我们专业，也应该考虑吸收、借鉴人家的经验。所以，从 1993 年到现在的 1995 年下半年，关于人才培养，我们做了一些工作，采取了以上五项措施，强调了以上五个问题。刚才提到 1994 年的工作要点，有五项工作，第一是科研项目，第二是人才培养，第三是研究所的建设，第四是对外交流，第五是电脑手段现代化，最近我们秘书处自己又提出了第六项，就是要提高秘书处人员的素质，我们深深感到我们自己的学术水平、我们的办事速度、办事能力、我们思考问题的方法都要求我们提高素质，最近这一年多，秘书处在这方面很注意，有意识地送一些同志到国外看一下，了解一下整个国际的学术、文化、教育情况。在这些工作里，我们在两方面还需要加强，那就是科研项目和研究所的建设，所以这次会把研究所的所长请来，要探讨一下研究所的学术建设。这是我们思想的发展过程。从三届委员会的工作来说，我们的工作重点中的两项：研究所的建设和科研项目，应该结合起来、联系起来考虑。刚才提到在二届一次会议时我们提到研究所的建设时，提了四条标准：第一，在队伍上，有学术带头人，有一批形成梯队的专职科研人员，不要兼职人员甚多，专职人员甚少。这是针对各个学校古籍研究所建立初期，专职人员很少的状况提出来的。专职人员中要注意老、中、青的比例，不要青黄不接。第二，在工作上有明确规划，任务具体，组织得力，有研究方向和学术特色。第三，在条件上，有基本的图书资料、设备，有够用的行政与科研办公用房。第四，在自主权上，有安排业务工作的指挥权；在财务上，在国家拨给古籍整理的专款预算范围内，根据国家和学校制度的有关规定，可自行支配使用；研究所的办事机构的设立，人员编制的确立，人员的调动，应商请学校有关部门办理。这四条，是因为虽然当时古委会18个所、1个研究中心，还有2个研究室都建立起来了，但是和文科其他所比较，建所晚。比如说，北大的古籍所是 1985 年才建立的，底子薄，人员少，所以研究所的建设问题是很突出的，于是提出这四条标准。当时我们提四条标准时，特意提出这么一个意思，就是各个研究所要有自己的研究规划，包括科研和人才培养两个方面。"从根本上说，研究所要立稳脚跟，并且长足发展，必须靠出成果、出人才"，这是 1986 年二届一次会议上我们对研究所建设提出来的一个想法。从这个想法可以看出，研究所的建设，特别是研究所的学术建设是和学术成果联系在一起的。到了三届一次会议，我们又进一步明确了这样一个意思。在三届一次会议工作报告里明确提到这个意见。1993 年 12 月我们开了个会，后来又印了一本书，叫《辉煌十年》，在它的前言里我们又把它总结、归纳了一下。在 1993 年 6 月 19 号，借《全元文》在北京开会之机，我们又请到会的四个大项目——《全唐五代诗》《全宋诗》《全元文》《清文海》的负责人座谈，在这个座谈会上我们又提了进一步想法，是秘书处经过几次讨论才总结出来的，当时我们谈了三个问题：第一个是我们上大项目的目的是什么；第二个是整理和研究的关系；第三个是质量和速度的关系。这里面我们提到关于上大项目的目的，有两个：第一个目的是推动中国传统文化的学术研究工作，为建设有中国特色的社会主义新文化服务；第二个目的是通过完成大项目，培养一批具有真才实学的、相对稳定的学术群体，建设若干个从事古籍整理和研究的学术基地。我们开展大项目，包括开展中小项目的目的实际上就是这两个，特别是第二条，是和我们研究所的建设密切相关的。从这个情况看，古委会的三届工作，在抓了人才培养的同时，也抓了科研项目和研究所建设。而从我们多年的指导思想来看，应该把研究所的学术建设和开展科研项目结合起来。所以这次召开会议，特别要请9个大项目负责人来参加，请研究所所长来参加。

那么，为什么要选择这9个项目呢？这9个项目是《全宋文》《全宋诗》《全元文》《全明诗》《全唐五代诗》《〈车王府曲本〉整理》《故训汇纂》《清文海》《朱熹全集》。因为这9个项目很典型，这9个项目是通过开展科研工作，出成果，同时也出人才，而且逐步形成学术群体。在这9个项目里面有8个项目是以研究所为基地进行的。这8个项目是通过搞项目，使研究所逐步形成学术方向和学术特色，逐步地出成果，逐步地培养出人才，逐步地带出一支队伍，将来形成一个学术群体，是这样一个方面的典型，所以这次请他们来介绍他们是如何在开展大项目的同时既出成果又出人才，又形成本所的学术实力。他们的介绍对于其他的研究所今后设想我们的工作，研究所里的学术建设，考虑我们"九五"期间的规划，都是有好处的，会有启发，起到一个导向的作用。我们这样说并不意味着我们只强调搞大项目，在讲到整理和研究的关系时，我们多次讲到，要大中小项目兼顾，只要是有意义、有价值而又能跟本所的学术方向、学术特色相吻合的，这样的项目，无论大中小，都会对研究所工作的巩固和加强有利。所以我们这次会上也请了吉林大学古籍所、华中师范大学历史文献研究所来介绍他们这些年来是如何在搞中小型项目过程中带出一个学术梯队，乃至将来形成一个学术研究群体的。同时，在我们这些项目里，在高校中，有些项目是在研究所之外的学者们联合起来进行的，特别是有些大项目，比如《全唐五代诗》。《全唐五代诗》

不是以我们说的 18 个所里的某个所为基地的，或者说不完全是，它是 6 位主编，周勋初先生是第一主编，他是南京大学的，但实际上他们的工作基地是苏州大学和河南大学。我想不光他们是这样，还有许多中小型项目都是这样搞起来的。我觉得这应该是允许的，是正常的。但我们也要求这样的项目在出成果的同时也出人才，逐步地形成学术群体。也就是说，这个学术群体可以不在我们这 18 个研究所、1 个研究中心、2 个研究室里边，可以是几个单位的合作，是一种松散性的学术群体，这也是现实的。但就一个项目来说，它离不开一个基地的操作，比如像《全唐五代诗》的运作离不开苏州大学和河南大学。所以我们这次会如果说有导向性的话，那就是，在我们直接联系的研究所里面，在开展项目过程中，在出成果的过程中，要出人才，要出学术队伍，而这个队伍要以研究所为基地、以研究所的人员为主体，这样就要求我们的研究所要真正成为研究的基地，研究所的人员要真正有学术水平和学术实力，同时团结所外的同行学者一道从事学术工作，这样若干年后，我们的研究所才有特色、有力量，才能巩固。这是我们这次会议的主要想法。这些想法合适不合适，请大家讨论，供大家参考。

参加我们这次会议的，除去各项目负责人、各所所长之外，还请了本地的西北师大古籍所所长胡大浚先生参加，他们有 13 位专职人员，七八位兼职人员，还是很有实力的。这些年做了不少工作，也是有学术特色的。他们以地方文献研究为主，出的成果也不少。同时，也请了兰州大学历史系的系主任、副系主任到会，因为兰大的古籍整理研究室是设在历史系的，是在历史系领导下工作的，这次请他们了解我们会议的想法，今后好更有力地支持兰大的古籍整理研究室。我们希望兰大的古籍整理研究室——我们这次会议的东道主，今后的工作会有一个长足的发展。

（根据录音整理，经本人审阅）

全国高校古籍整理研究所所长暨部分大项目负责人会议总结发言

1995 - 10 - 20　兰州

　　这次会议从 18 日开始，到今天 20 日下午，实际上开了两天半，这两天半时间里，不少研究所介绍了自己的情况，我听了以后很有一些感慨。这感慨，概括起来说就是古委会直接联系的各个古籍整理研究所十几年来起了根本性的变化。

　　这变化的第一条就是各古籍整理研究所从无到有，逐步形成了实体。我们的古籍所大多数是在 80 年代初期建立的，白手起家，开始既没有办公用房、办公设备，也没有图书资料，连专职在编人员都很少。十几年下来，到今天，古委会直接联系的各个研究所，起了根本性的变化，不仅办公用房、设备有了，图书资料较为齐全了，而且形成了学术梯队，学术实体，并且有了自己的特色。古委会秘书处是 1983 年 5 月建立的，古委会是 11 月正式开会成立的，在 9、10 月间秘书处组织人员分两路做调查了解。其中一路是我和陈宏天同志到西北、西南。我记得到黄永年先生那里去，黄先生特意跟我说，要我帮着做一件事。他说他们学校虽然建立了研究所，但是还没有房子，"今天晚上我们校长、书记和史念海先生要请你们吃饭，你们是不是在饭桌上帮帮忙，说一说"。这样我们就说了一下。陕西师大动作很快，在我们还没离开的时候，给了一间房子，挂上了牌子。原来陕西师大这个所连房子都没有，现在发展到有八间房子了。接着就到了四川大学，四川大学古籍所所长当时是杨明照先生，主持日常工作的副所长是胡昭曦先生，那时胡先生非常高兴地告诉我们："我们已经有房子了。"在人口所的楼下，离杨明照先生住的地方很近，只有一间房。现在看四川大学古籍所，是各校古籍所里办公条件最气派的一个，条件最好。在他们的文科楼上，两位所长都有所长办公室。我们还有些所没有所长办公室，起码北京大学古文献所就没有。所以这是从无到有。我们过去讲我们的古籍整理研究所和文科其他所、理科其他所比较起来，建所晚，底子薄，人手少，经费困难，但是十几年来的发展，到了现在，首先从办公用房，图书资料，办公设备，在编人员来看，从无到有，这就是一个很大的变化，这是十几年来所起的根本变化的一条。

第二条是各个研究所在搞科研项目的过程中，出了成果，形成了学术特色。可以说，我们直接联系的这 18 个所，1 个研究中心，2 个研究室，都有自己的学术方向、学术特色。大家这几天的讨论都讲得非常清楚，不光是围绕着大项目搞起来的研究所有它自己的学术方向、学术特色，没有进行大项目，进行中小型项目的，也有自己的学术方向、学术特色。我们过去讲过，像北京大学搞《全宋诗》，主要的学术方向是宋代文学的研究，但是北京大学古文献所，实际上在内部也有 3 个方向：一个是《全宋诗》，一个是裘锡圭先生的古文字研究室，按编制应该有 8 个人，现在没那么多了，还有一个是金开诚先生主持的楚辞研究，另外我们在上报学校时还有一个方向是《史记》研究方向。我们一般都说的是 3 个方向。不光是开展大项目的研究所有它自己的学术方向、学术特色，各个所都有自己的学术方向、学术特色。刚才东北师大谈了魏晋南北朝文学、地方文献是他们的特色。每个所都有，大家都很清楚，我就不再重复了。而且成果出了不少，复旦大学会上介绍，到目前为止出版的专著、编印的著作 71 部。上午吉林大学讲到，他们是 3 个研究室，3 个学术方向和特色，共出了专著 29 部，论文 300 多篇。下午听刘乾先先生介绍东北师大出了 67 部著作，67 本书，692 篇论文。我们每个所都可以摆出许许多多这样的成果。我想简单概括一下，就是说，我们高校古委会十几年来，通过我们各个研究所所完成的项目有多大分量呢？国务院古籍整理出版规划小组在 1982—1991 年的规划里说是 3100项，这 3100 项里面有 2500 项以上实际上是高校人员完成的。我们古委会自己制订的规则，分 3 个层次，不管是我们直接资助的重点项目，还是直接资助的一般项目，还是各个研究所的项目或各个高校的项目，加起来也是 3000 项。我们十几年来完成了 2800 项，我们粗略地估计，这 2800 项里面，属于我们直接联系的研究所、研究机构，包括专业，共 24 个教学科研单位所承担完成的项目大概占了 70.9%，这样就可以看出我们直接联系的研究所所发挥的作用。这是我们起根本变化的一个标志。

第三条是围绕我们每个所自己的学术特色，培养了一批人才，带出了一批队伍。培养人才方面，像这几天谈到的陕西师范大学古籍整理研究所，硕士生就培养了 70 多人，华东师范大学硕士生培养了 48 人，博士生培养了 17 人。而我们研究所自己的专职队伍也在壮大，也在成长。刚才提到的华东师范大学，在职的有 19 人，正高级职称是 4 个，副高级职称是 8 个，加起来共 12 个，高级职称超过了 50%。像山东大学，一批年轻人成长起来，学术上是很扎实的，像杜泽逊、徐传武、郑杰文、张涛、冯浩菲这些同志，都有许多自己的成果。

这是我听了大家讲的情况之后的一些感受，就是我们直接联系的研究所十几年来取得了根本性的变化。

其次，我想讲一下我们取得根本性变化的原因是什么。

第一个原因是，古委会和各位古籍所所长这些年来关于研究所建设的指导思想是明确的。这一点很重要，1983 年古委会建立时就提出了"出人才，出成果"，提出研究所也要出人才，出成果，其后我们又进一步提出，通过科研项目出成果、出人才，加强研究所的学术建设，并且提出了加强研究所学术建设的四条标准。这是 1986 年 10 月提出的。再以后我们又提出了出人才要形成学术群体，要重点培养中青年，这是 1992 年提出的。再进一步又提出了这样的学术群体，特别是中青年，都应该在我们自己的研究所里，使人才和成果主要集中在我们自己的研究机构里，使我们的研究所成为学术性的实体。这一点应该辩证地看，培养的人集中在所里，形成学术群体，当然也会有一批人走出去，这是另外一回事，从根本上说我们带出的队伍应该主要集中在研究所里。这样的想法不是古委会自己杜撰出来的，而是根据多年来大家实践的结果不断总结出来的。就像前天我们提到人才的培养，在本科生四个专业，采取了五项措施，这也是经过调查研究，各个专业的教师、同学、专业主任一起讨论、研究而后总结出来的一样，都是经过多年的实践总结出来的切实可行的指导思想。

第二个原因是，我们有一批具有学术水平，有学术发展眼光和组织能力，而又思想素质好、一心为公的所长。这一条是非常重要的。指导思想再明确，如果各个所长不是具有学术水平、学术发展眼光，不是有组织能力，或者思想素质不高，不是一心为公的，那我们的研究所也办不好。我们现在这些研究所之所以能够发展，10年来取得根本性变化，就是我们各个所长领导的结果。像北京大学古文献研究所，孙钦善先生、倪其心先生实际上是在那里主持工作的，因为这个所和专业是合起来的。这两位先生一直在领着大家搞《全宋诗》。南京大学周勋初先生在苦心经营南京大学古典文献研究所，多少年来培养了一大批人。武汉大学宗福邦先生前两天在介绍情况时还没有把自己的作用讲清楚，他自己做了很大的奉献。山东大学董治安先生给大家的印象一向非常好，首先是他的为人很好，又有学术水平、学术发展眼光，培养出了一批年轻人。我们各个研究所都是这样，几个老的所长，从开头到现在一直在担任所长的同志，都是这么一种精神。恰恰是由于有这么一种精神，有这么多位所长在操持，我们才能使研究所取得这样一个根本性的变化。新上任的一些所长，像华东师大的朱杰人先生、严佐之先生，吉林大学的吴振武先生，南开大学的赵伯雄先生，杭州大学的龚延明先生（他也不是年轻人，但我们开玩笑说他比姜亮夫先生年轻），这些年轻的所长，过去每次与他们接触都有个感受，我们老的所长是为人素质、学术水平都非常高，在所里是大家的榜样。新的所长怎样呢？看到这些人我们感到很可喜，相信今后我们各个所新老交替之后，年轻的所长也会带领大家按这样一种精神去做。

第三个原因是，各个研究所选择的重点项目和学术方向适当。有的研究所上了大项目，比如四川大学、北京大学。有的研究所不上大项目，不上大项目的研究所觉得自己的条件不具备，就不勉强，如果勉强上，也不利于研究所的建设，他们有一个很清醒的头脑。大家当然愿意上点大项目，因为上大项目首先就是拿钱多，其次上了大项目，将来出了成果也像样。但是我们有不少所没有这样做，不是大家都在争着上大项目，这就反映了我们各个所的所长都非常有头脑，选择项目适当。所以这些年来我们每个所都根据自己的情况，从实际出发，有不同的发展，否则的话，我们如果是同一个模子，都上大项目，那么古委会联系的研究所就绝对不会是这样一个大家都有发展的面貌，都上大项目，就一定会有失败的。

第四个原因是，我们各个所都有一批热心于学术，不计名利的古籍整理研究学者。像这次会上介绍的武汉大学、四川大学，在做两个重点项目的过程中，许多人做了牺牲和奉献，有不少人在评职称上也受了影响。

以上所说是各个研究所取得根本性变化的原因。

下面说一下我们对研究所今后建设的几条建议。为什么说是"建议"呢？我们说得实在一点，各个研究所都是各个学校领导，不是古委会领导。古委会和各个研究所的关系是两条：一条是给大家经费，另一条是参与各个研究所制订自己的学术方向，形成学术特色。但具体还是要各个研究所自己去做。

我们的第一条建议是，今后研究所的学术建设还是要有明确的指导思想，也就是说，要按照学术发展规律来办事。这里我们有几点具体想法。

第一，研究所要抓项目，出科研成果。因为既然叫作研究所，就要做研究工作，就要出成果，成果包括论文、专著、各种整理方式的成果。出成果要有一定的经费，这就需要立项。甚至在学校评职称也要参考你有没有承担国家级或部委级的项目，有没有经费，所以各研究所要抓项目。在抓项目过程中，从古委会来说，大中小型项目三者应该兼顾。从研究所来说，应该根据自己的情况来确定开展什么样的项目，这些项目里面有需要在古委会立项的，需要古委会资助的，这就需要由研究所来申报，经古委会项目评议组评议、通过，报古委会主任批准。换句话说，有些项目各研究所不需要跟古委会打招呼，自己完全可以做，自己用经费支持。我们过去在科研项目规划中有一个第三层次，就是各个研究所自己的重点项目，由所长决定，或者是各个研究所所长领导之下的学术委员会或五人小组之类的学术机构来决定。向古委会申请立项和资助的，当然要经过古委会审批，投票通过。我们的意思是，上什么项目，包括是大型、中型还是小型项目，是整理方面的项目还是研究方面的项目，这样一些问题由各所从实际出发，根据自己的情况研究确定。这里还有一个情况需要说明，我们高校古籍整理研究所的经费现在看主要是三个来源：第一个是自己学校给的；第二个是古委会拨给的，这包括基本建设费、图书资料费，还有科研项目费；第三个是通过项目得到的，也有的是古委会的项目之外得到的钱，包括教委的社科基金、国家的社科基金，也有从古委会得到的。从这些年的情况看，比较多的是第二个来源，我们各个研究所资金来源，大头的是古委会直接拨给的。我们的想法是今后在一个短时期内，还是要保证第二个来源，拨给各个所的要充裕一点。今天上午说了一下，今年想增加两万元，包括买电脑的钱。只要古委会还有钱，各个所的经费还是能保证的。但是从另一个角度说，这是一笔科研基金，应该是从科研项目这个角度，更多地得到基金。这一条建议和我们头一条说的研究所就要搞研究工作、出研究成果相符合。

第二，关于研究所的学术方向和学术特色。首先，我们认为，古籍整理研究本身就是我们的一个专业特色。古籍整理研究所本身就不同于一般的社会科学、人文科学研究所，有比较强的专业性，它要从事古籍的整理和研究工作，要出古籍整理和研究方面的成果，这是一个大的方向、大的特色。其次，古籍整理研究所的学术方向、学术特色的形成，应该是由各个所从本所实际情况出发来确定的，也是在科研实践过程中逐步形成的，不是说我现在定了，将来就是这个学术方向，就是这个学术特色，因为定了以后，将来可能实际做不到，所以要在科研实践中逐步形成，不是由古委会来指定，或者分配、安排的。十几年来不是这样，今后恐怕也不会是这样，这违背学术发展的规律。再次，我们提倡各个古籍整理研究所在古籍整理研究范围内，有自己的研究方向和学术特色，这有利于各个研究所站稳脚跟，有利于各个研究所的巩固和发展。如华中师范大学是以历史文献的整理和研究作为它的特色，武汉大学是以语言文字文献的整理研究作为特色，复旦大学是以明代文学乃至于明代文化的整理研究作为特色，也可以说是复旦大学这个研究所学术研究的一个大方向，同时复旦大学在这次会上也介绍了，他们还提倡所里的年轻人在这个大方向里有比较明确的一至两个小方向，以致在总体上显现出全方位、多侧面的研究特点。我们觉得这一点也是可以参考和借鉴的，但各个所要根据自己的实际情况来考虑。关于学术方向和学术特色，我们在1992年8月在青岛召开的研究所所长会议上讲过："一个研究所要有学术方向、学术特色并不是说研究所里所有的教学科研人员都必须在一个学术方向之中，都具有同一个学术特色，而是应该既有重点，又要发挥每个人的特长，应该有学术上的宽松性和包容性。"实际上这段话在1992年5月份古籍小组召开的香山会议上就讲了。那是在香山会议的闭幕式大会上讲的，会议的简报也登了。在1992年8月青岛所长会议上我们把这个意思更明确地表达出来了，到现在我们仍然坚持这样的看法。如陕西师范大学古籍所，是以唐代文史、唐代文献的整理研究为主要方向和主要特色，同时，还兼有版本目录学和古代小说的整理研究两个方向和特色；南京大学古典文献研究所也是以唐代文史的整理研究为主要方向和特色，但是同时也有人整理魏晋南北朝文献，也有人是多方位的全面的整理与研究。四川大学古籍所是以宋代文化为整理研究的方向和特色的，全所主要人力投入这个方向，但是也允许有人研究先秦文史和自己所长的学问。这些都体现了我们在1992年青岛会议上所讲的指导思想。反过来说，十几年的实践告诉我们，一个研究所如果没有自己在学术上的研究方向和特色，将不利于这个研究所的学术发展。

第三，我们对大中小型项目关系的看法。也是在1992年

8月青岛召开的所长会议上我们讲了对这个问题的想法，1994年6月我们又写了一篇《高校古委会十年总结与展望》的文章，也就是《辉煌十年》这本书的前言，在这两个时间、两个地方，我们都重复讲了同一个看法。那就是："大中小型项目的关系。要三者兼顾。一个项目的重要与否，主要不在于它的大小，而在于它的价值和质量。在大中小三种类型项目之中，对大型项目，特别是'大而全'的项目，有些同志有顾虑和担心，有些同志认为'大而全'的项目上得多了。就高校古委会从'七五'到'八五'的规划来说，属于'大而全'的项目有五项，即《全宋文》《全宋诗》《全元文》《全元戏曲》《全明诗》，占规划中全部项目 2000 余种的 2‰（千分之二），占重点规划项目的 5%。从数量上看并不多。从所用经费上看，约占高校古委会科研项目费的 10%，用费不少，但并没有超越过去的经济承受能力。况且，一个规划总要有重点，经费的使用也要有重点。就其成果的价值来看，目前的 5 个'大而全'的项目，是古籍整理和研究的基础工程，它必将对今后的古籍整理和古代文史哲乃至社会科学的学术研究产生深远的影响。它的学术价值将会被历史所证明。但是，一些同志的疑虑和担心也是有道理的。那就是大项目不易驾驭，出成果慢，而目前也恰恰是大项目的工作进展不平衡，有的出成果缓慢，有的还有不同程度的质量问题。所以，当前的关键是要把几个大项目搞好，加快速度，提高质量。"念到这里，我想补充几句，到今天也还有这个问题。像《全宋文》是完成了；《故训汇纂》是基本完成了，但昨天宗先生还说，他也还在爬坡，不是一百米，而是三百米，弄不好要功亏一篑。下面我把这段话继续念完："今后也不排除在条件具备的情况下，有限制地上少量的'大而全'的项目。与此同时，中小型项目的组织工作较为容易把握，质量较有保证，出成果快，投资也少，过去规划中的中小型项目不少，也有相当一批有质量的成果，今后仍应重点支持。当然中小型项目也有质量不好的。所以，特别是要有计划地安排和支持若干有学术价值、有现实意义的中小型项目上马，以使中小型项目所出的成果与大型项目相适应，使得大中小型项目在古籍整理与研究的学术发展中，互相补充，互相呼应，互相推动。"至于各个研究所自己是上马大型项目，中型项目，还是小型项目，应该由各个所根据自己的实际情况来设计。

第四，对已经上马的大项目的价值和意义的看法。首先，上大项目的目的是什么？我们在1993年6月19日四个大项目主编座谈会上，讲了看法。我在这里重申一下。"我们上大项目的目的，这在1983年古委会建立之初就是明确的。但是1992年5月在国务院古籍整理出版规划小组召开的会议上，有几位老先生提出了反对意见。……所以这里就涉及一个根本问题——我们上大项目的目的是什么？我们想，主要有两个。第一个目的是推动中国传统文化的学术研究工作，为建设有中国特色的社会主义新文化服务。目前所上的这几个项目是我国历代的，像唐代、宋代、明代的诗文汇编，即把这些断代的诗文资料整理出来、汇总起来。整理、汇总的目的，就是要推动我们的古籍整理工作，推动我们的学术研究工作。这是研究中国传统文化、建设中国新文化的一项基础工程。所谓有中国特色的社会主义新文化，这个'中国特色'的依据、基础是什么？那就是客观实际。这个客观实际，包括两个方面：一是今天的实际，今天的政治、经济、军事、文化各方面的实际，是活生生的客观实际；二是中国历史的实际，中国古代的和近代的政治、经济、军事、文化各方面治乱兴衰、成功与失败的客观实际，它也是活生生的历史客观实际。我们讲从实际出发，就是从今天的和历史的两个实际出发。有了这两个实际，有了这个依据，在辩证唯物主义与历史唯物主义指导下，去研究，去总结，我们才能真正找出客观发展的规律，建设社会主义新文化，乃至建设有中国特色的社会主义社会，才是有成效的。因此，上这些大项目的重要性和意义是深远的，是具有历史性影响的。这点如果我们今天看不清楚的话，过若干年回过头来，就会看得很清楚。……今天上这些大项目，完全是为了推动古籍整理和整个中国传统文化的学术研究，势必会使之达到一个新的阶段，这一点我们会逐步看出来。特别是 1949 年以来，一度形成了一种学术风气，不重视资料。有的先生刚才说，有许多空论。完全空论，有一部分文章是这样，但也很有一些文章，不是完全的空论，也还有些资料，但对这些资料全面而深入细致的掌握，并在此基础上，甚至在从事古籍整理工作的基础上，来进行研究工作，做得少，或者说，没有占主导地位。有的甚至片面地强调与现实结合，却不注重全面研究中国今天的客观实际和研究中国历史的客观实际，这样一种学风是有害的，不应该提倡。所以我们现在进行的大项目，对于当前学术研究和端正学风，对于今后的学术建设，会提供一个了解中国历史客观实际的基础资料。这是我们上大项目的第一个目的。第二个目的是，通过完成大项目，培养一批具有真才实学的、相对稳定的学术群体，建设若干个从事古籍整理和研究的学术基地。……从古委会来说，特别要求各个研究所上一些项目，这和我们强调的出成果、出人才有关系。一个研究所建立以后，要逐步形成研究方向和学术特色，就要搞一些项目。可以搞中、小型项目，条件具备的也可以搞大型项目。像现在这样，北京大学古文献所搞《全宋诗》，四川大学古籍整理研究所搞《全宋文》，北师大古籍所搞《全元文》，复旦大学古籍所搞《全明诗》，南开大学古籍所搞《清文海》，这样在这5个研究所就要出这五个项目的科研成果。在搞科研成果的过程中，要有一批人参加，有一些年轻人参加，他们在从事古籍整理研究各个环节的过程中锻炼成长，在这个基础上，再作进一步研究，势必培养出一批学术人才。在这样一种出成果、出人才的思想指导下，在进行科研项目的过程中，培养一批人，带出一支队伍，并且逐步形成有特色的学术群体。……换句话说，为了研究所的建设，我们要上一些重点项目，甚至是大项目，不惜资金，这样我们的研究机构才能逐渐形成一个学术资料和学术研究的基地。……如果我们几个所都有这样的计划，都能按照这样的计划去做，几年之后，高校古委会系统的学术力量就相当可观了。这是我们上大项目的第二个目的。"我想关于上大项目的目的，以前的看法今天还是适用的。昨天晚上开了个碰头会，大家议论起来，有的同志也说，如果不出重大项目的成果，不出拳头产品，古委会12年来的成绩也会黯然失色。我想这个说法也还是有一定道理的。

其次，需要明确，在古委会的系统里，不可能所有的研究所都上大项目，一个研究所也不可能总上大项目。一个大项目完成之后，作为一个研究所来说，可以上一些中小型项目，当然如果条件具备也可以上大项目。也就是说，大项目在研究所的建设过程中只要组织得法，会起到很关键的作用。同时我们也强调，项目不以大小来定价值的高低，鼓励大家结合本所的特点，结合个人的特点，刻苦钻研若干个专题，长期地坚持，产生一些高质量的传世之作。

再次，还应该明确，在古委会的系统里，所谓"大项目"，不是越大越好，要量力而行。刚才夏自强先生也提到这一点，现在在社会上（已经不完全是在学术界了）有 4 个很大的项目，尽管有的项目很有学术价值，但古委会没有直接参与进去，因为这些项目太大，无论从人力、财力上看都不是古委会力量所能做到的。古委会系统有的研究所根据自己的情况参加了部分工作，这也是正常的、允许的。总之，我们要进行的大项目，要量力而行，不是越大越好。

第五，关于学术群体的看法。我们也是在 1992 年 8 月青岛会议上和 1994 年 6 月写的那篇文章《十年总结与展望》里，都反复谈了我们对学术群体的看法。我这里再重申一下。"造就一批有真才实学的中青年学者。人才培养不仅是在课堂上，更应该是在学术实践中。高校各教学、科研单位，要结合科研项目的开展，结合研究所的建设，在本单位的中青年中培养一批人才。在教学、科研的实践中，在项目进展中，带出一个学术群体，在此基础上培养出新的学术带头人。在今后 5 至 10 年的时间内，在高校、在古委会系统，造就出一批 50 岁、40 岁、30 岁的被学术界公认的具有真才实学的学者，那时，既有一批重要的科研成果，又有一批具有真才实学的中青年学者，那将是高校和古委会对中国古籍整理研究事业的最大贡献。"

第六，关于研究所的学术建设，我想在前面五点的基础上再明确一下。这次会议的中心议题就是研究所的学术建设，请一些大项目的负责人来，是想请他们介绍如何在开展大项目的同时，既出成果，又出人才，形成本所的学术实力，这对我们会有一些启发。但是我们不是只强调大项目，如果大家都去搞大项目，那经费上就招架不住，我们强调大中小型项目要兼顾，各个所根据自己的实际来考虑自己的项目，只要是有意义、有价值而又跟本所的学术方向、学术特色相吻合的项目，无论大中小，都会对研究所的巩固和加强有利。所以今天会上请了三个所——吉林大学、华中师大、山东大学的三个古籍整理研究所来介绍他们是怎样在研究所建设过程中不搞大项目，而也能把研究所建设得很好，形成他们的学术梯队、学术实体。所以我们提倡在古委会直接联系的 18 个所里，通过开展项目，出人才、出成果、出学术队伍，而这学术队伍又是分别以这 18 个研究所为主体、为基地的。这样若干年以后，古委会直接联系的研究所才会有力量，才有特色，才会巩固，才能经得起时间的考验，才能为社会主义的学术建设贡献力量。我们这样一个看法含有两方面的意思，既支持重点，支持大项目，又支持各个研究所在开展项目，出成果、出人才的过程中，从本所实际出发，不拘一格，不拘一种模式，采取多种办法和招数，去进行本所的学术建设，使我们的研究所能得到不断地加强、提高和发展。

以上是我讲下一步的建议里面提到的第一个问题，即指导思想要明确，总共谈了六点。

第二条建议，是要有一个好的、团结和谐、有能力的领导班子。我们过去所以有这么多成绩，领导班子非常重要，希望我们今后还能继续保持这样的势头。调整了班子的各个所，在座的新上任的所长和在座的老所长交流一下，努力保持一个好的、团结和谐、有能力的领导班子。

第三条建议是加强对后起之秀的思想素质教育。我们这些年来涌现了一批中青年，特别是年轻人，非常可喜。我们刚才提到的，希望能够在若干年后形成一批50岁、40岁、30岁左右的具有真才实学的学术带头人，这个愿望有可能实现。但是大家还要注意到另一条，思想素质很重要。我们现在这支队伍，年纪稍微大一点的，包括在座的各位所长，总的来看，素质不低，甚至可以这么说，素质相当高，大家是不遗余力为古籍整理事业工作。从这个会上拿出来的典型可以看出，大家作出了许多奉献，有许多感人的事迹，看得出我们这些人在为人方面、思想素质方向都相当好。对年轻的后起之秀也应该强调这一条。如果没有这一条，我们培养出来的学者争名逐利，总想自己得好处，不能带领全所或者是不能在所里起好的作用，这也不是高校古委会对各个研究所培养后起之秀的希望。

最后，我们宣布一项决定。10年来，通过开展科研项目，加强了研究所的建设，涌现出了一批值得表扬和学习的项目和主编，对研究所的建设、对学术群体的建设起了关键的作用，应该给以鼓励。秘书处根据项目组织工作的情况，根据项目按计划完成的情况，也根据这些项目团结全体人员所出的成果，所出的人才，所形成的学术群体这样的实际情况，作了一个工作上的决定。第一是奖励优秀的重点项目。这个奖励，叫作"全国高校古籍整理研究工作委员会重点项目优秀奖"。这次奖励的两个项目是《全宋文》《故训汇纂》，各奖 30000 元。30000 元的奖法我们作了一个具体规定，是《全宋文》两位主编曾枣庄先生 10000 元、刘琳先生 10000 元，余下的 10000 元给《全宋文》的工作班子，不是给《全宋文》的编委会；《故训汇纂》30000 元是主编宗福邦先生 10000 元，主编陈世铙、肖海波先生各 5000 元，余下 10000 元也是给《故训汇纂》的工作班子。我们作出这样一个规定的目的是想主要奖励主编。10 年来的经验证明了，凡是项目主编负责任、组织得力的，这个项目开展得就好，所以应该给他们奖励。第二是表扬 5 个重点项目。第一个是《古代文史名著选译丛书》。这个项目从 1986 年 5 月起到 1994 年 4 月，用了 9 年时间，135 种，全部出齐。参加这个工作的是 18 个研究所的同志，大家很辛苦，目前从与其他今译古籍出版物比较来看，质量也是好的。古委会主任周林同志倡导搞这部书，而且参加了 12 次编委会，其功巨大。第二个项目是《全宋诗》。《全宋诗》目前已出了 15 册，很快能够见到 25 册，已交了 40 册的稿子，全部完成大约需要 60 册。现在进展比以前快得多。虽然不能按 1985 年订的计划完成，但能按 1992 年重新订的计划完成，组织工作是得力的。第三个项目是《全元文》。完成了 10 册，组织有章法，也是得力的。第四个项目是《全明诗》。《全明诗》这次会上介绍了经验，我就不必多说他们的成绩，大家是一致赞同的。在搞《全明诗》过程中，带出了一批学者，一批青年人。这批青年人在学术上都很有后劲，形成了明代研究的一个特色。当然，《全明诗》也还要加快进度。第五个项目是《全唐五代诗》。《全唐五代诗》的组织方法和前面的几个项目不一样，但由于周勋初先生的协调，能够使河南大学、苏州大学两校联合起来，并且能够团结全国研究唐代文学的许许多多学者来参加这项工作，这本身就是非常不容易的，是很大的成功。现在的工作进展又很顺利，很正常，所以应该表扬。

在这奖励和表扬的两组之外，还有一些项目我们应该给以肯定和鼓励，其中较为突出的有 5 个项目。这些项目克服了重重困难，或者说本身就开展得比较好，但现在还要进一步看他们完成的情况和成果。第一个是中山大学古文献研究所刘烈茂先生主持的《车王府曲本八百种》的整理。第二个是北京师范大学牵头做的"教育古籍丛书"。搞了多年，华东师大也参加了，这是一个系列产品。第三个是南开大学古籍整理研究所郑克晟、赵伯雄先生主持的《清文海》。工作的开展与组织越来越得力，特别是一批年轻的同志，在主编郑克晟先生的指导下，一方面完成《清文海》的工作，一方面在学术上也得到成长，应该予以鼓励。第四个是裘锡圭先生主持的、由国家语委与古委会合作的"3·25"工程。提出这个题目就很好，本想在两年之内完成，但实际上碰到许许多多的困难，不光是古文字上的困难，有现代汉字的问题，也有电脑的问题，还有各个单位的合作、组织、协调问题，一系列的问题，原来虽然估计到会有问题，但估计得不充分，有些是始料不及的。但就是在这种情况下，裘锡圭先生想方设法，和辽宁教育出版社谈，请他们支持，和联想集团谈，请他们在电脑上给以帮助，甚至和岭南佛学院去谈，做了各种工作，但现在都没有能够落实，所以他自己也有点着急。我想，对这样一个工程，裘先生付出了这样的一种精神，我们都是很受感动的。第五个是《朱子全书》。《朱子全书》是华东师范大学古籍所新的领导班子接手以后开展的项目，他们在筹划《朱子全书》的工作过程中，征求了各方面的意见，而这个设想本身也是好的。希望这一项目的主编和华东师大古籍所所长能通过《朱子全书》的开展在华东师范大学古籍所里更广泛地团结同志，把这项工作做好。对以上 5 个项目前一阶段的工作我们给以鼓励。

我本来不会讲长话，这次是感到有些问题需要费一点唇舌作逐一的说明，占用了大家的时间，十分抱歉。

（根据录音整理）

全国高校古委会四届一次会议开幕式发言

1996 - 12 - 25　北京

　　这次会议是全国高等院校古籍整理研究工作委员会的四届一次会议。从这个会议的名称来看，是四届古委会的开始，三届古委会工作的总结，是一次承前启后的会议。在此之前，古委会走过了13年的历程，经过了三届。从一届到二届，从二届到三届，换了两次届，开了两次会。这次是第三次开会换届，但是这第三次开会和前两次有一个很大的不同。前两次开会，领导班子虽然有调整，但基本上没有变化，周老一直是我们的主任。这次周老因年事已高，找了我们来接班。在这种人事上有明显变化的情况下，我们开会换届，并由此开始来做四届委员会的工作。四届委员会人事的变化带来一个新特点，那就是年纪轻了。我刚才算了一下，老的古委会主任、副主任的平均年龄是70.8岁，不到71岁；新的古委会主任和四个副主任的平均年龄是60.5岁，不到61岁，年轻了10岁。这是件好事。古籍整理研究事业应该按照陈云同志说的，保持一个几十年相对稳定的连续不断的领导班子，现在年轻了10岁，对今后的古籍整理事业是有好处的；但是也带来了不足，这个不足是非常明显的，就是至少从我个人来说，和前辈来比，无论是在经历上、资历上、工作能力、水平和声望上，都无法相比。刚才各位领导和师长的发言，对三届古委会作了肯定，对四届古委会新的领导班子和四届古委会的工作提出了鼓励和期望。我听了以后，一方面心里很感谢、很感激；另一方面也感到有压力、有负担。因为四届委员会刚刚开始，还没有完全进入工作状态，今后 4 年能不能做到这样，能不能按照各位领导、各位师长，特别是在座的各位委员、各位古籍所所长的期望做到这样，还要看今后的工作。

我想，四届古委会的工作只能按照大家的期望，按照各位领导、各位师长在讲话中提出来的、要我们应该遵循和注意的这些地方去做。简要地说，我刚才听了之后，概括为三条。第一，我们新的领导班子从指导思想上应该明确一种认识，那就是按照 1981 年中共中央 37 号文件《关于整理我国古籍的指示》和陈云同志 1981 年的讲话，还有今年（1996 年）十四届六中全会作出的《关于加强社会主义精神文明建设若干重要问题的决议》的精神，结合古籍整理自身的特点和规律、团结广大的高校古籍整理工作者一起努力工作，按照这样一种认识，按照中央这样一种精神，按照古籍整理自身的规律和特点，和大家一道去工作。这是一条，明确这样一种认识。

第二，根据大家所提的，我想要坚持一种精神，就是要真诚地为古籍整理事业，脚踏实地、鞠躬尽瘁、不谋私利、做出实绩。也就是说要为古籍整理事业作出奉献，要有事业心，要有责任感。柳斌同志刚才也讲到，要有事业心，要有责任感。我想就是要真诚地为古籍整理事业去做事情。这个"做事情"，不是哗众取宠，不是做表面文章，而是脚踏实地地去做，而且要鞠躬尽瘁，尽我们最大的努力。在这里面，很重要的一条就是不谋私利。一事当前，一个人应该不为自己打算，要为事业尽心，为大家尽力，这样才能受到欢迎。我自己、我们古委会新的领导班子，都应该有这样一种不谋私利的精神，不为个人谋利益，不为小团体谋利益，而为古籍整理事业着想，在这个过程中，确确实实地作出我们的成绩来，作出我们实实在在的成绩来。也就是说我们在工作上要谦虚谨慎地做人，要脚踏实地地做事。那天我在电话里跟柳斌同志和刘杲同志都开玩笑说我是夹起尾巴做人，挽起袖子做事。这是第二条，要坚持这样一种精神。

第三，我们要努力地创造一种环境。这种环境就是要互相支持、互相帮助、互相鼓励、团结和谐的环境。古委会内部需要这样一种环境和气氛，秘书处内部也需要这样一种环境和气氛，古委会主任、副主任之间也需要有这样一种环境和气氛。因为人总是有优点和缺点的，既有优点和长处，也有缺点、短处甚至错误。不能总看到人的缺点、不足和错误，要看到人的长处和优点。在这种情况下，多支持、多帮助、多鼓励，这样才有积极性，才能把事业做好。古委会的领导班子对各个研究所、各位委员应该是这样，也希望大家能够支持、帮助和鼓励古委会新的领导班子。应该说明，这个支持、帮助和鼓励里面很重要的一条就是包括对我们缺点的指出，对我们的批评，这是一种很重要的鼓励，特别是作为负一点责任的人，很需要这样一种批评。没有批评，时间一长，肯定要出问题。所以，不光是在古委会内部，也希望今天在座的国家教委的领导、国家教委各个司局的负责同志、北京大学的领导、北大各个单位的负责人，支持和帮助我们，同时也不断地提出要我们注意的事情。刘杲同志刚才作了一个语重心长的讲话，国家古籍整理出版规划小组多年来对古委会的工作起了指导作用。周老和刘杲同志现在还都是国家古籍整理出版规划小组的副组长，希望今后加强对我们工作的指导和帮助，也希望得到你们的支持和鼓励。

就我个人来说，在古委会工作了13年，大家还是了解的，大家是看着我在这13年里在古委会工作、锻炼，在古委会工作过程中得到成长。我也希望在今后4年里面在大家的监督之下，自己一方面锻炼成长，一方面也能够逐渐地成熟，以不辜负大家的期望。谢谢各位。

（根据录音整理，经本人审订）

全国高校古委会四届一次会议闭幕式发言

1996 - 12 - 27 北京

今天大会发言的是六位先生，有这次会议的第一组、第二组的两位召集人和三个研究所的代表。还有些先生在小组会上讲得非常好，有些精到的见解，没能够在会上讲。我在的第一组，像周勋初先生、费振刚先生，还有别的几位先生都讲得很好。第二组像黄永年先生、黄天骥先生，也都讲得很精彩。这次没能够安排，今天安排的除去两位小组召集人介绍情况，主要是川大的曾枣庄先生、舒大刚先生讲一下新老交替的问题，这是我们今后四届以至于五届要遇到的一个具体问题。看看像川大这样的单位，人家是怎么做的，作为一种借鉴。另外两个单位，西南师大的刘重来先生、西北师大的胡大浚先生，过去都很少在古委会大会上发言，但是这些年他们工作做得很出色、非常好。请他们来谈一谈他们的甘苦，使大家进一步地了解，对我们也有一个激励作用。

这两天的小组讨论和会下这两天晚上都开了一些座谈会，跟一些所长个别地交换了意见，大家都提出了很好的建议和看法。特别是今天上午两组的召集人集中讲了一下。我听了之后，一个印象是大家对我们第三届的工作给予了充分的肯定。认为我们这个工作报告对三届工作的肯定，还是实在的、全面的，但是觉得还是不够劲。我们原来写报告时的想法是谦虚一点，谨慎一些。这次会上有些先生给我们的评价很高，这个应该是古委会的成绩，是国家教委的成绩。因为古委会是在国家教委党组领导下，恐怕今后的第四届应该更紧密地在国家教委党组领导下去工作。虽然不是我们个人的成绩，我们确实应该写得更充分一点。刚才休息的时候，黄天骥先生跟我说，他说他算了一下，古委会成立十几年来，出了3200多项成果，几乎平均一天一项。那么再进一步地算，有的一项成果，还不是一本书，比如像"七全一海"这样的项目，四川大学的《全宋文》出全了有180册，目前出了50册。这么一项就有180册，按照这种算法，大概我们一天出的还不止一本书。全国高校古籍整理研究工作者，虽然我们说队伍挺大，其实细算人数也不多，我们的《学者名录》编进去的不过一千多不到两千人。大家能够在13年的时间里面，做出这样的成绩是非常可观的。从古籍委员会来说，古委会秘书处，还有我们这些具体工作人员，都非常感动，觉得大家非常辛苦，所以这就更加强了我们今后在第四届更好地为大家去设想，为大家尽心尽力的决心。

关于今后工作，刚才休息的时候葛兆光先生也说，我们这个会议应该有好的会风，讲话应该简短。我想我这个也不算总结，只是小结，因为前面有一个工作报告给大家了，会后还要修改，再正式印发，许多问题在那里面都讲了。下面我想就有关的问题再说几句。

第一，关于今后工作。今后工作我想有两条还需要再明确，第一是指导思想。今后工作的指导思想，首先是摆正我们古籍整理和研究工作的位置，从总的来看我一向都这么说，它是我们党的文化工作的一个组成部分，是建设有中国特色的社会主义新文化的一个组成部分，也是我们所强调的建设社会主义精神文明的一个组成部分，是一个环节。从文化工作来说，它是一项基础性的工程，那么我们今后就应该在1981年中共中央37号文件即《关于整理我国古籍的指示》精神的指导下，在陈云同志1981年关于古籍整理工作指示的精神的指导下，在中央最近召开的十四届六中全会所做的决议即《关于加强社会主义精神文明建设若干重要问题的决议》精神的指导下，结合我们古籍整理工作本身的规律和特点，结合我们自己工作的规律和特点，团结更多的本所的和各个高校的古籍整理工作者，调动大家的积极性一起去奋斗、一起去努力，这是一个指导思想问题。第二是工作重点，四届委员会的工作重点，我们这次工作汇报里面提了七条，七条里面我个人体会，前三条又是一个基础，是我们看家的东西。前三条就是首先要出成果，这个成果是出有质量的成果，我们没有提都必须是高质量的成果，我们希望是高质量的成果，但至少是有质量的成果。不要质量很次的成果，所有的都达到高质量，这个也不现实，但是我们要求所有的都要有质量。我想这个应该是能够做到的，是基本的要求。出这样的科研成果，我们过去的成果有3200项，像"七全一海"这样的重点项目，继续把它做好，保证质量。其次是要出人才，这些人才，一定要思想素质好，同时要有真才实学，这是两个方面。过去我们多次讲了要出有真才实学的人才，不要是我们培养了好多人才，到各个岗位上工作，都平平；平平也需要，不可能所有的人都是拔尖的，但是我们还是要努力培养具有真才实学的人才，在古籍整理工作的岗位上，甚至在整个文化工作岗位上，因为不可能都在古籍整理这个领域里面工作，包括本科生、硕士生、博士生还有青年教师，工作会有变动，不管到哪个岗位上，都能为国家的建设、国家的文化建设起到很好的作用，要有真才实学，但是同时特别重要的就是政治思想素质要好，为人要好。再次就是研究所的建设，我们是希望建设成有学术方向、有学术特色的、能够出人才、出成果的学术实体、学术基地。这样我们经过若干年之后，就是有什么变动，有些先生下面说的就怕高校古委会不存在了，若这笔专款没了，高校古委会就很难存在。我想目前也不会，国家还是很重视这项工作的。即使一旦有这样的风吹草动，我们有这些研究所，有这样一个基地，这样一批有事业心的古籍整理工作者在这里辛勤工作，我们也会把祖国宝贵的文化遗产整理好、研究好。我想我们的工作重点还是这三条，就是报告里写的：① 出有质量的成果；② 抓好人才培养工作；③ 加强研究所建设。这是要说的第一个问题。

第二，思想认识、精神境界与工作作风。要做好今后工作，我想就是要坚持和发扬我们前三届古委会好的传统，这是这次讨论会上许多先生提出来的。这个好的传统，首先是既然把古籍整理作为一项事业来做，就要有颗事业心，要有责任感。古籍整理事业不是我们个人的事，不只是一个学者的事，不只是一个单位（比如一个研究所、一个学校）的事，也不能简单地说就是高校古委会的事、就是国家教委的事，这完全是我们国家和民族的事业，是我们党的事业。所以，既然是一项事业，我们就要有一颗事业心，为事业去奋斗，要有一种责任感。我们要有这样的思想认识才能做好工作。其次，要有一种精神，要不谋私利，要鞠躬尽瘁、艰苦奋斗去做出实绩。我们不能够利用组织上和大家给我们的这么一点权力和国家给我们的这么一点钱，利用这个钱和权去为个人谋利益；我们应该兢兢业业地去为这个事业而奋斗。今天几位典型发言所讲的，就证明了这一条。刘重来先生、胡大浚先生，他们在那里艰苦奋斗，没有为个人谋利益，个人没什么好处。他们为研究所、为古籍整理事业作出很大的奉献，我觉得需要这样一种精神。我们好多做得很好的所过去也曾介绍过经验，如四川大学、北京大学、复旦大学、南京大学、武汉大学、中山大学、山东大学，这些研究所过去都是这样的。我觉得应该提倡这种精神，这是我们的一个好传统，就是不谋私利。谋私利是非常卑鄙的事情，我们不能这么做。我们要有事业心，要为古籍整理事业鞠躬尽瘁、艰苦奋斗。我们虽然有一点钱，在文科里面有些系所看着我们还比较肥。这不错，但是运转起来，实际上操持起来，所长们觉得钱还是不够的。我刚刚才知道吉林大学三年没有复印机，西南师大经费上也比较紧张。这还是需要我们艰苦奋斗、做出实实在在的成绩。这个实实在在的成绩就是刚才说的，要出成果、出人才，要把我们的研究所建设成学术基地、学术实体。我们需要有这样一种精神境界。再次，是几位先生在小组会上提到的，要有一个好的思想作风、工作作风和好的学风。这是我们13年来形成的一贯作风，我们要继承和发扬这个传统。就是要素质好，首先要思想素质好，有一个好的人品。无论是所长、古籍工作者还是我们培养的学生，都要这样去强调，同时要有真才实学。就是我们在开幕式上讲的，要谦虚谨慎地做人，脚踏实地地做事，形成一种团结和谐的环境和气氛；要互相支持、互相帮助、互相鼓励，这样才能把我们的事情做好。这是我想说的第二条，就是要坚持和发扬三届的好传统。只有这样，我们四届的工作才能做好。

第三，会上提出了一些具体问题。第一个是新老交替问题，我们这次根据这种情况安排了四川大学古籍所的一个发言，四川大学的发言也只是给大家一个借鉴和参考，因为每个所的情况不同，要根据自己本所的实际情况来考虑这个问题。也不是在第四届大家都去换，各个所都新老交替。也不是目前并不须交替的或者年纪虽然大一点还可以继续工作的大家都赶快下，找年轻人接班，我们不是这个意思。只是供大家参考，今后可能会遇到这个问题。大家提出的第二个具体问题是四届委员会的科研项目如何抓，提了很好的建议。我们前面的领头的，作为我们的一个很有代表性的就是大项目，像"七全一海"这样的。同时也有一些中小型项目，因为3200项不可能都是大项目，多的还是中小型项目。经过13年来的努力，特别是三届委员会对抓项目一系列的想法，提出了一些具体的措施，到现在恐怕又是一个收获的季节，大项目陆续出成果了。不光要收获，还要播种。有的先生指出光收获而不再播种的话就没有了。其实也不会是这样，因为过去播种的大概在第四、第五届还得陆续收获。但是我们确实得注意不光收获还要播种。大家提出来这个播种，希望抓一些中小型项目和大项目来配套、互相呼应、互相配合，形成系列。我觉得这个想法也很好。做到各个所都能够有任务，都能够有项目，能够做到在项目上将来四届、五届的时候遍地开花，这个想法我觉得很好。具体怎么落实、怎么做，我想古委会秘书处要再商量，在商量过程中恐怕还要听取各位有关先生的意见，形成具体的方案后再征求大家的意见。这是第二个问题。第三个问题，大家提到了关于科研成就的成果奖。成果奖的意义是在于鼓励，在于调动大家的积极性，同时也是基于各个学校的实际情况，包括评职称的需要。我想这个也是必要的。过去多次提到这件事，我们一直没有做，觉得评成果不容易，评这样一个成果奖不是很容易做到公道，可能还会带来一些负面作用。评得公道不公道，评他不评我，会不会有各种各样的问题。但是这次会上大家又提出这个问题，着重在鼓励年轻人。有的先生提出来，副教授以下或者说是四十岁以下的年轻人，他们需要我们评成果奖来鼓励，给予支持。正如我们前面讲的，人总是需要别人的支持、帮助和鼓励的，不能老抓辫子、抓缺点，要看人家的长处，我们也应该这样做。我想这个工作从原则上是应该做的，具体操作怎么能够避免一些后遗症、一些负面的影响，我想古委会和秘书处下面再去商量，研究出一个条例、一个办法来，再听取大家的意见。这是第三个问题。第四个具体问题，大家提到的，希望通气通得更勤一点。除去我们开会之外，平常我们和各个所长关系都比较好，大家还不时地通个长途电话，但这还不够，我们在工作上应该加强通气。过去办的《高校古籍工作通报》出得太慢，我们自己也有这个意见。曹亦冰同志就多次地提出我们这个《通报》能不能每期印得薄一点，不要开一个会完了集中起来印，有些什么情况就及时发，这个由秘书处再研究一下，安排专人来负责，把《通报》出得勤一些。这是一项措施，看还有没有其他措施，大家再研究。第五个大家提到的是关于刊物的问题。我们的刊物现在实际上是一个普及性的刊物，过去有个《古籍整理与研究》是个学术性的刊物，这个学术性刊物对大家发表自己的学术成果、论文很有好处。变成普及性刊物是想更广泛地面向广大群众，特别是青年人普及中国传统文化，进行中国古代的优秀文化的教育，使大家更有爱国心，也带来了我们有些论文没地方发表的具体问题。所以，后来出了《中国典籍与文化论丛》。《论丛》过去是一年出一期，现在是一年出两期。我们想在这方面做一些研究，按照大家的意见，开辟成一个能够发表学术论文的园地。怎么做，是把我们的《论丛》增加，还是另外想一些办法，这个我们下面再研究。第六个问题，关于学科建设，大家提出了很好的意见。我们这次是准备对我们古委会过去的工作小组作些调整，过去有三个小组，第一个是科研项目的专家评议组，第二个是人才培养组，第三个是对外交流组。这次准备作一个调整，调整成两个组：科研项目专家评议组还维持原来的范围和人员，另外建立一个新的组是学科建设与人才培养组，把人才培养的工作和学科建设的工作结合起来考虑，确定了 13 位先生。等一会儿要宣读名单和发聘书。我们希望学科建设与人才培养组能够在今后就学科建设问题做一些研究，提出一些具体意见，我们在四届古委会期间，在这方面再做一些工作。应该说国家教委的有关部门对我们非常支持，像学位办，刚才有些先生提到了，前一段关于学科建设，关于我们的学科目录，有些具体的意见，大家也提了，也给李岚清同志、朱开轩同志写了信，这个问题已经得到了解决。这次学位办的副主任顾海良先生参加了我们的古委会，作为我们的委员，前两天的会也参加了，并且提出来说"需要我们在学科建设方面做些什么工作，请大家提出来，很想听取专家们的意见"。这样，我们有这么一个渠道，对我们今后加强学科建设是很有好处的。

国家教委像社科司、高教司对我们一向支持，今天社科司还有一位处长在我们会上，阙延河先生委托他来听会，这几天他一直在我们这里，所以我们对教委有关司局，包括人事司、财务司还有办公厅对我们的支持表示感谢。开轩同志今天来参加我们的会，我刚才提到关于四届委员会的工作，开轩同志从人事安排到我们的工作报告，都是亲自过问的。教委的各个司局几年来，特别是最近对我们的支持，都是和教委党组的领导、指示分不开的，和开轩同志的关心分不开的，所以我们在这里表示我们的一个想法，今后能够更主动地、更紧密地在国家教委党组的领导下，把我们的高校古籍整理工作做好。同时也很感谢开轩同志，他作为教委主任、国家教委党组书记，国家教委有那么多事情、那么多单位，对我们这样一个小的单位非常关心，今天又花了半天时间来听我们的会，让我们用热烈的掌声向开轩同志表示感谢。

（根据录音整理，经本人审订）

在"世纪之交的回顾与展望——古籍整理与研究青年学者研讨会"上的总结发言

1999 - 07 - 22　呼和浩特

　　这次高校系统的古籍整理研究青年学者研讨会，开会的时间赶上了这个世纪的末尾。古委会建立16年，这是第一次召开青年学者的研讨会，而又面临着下个世纪快要开始，所以这次会议的题目定为"世纪之交的回顾与展望"。

　　这次会议的目的，第一个是交流情况、增进了解，互相启发、开阔思路。因为青年学者多年来在自己本单位工作，从事古籍整理和研究，在同行之间是有交流、有合作的，信息应该说也是了解的，但是大家汇聚到一起，有这么一个机会、这么一个条件，还是第一次。所以首先要使大家能够互相交流情况，增进彼此之间的了解，启发、开阔我们的思路。这第一个目的，这次会议应该说是达到了的。第二个目的，是在这个基础上再进一步，从古委会的角度来说，那就是要总结过去，总结这16年来我们青年学者的成长和工作，设计未来，我们下

在"世纪之交的回顾与展望——古籍整理　171
与研究青年学者研讨会"上的总结发言

一步做些什么，同时又是组建新的队伍，发现新人。这第二个目的，我想这次会议仅仅是一个开始，是古委会今后在这个方面不断发现新人、组建新梯队的开始，这个工作是一个比较长时期的、需要逐步发展的工作。

经过两天半的五段会，现在已经是第五段的最后了。会上分了 3 个组，每组都用了 3 个半天讨论，非常热烈，每个组的两位召集人主持得很得体，各位发言非常踊跃；另有两个半天的大会交流。我想大家是有收获的，这从刚才几位先生的发言中，我们已经明显地感觉出来。

这次会上大家提了不少问题，有些问题我想是可以解决的，有些问题是逐步能够解决的，有些问题还一下子解决不了，但是我们应该想到这些事情，逐步创造条件来解决它。根据大家提的，我想讲几个问题，供大家参考。

第一个问题是 16 年来高校古委会的工作简况。

之所以要讲这个问题，是因为这次会议上有许多新人、新面孔。有些同志不是这 16 年来一直在古籍整理岗位上工作的，有的是近几年才毕业，参加到古籍整理和研究行列里来的，所以介绍一下 16 年来简单的情况，使大家有一个了解，便于今后接续下去。

所谓 "16 年"，是从 1983 年到 1999 年。但是在讲从 1983 年开始的这个 16 年之前，不得不说一下 1983 年以前的情况。从 50 年代开始，中央就很重视古籍整理工作，那个时候就提出要干部读《资治通鉴》和 "二十四史"。1956 年，提出 "向科学进军" 的口号，随即制订了全国向科学进军的科研规划，到 1958 年国务院设立了 "国务院古籍整理出版规划小组"。这个小组的工作任务是规划全国古籍整理的出版项目，当时的组长是齐燕铭先生。这个小组的工作一直延续到"文化大革命"。而在1958年建立这个小组的时候，在制订规划的同时，提出要培养人才。在北京大学设立了一个专业，叫作古典文献专业，1959年正式招收了第一批学生。在"文革"之前，也就是1966年之前，招收了5个年级5个班。今天这5个班的学生大多数都在古籍整理工作岗位上，或者说在这个学术领域里面发挥着他们的骨干作用。与此同时，在50年代，中央组织人力点校"二十四史"和《资治通鉴》。但是1966年"文革"开始以后，除《资治通鉴》和"前四史"已经点校完毕并出版外，其他无论是人才培养工作，还是"二十四史"其余各史的点校工作都停顿了。到了1972年，周恩来总理要求恢复"二十四史"的点校工作，这样从干校把一些老先生请回来。当时"二十四史"点校工作的办事机构是中华书局，中华书局的编辑在1972年分三批从湖北的咸宁干校调回，共29个人。这样"二十四史"的点校工作就重新开始了。也就在这一年，中央指示北京大学的古典文献专业恢复招生。这样在1972年和1974年招了两届学生。但是到了1978年，教育部在武汉召开了一个文科工作会议，这个会议调整了文科的专业目录，其中决定古典文献专业停办，不再招生。北京大学为了贯彻教育部的规定，就停止了北京大学古典文献专业的招生工作，在教研室和这个专业的名字还保留的情况下，设立了一个研究室，也就是说，虽然"二十四史"的点校工作还在进行，但是后继人才培养工作搁浅了。这样一种情况引起了北京大学古典文献专业的老师和学生的反对，也引起了国内有关学者的忧虑。一直到 1981 年，北京大学古典文献专业的老师联名给陈云同志写了一封信，这是 1981 年的 5 月。7 月，陈云同志派他的秘书王玉清同志到北京大学召开座谈会，听取意见，明确表示支持北京大学古典文献专业老师提出的意见。到了 1981 年 9 月，中共中央下达了 37 号文件，就是《关于整理我国古籍的指示》。37 号文件是中共中央文件，但是它的内容和收入《陈云同志文选》的陈云同志的一个书面意见是完全一样的，只有一个字的不同。中共中央 1981 年 37 号文件的下达，强调了古籍整理研究工作的重要性，是"涉及子孙后代的大事"。陈云同志的秘书在座谈会上说，陈云同志当时最关心的是两件事情，一件是粮食问题，一件是古籍整理问题。可见古籍整理在他心目中的地位。37 号文件还特意提到要恢复国务院古籍整理出版规划小组的工作，所以很快任命了李一氓同志为国务院古籍整理出版规划小组的组长。同时文件里也提出了鉴于古籍整理的主要力量在高等院校，所以全国的古籍整理工作要依托于高等院校，北京大学中文系古典文献专业要扩大招生，扩大规模，全国各个大学有条件的院校要建立古籍整理研究所。由于这样一个文件的精神，再加上 1983 年中央指示财政部拨专款，我们各个院校陆续建立了古籍整理研究所。古典文献专业也从原来的北京大学一家扩展到四家，那就是新增加了上海师范大学的古典文献专业、杭州大学的古典文献专业和稍晚一点的南京师范大学古典文献专业。这样就形成了在本科生人才培养方面的四个专业，而研究所是逐渐形成了 84 个。教育部为了培养人才，为了贯彻中央的精神，在 1983 年成立了"全国高等院校古籍整理研究工作委员会"，简称"古委会"。当时酝酿这个名字的时候大家都觉得太长，但是又觉得要说清楚，把概念涵盖清楚，是全国性的但又是高等院校的，不是高等院校范围之外的，当时因为还有农林部负责的农林古籍整理，卫生部负责的中医古籍整理，国家民委负责的少数民族古籍整理，等等。我们只管高等院校的古籍整理。不仅是整理，还有研究，所以叫"全国高等院校古籍整理研究工作委员会"。因此，这个机构的建立，其名称就已经明确了这个机构或者说和这个机构有关的全国各个大学的从事古籍整理和研究工作人员的任务，就是含有整理和研究两个方面，不是单一的。1983年古委会正式建立，11月份在北京召开了第一届第一次会议。从这时开始全国高等院校的古籍整理和研究工作才正式走上了有组织、有领导、出成果、出人才的健康发展的道路。这是1983年以前古籍整理工作的一个简短的回顾。

而从1983年开始的16年来，古委会系统的各个研究所和古委会以及它的秘书处做的主要工作，简单说可以概括为这样几个方面：

第一是建立机构，组织队伍。首先是办事机构，古委会的办事机构是古委会的秘书处。古委会是教育部的机构，而秘书处的工作人员是由北京大学的教员来兼任，办公地点设在北京大学。同时许多院校建立了古籍研究所。我记得当时北京师范大学古籍研究所建立的时候编制是50人，我们今天看这个数字，一个古籍整理研究所有50个编制，规模相当大，但是那个时候教育部就是批给50个编制。这样在全国综合性大学，像复旦大学、南京大学、武汉大学、中山大学、四川大学、吉林大学、南开大学、山东大学、北京大学这样的一些院校陆续建立了古籍整理研究所，有的叫古文献研究所或古典文献研究所。在教育部直属的六所师范院校也就是在东北师范大学、北京师范大学、陕西师范大学、西南师范大学、华中师范大学、华东师范大学也建立了古籍整理研究所。还有一些地方院校，比如杭州大学、上海师范大学、南京师范大学，都分别建立了古籍整理研究所和古典文献专业，这样就逐渐形成了古委会直接联系的26家教学科研单位。这26家教学科研单位中有研究所20家、研究中心1家、研究室1家、古典文献专业4家，这样是26家。它们是古委会直接联系的。所谓"直接联系"，就是在经费上每年由古委会拨给几万块钱，作为日常科研机构的维持费，含有科研费和设备费。在此之外属于各省市自治区教委管辖的一些院校，比如广东的华南师范大学，安徽的安徽大学、安徽师范大学，都有古籍整理研究所，也有相当的实力，这些院校我们通过省市自治区的教委每年拨给一定的经费来支持他们所从事的古籍整理研究工作。这样的研究所有62家。这样，26家加62家，共88家。这是我们所说的建立机构，组织队伍。而在这个队伍里面，88家研究机构里面，有一大批古籍整理研究工作者，粗略统计大约专职的教学科研人员是1000余名，兼职的近500名，共有1500多人。在这里面正副教授、正副研究员，或者是高级职称的占60％左右。有些院校还有博士点，如北京大学、吉林大学、杭州大学、南京大学、山东大学、复旦大学有古文献学或古典文学的博士点，华中师大有历史文献学的博士点，至少有7家博士点，博士生的培养大概已经超过300名了。这也是我们16年来做的一件主要工作。主要是在前几年做的，建立了机构，组织了队伍。

而在这个队伍里面，形成了老中青三个不同层次的梯队。这不完全是套用"文革"里老中青三结合的说法，我们客观存在恰恰是这样。1983年古委会建立之后看我们队伍的情况，一批是60岁以上的老先生，比如白寿彝先生、邓广铭先生、张舜徽先生、杨明照先生，在当时年纪虽然大了，还是发挥了很重要的作用，我们当时提出来要尊重老先生，对老先生的意见给予充分的尊重，能办到的都去办。第二就是中年人，当时是50岁左右的一批人，这是我们主要的依靠力量，像章培恒先生、裘锡圭先生、董治安先生、周勋初先生等。周勋初先生1929年出生，当时也不过50多一些，就是年纪稍大一点的黄永年先生，1925年出生，也不到60岁。章培恒先生是49岁，裘锡圭先生是48岁，北京大学的孙钦善先生、倪其心先生以及山东大学的董治安先生这样一批人都是1934年出生的，当时都是49岁。武汉大学的宗福邦先生是1935年出生，当时是48岁。最年轻的委员是42岁，就是我。从当时至今天他们是主力，今天有些人处在领导地位，是各个所的所长，所以我们当时提出要依靠中年人。再就是40岁以下的。当初40岁以下的，至今已16年过去了，如果还在继续从事古籍整理工作的话，也应该56岁了。如果当时是30岁，那现在也已是46了。超过我们今天45岁的界限，没能到会。这是当初做的一件事，就是建立机构，组织队伍。

第二是培养人才，缓解青黄不接、后继乏人的状态。这分为三个不同的层次。一是本科生的培养，主要依靠四个专业。四个专业的工作，情况有些不一样。北京大学的这个专业从1959年办起，多年来有它一定的积累，但是也有它一定的框框。另外三个专业是 80 年代初期办起来的，虽然它们的古典文献专业的教学经验不像北京大学积累的那么多，但是另一方面框框也相对的少一些，所以也是各有千秋的。本科生的培养工作，据粗略的统计，四个古典文献专业已经培养毕业的本科生 720 人，在校的约有 210 人。本科生的培养，到 1994 年，我们古委会秘书处做了些调查，发现了一些问题，于是采取了五项措施：第一是加强专业基础课的教学。第二是加强外语的教学，使我们本科生的英语水平能够不只像一般大学毕业生那样达到四级，希望能够达到六级，当然不是强制性的，是希望能达到六级，为此投入一定的经费，使这些专业能够继续聘请外语教师。刚才俞钢先生发言说外语教学的费用不够了，这个需要再作调整，再增加一些经费，尽量满足外语教学的需要，我们保持这个特色，这是一个很重要的步骤，目的是学生的外语水平能够提高。过去有些人认为古典文献专业是搞古代的，外语不一定要很好。在 1984 年古委会秘书处就认为应该加强外语教学，提高学生外语水平，但是有不同意见。我们通过十年的摸索，到了 1994 年，确认是必须要加强外语教学，刚才从程章灿先生、曹虹先生两位的发言和谈蓓芳先生的书面发言，我们能感觉到海外交流和提高外语能力的必要。第三是加强电脑的教学。四个古典文献专业，每个专业设电脑机房，由古委会配备电脑，大概都是十台。只有北京大学古典文献专业没有机房，所以没有兑现。其他几个专业做得很好，电脑机房都弄得非常合格。第四是加强专业实习，也就是我们说的对历史遗存的考查。如每年有学生到洛阳、西安、敦煌，或者是到天一阁、嘉业堂等地方去实习，去调查，就是为了开阔我们学生的眼界，不要拘泥于只读书，要看看历史遗存的是什么样子。第五是在原来已经设立的"古文献学奖学金"的基础上再增设"古文献学普通奖学金"。这笔钱交给专业主任，由他们自己来评奖，支持学生。这样五项措施的目的就是稳定专业、稳定本科生的教学，同时提高本科生的水平。作为一个本科大学生，他在古典文献专业读了四年书，毕业了，外语很好，电脑也会操作，同时基础课知识又很扎实，走到工作岗位上去，适应力强，后劲大。分配工作时，也会有很多单位愿意要。这样做就是不拘泥于我们的学生只能从事直接的古籍整理工作，比如到图书馆的古籍部，到大学从事古籍整理教学，或到某个古籍出版社，不只是这样，而且是要拓宽我们的领域，增强适应性。这是对本科生教学采取的五项措施。现在看来，这五项措施还是得力的。第二个层次是研究生的教学，这些年据初步统计，硕士生培养了2000余人，博士生培养了300多人，都是主要由研究所来承担，当然古典文献专业也有硕士生和博士生的培养。在研究生和本科生之外，第三个层次就是讲习班，或者叫研讨班、培训班，这在80年代中期办得比较多。1983年古委会建立之后，为了抢救遗产、培养人才，各个院校陆续办起了培训班或进修班。就我所知，陕西师范大学史念海先生、黄永年先生办了一个古籍整理讲习班，四川大学杨明照先生办了一个古籍整理讲习班、华中师范大学张舜徽先生办了一个历史文献讲习班，还有一些院校办了讲习班，先后办了12个，都是发挥老先生的长处。参加讲习班的是已经走上工作岗位的人，如图书馆古籍部的人，文博系统、出版系统的人，也有我们高教系统的人。1985年3月，复旦大学办了一个全国性的讲习班，是由古委会来主办的，办了不到一年，这次参会的也有当年参加讲习班的同志。在那之后也有些院校办了有关的研讨班，包括复旦大学、北京师范大学、北京大学，等等，这样的研讨班据我们粗略统计，培养了在职人员也有 1000 多名。所以，在人才培养方面，通过三个不同层次的工作，发展到今天，可以说缓解了 80 年代初期青黄不接、后继乏人的局面。

第三项工作是组织科研项目出成果。这次会上有的同志提出来，是不是也制订一个科研指导性的规划，像过去国务院古籍整理出版规划小组那样。从高校古委会的运作来说，我们十几年有一个摸索过程，最后确定不采取这种方式。因为在 1982 年，古委会成立之前，当时的教育部高教一司就组织专家到北京试图制订出这么一个规划，但那时正好是国务院古籍整理规划小组在 1981 年恢复后不久，他们也制订了一个规划，那么高校制订的规划要跟他们有所区别，而如果有重复，必须是高校承担的那一部分，于是制订出来一个 64 项的项目规划。可是制订出来之后，连制订的专家也不满意。这是 1982 年的事情。到了 1983 年，古委会建立之后，我们又试图再做这个工作，又制订规划，请了不少人来，还是没有成功，就是不像个样子。这与全国制订整个古籍整理出版规划情况还不一样。后来我们改变工作方式，从实际出发，从我们各个研究所、各个古典文献专业的实际需要出发，从我们的人力情况出发，我们的人学术上是做什么的，需要上什么样的项目，从下而上，上来之后，再作全面考虑、规划，这样逐渐形成我们科研的规划。从 1985 年开始我们这样做，建立了一个专家评议组，逐渐摸索，这样就形成了我们后来所说的古委会的规划项目。我们总的项目是 3000 项，前一段时间统计有 2800 项已经出了成果。而我们的重点规划项目是 100 项，这 100 项不是我们定的死数，是逐年筛选上来的主要的项目，正好 100 项，是个整数。其中如我们提到的大型的断代诗文总汇"七全一海"，具体就是北京大学古文献所的《全宋诗》，从 1984 年酝酿筹备，1986 年 5 月正式上马，到现在 72 册已经全部出齐；四川大学古籍所的《全宋文》，已经在 1997 年的夏天完成了，但还没有完全出版，涉及出版社的问题，巴蜀书社经济上负担很重，原来出过 50 册，出齐了估计要 180 册的样子；北京师范大学的《全元文》，已经出版了前 10 册；复旦大学古籍所的《全明诗》；原上海古籍出版的钱伯城、魏同贤两位先生和高校古委会的马樟根先生主持的《全明文》；周勋初先生主持的由河南大学和苏州大学共同承担的《全唐五代诗》；中山大学王季思先生主持的《全元戏曲》，12 册已经出齐。这是"七全"。"一海"就是《清文海》，南开大学古籍所承担。原来南开大学最早想上马的不是《清文海》，是想编《全清文》，经过反复的论证，我们还是建议上《清文海》。今天北师大徐勇先生也谈到这个问题。在此之后，山东大学古籍所又上马了《两汉全书》。这样就成为"八全一海"，共 9 个大型项目。此外，还有文史哲大作家集，如《李白全集编年校释》，詹锳先生作的；《杜甫全集校注》，原来是萧涤非先生主持，后来是廖仲安先生主持，这个项目没有完成；《韩愈全集校注》，四川师范大学屈守元先生主持的，这个项目已经出了书。还有钱仲联先生主持的《清诗纪事》，这虽然不是大作家集，是有关的项目，部头也很大。

再有就是语言文字文献的整理和研究，如吉林大学姚孝遂先生主持的《殷墟甲骨刻辞大系》，虽然有值得商榷之处，但还是一个很有分量的、很有学术价值的项目。还有裘锡圭先生主持的《两周铜器铭文研究》等。还有大型的今译丛书，古委会直接抓的《古代文史名著选译丛书》，共 135 种，136 册。这应该说是根据陈云同志的意见，即把中国的古籍精选出来进行注释翻译，使凡能读懂报纸的人都能够读懂古籍，这样一个要求来做的，今天来看质量基本是好的。另外还有各种类型的项目，加起来有 100 项。今天在这里我就不细说了。这是我们这些年做的第三项工作，组织科研项目出成果。总体上来看质量也是好的。

随着这三项工作的开展，到 1995 年我们又抓了一件事情，再一次强调了研究所的建设和学科的建设，所以 1995 年在兰州大学召开了一次全国高校古籍整理研究所所长的扩大会议，我们在会上特别提出了要求各个研究所加强自己的建设，不仅仅在行政和设备条件方面真正是个实体，而更重要的是在学术上形成自己的方向，形成自己的特色，要出有分量的学术成果，要整理和研究兼顾，要大型项目和中小型项目兼顾，而且是互相呼应、互相配合、互相补充。在那之后，一些研究所抓得就更为明显，特别是山东大学，上了一个大型项目《两汉全书》，进展顺利，已经完成 15 册的稿子，今年能出两册。同时我们在 1995 年的会上也特意说到一个研究所不是一定要靠大型项目才能发展，中小型项目也可以，但是要有自己的学术方向、学术特色。

第四项工作是对外的交流与合作。这十几年来对外的学术交流是基于一种考虑，最早的考虑就是中共中央 1981 年 37 号文件里所说的"散失在国外的古籍资料，也要通过各种办法争取弄回来，或复制回来。同时要有系统地翻印一批孤本、善本"。我们对 37 号文件这段话作了分析，"散失在国外的古籍资料"，不外乎是指古籍。"通过各种办法争取弄回来"，这不现实，弄不回来。散失在日本的，在宫内厅书陵部的，在内阁文库的，在京都大学人文科学研究所的，在东京大学东洋文化研究所的，在静嘉堂文库的，以及在东洋文库的，全都作为日本的"国宝"或者"文化财"，已无法再弄回来，只能是复制。包括到了美国的中国古籍也是如此。所以我们当时的一个指导思想就是要为复制这样一大批重要古籍创造条件。随着对外交流的发展，我们认识到要发展我们国内的古籍整理和研究工作，就必须要了解海外汉学研究的状况。日本的汉学机构有哪些，美国的汉学机构有哪些，美国有哪些人从事汉学研究等。刚才程章灿同志的发言，是非常熟悉美国汉学研究情况的。我们古委会正在和美国同行及一些朋友合作几个项目，一是《北美汉学家名录》，现在已经完成了，正在联系出版社，是把北美几个国家研究以古代为主的中国学的人，每个人一个小传，介绍他的研究著作、他的经历，便于我们了解对方哪些人在做什么事情。同时还在开展的和美国合作的项目是《北美汉学研究机构概况》，比如像哈佛大学的哈佛燕京学社是从什么时候开始建立的，它的经费是怎么提供的，它的主要研究特色是什么，历届的社长和主要业务范围是什么，等等。还有一个项目是《北美汉学的学术刊物和藏书机构》，如刚才提到的《东亚学刊》《亚洲学刊》这样一些学术刊物的情况，都要有一个比较详细的介绍。藏书单位如美国国会图书馆，它收藏了中国的古籍有多少等，这样一些资料。另外，与欧洲也在合作，做相类似的工作。这些年在对外交流方面逐步在扩大。到1997年，我们和日本宫内厅合作，把日本宫内厅书陵部150种宋元刻本复制回来，这150种是我们在宫内厅看了书和目录后选出来的，得到了日本有关机构和日本朋友的支持，整个经费大概需要1亿多日元，相当于人民币七八百万，当然经费主要靠日本方面支持，我们目前还没有拿出经费，已复制回10种。这是关于对外交流和合作的情况，我们希望做得更深入一点，更有效果一点。前几年哈佛大学在中国物色了一些人到那里去做访问学者，像南京大学的程章灿先生1995年到1996年去了一年，复旦大学谈蓓芳先生从1996年9月到1998年7月去了两年，这都不是从古委会系统派出去的，不是我们对外交流合作计划里面的，而是由于他们具备了这样的条件，哈佛燕京学社到中国来物色人的时候，他们合格了，所以才去的，这也是一个渠道。这提醒了我们，我们从事古籍整理工作的人员要重视对外交流，要使自己的外语达到一定的程度。

第五项工作是关于古籍整理工作手段现代化。这个问题，我们在思想上重视比较早，但是动作比较慢。1984年秋天我们在上海召开了古籍整理手段现代化会议，请了十几所院校的古籍整理研究所的人去，开了一个论证会，也请了古籍整理方面的专家和电脑方面的专家来论证。论证的结果是支持了上海师范大学和东北师范大学两个古籍所作试点，投入了一笔经费。东北师范大学作了《贞观政要》的输入。上海师范大学本来想将宋代笔记输入，后来听说量太大，时间很长，也慢慢搁浅了。这是一次失败的试点。后来我们几次想做一点工作，一直到1990年代，我们计划做两件事，一是委托裘锡圭先生主持"3·25工程"。是1992年的3月25日上马的，即"古今全汉字信息处理工程"。这个工作后来经过实践之后发现，一是人手比较紧张，后来请武汉大学宗福邦先生那里的人参加工作，一起合作"3·25工程"。武汉大学主要参加者就是于亭先生，他现在比我都了解"3·25工程"的进展情况。我们原计划"3·25工程"是古代的文字，包括甲骨、金文和现代汉字都能囊括在内，形成一个字库，同时在此基础上再做有关的研究资料工作，但后来古文字没有收进来，有各种各样的困难。二是请南京大学古典文献所姚松先生设计一个文史工具包。但这两件事由于我们没有抓紧，目前还没有一个很明显的效果。这次会上有些同志提出要手段现代化，那么我们应该做一些事情。

第六是主办了学术刊物，也支持了有关的学术刊物，像我们主办的学术刊物《中国典籍与文化》，最早办的是《古籍整理与研究》，到1992年转成了《中国典籍与文化》，变成了一个普及性的刊物，是老主任周林同志的一个希望，同时我们用《中国典籍与文化论丛》来补它的不足。最近我们还想恢复原来古委会办的由北京大学古文献所承办的《古籍整理与研究》，我们试试看。这是16年来要做的几件主要的事情。这是第一个大问题。

第二个大问题是关于近一个时期古委会工作的几点想法。

这些设想供大家参考，因为我们这次会是青年学者的会，不是所长会、专业主任会，不可能在我们的会上一下子讨论清楚我们总体上要做些什么，我想就我们会上涉及的有关问题和想法跟大家说一下。

第一，经费问题。我们目前的经费是 500 万，每年支持我们直接联系的每个所是 7 万元，根据情况有个别所少一点。古典文献专业是根据招生的多少来确定经费，也有几万元。另外我们经费还分到省、市、自治区。还有更大部分的是支持项目，我们每年评科研项目，每年都申报 100 多项，所以我们的经费目前看不够用，相当紧张。而且给研究所的 7 万元，各古籍整理研究所所长心里也有数，这个钱是越来越不顶用，越来越派不上用场。我们现在的想法是通过有关渠道争取增加经费，这是我们的一个经济基础，这个事情解决好了，我们的发展就更有保证，当然解决不好也还有 500 万，总还能过下去，能够做科研工作。增加经费这件事估计有一定的可能性，但还要有关领导批准，不敢说得太死。

第二，是加强研究所和专业的建设，加强学科的建设，形成教学和科研的基地。这是至关重要的。各个研究所、各个专业要明确自己的学术方向，形成自己的学术特色，把研究所和专业办成学术的实体。最近教育部在做一件工作，要在三年内建立 100 个重点学科的科研基地，不是要教学单位来申报，而是研究单位来申报，比如说中文系、历史系不能以系的名义来申报，而是要以研究所的名义来申报，而这个研究所要求必须是研究实体，如果不是实体也不行，它的申报表格非常具体，能够把你整个的状况勾画出来。所以我们要明确这一点，我们的古籍研究所要办成什么样子，要办成有明确的学术方向，有明确的学术特色的学术实体。要结合本单位的实际情况，比如本单位人员实力情况、本单位的学术特点，来设计我们自己的重点研究项目和人才培养计划。不要等古委会去给你安排你这个所重点上什么项目，这不现实，根据多年来的情况看就是自己解放自己，自己根据自己本所的情况，提出自己的科研项目，设计好，可以多听一听各方面的意见。顺便说一下，这些年有些所设计的项目不太得体，老上不了一个像样的，这大概和所长的指导思想有关系，可以说是不上路。所以要设计自己的重点科研项目和人才培养计划，能够在几年内出高质量的成果。我们过去提的是有质量的成果，是想实事求是一点，最近想想，要出高质量的，不只是有质量，要出高质量的成果，这样自己才立得住。还要形成有特色的学术群体，不光要出成果，还要出人才，出人才还要逐渐形成一个有特色的学术群体，就是有几个人围绕一个研究方向的有学术特色的群体，而在这个学术群体里要培养有真才实学的年轻的学术带头人，因为年老的到21世纪就慢慢退下去了。所以要培养有真才实学的年轻带头人，这是至关重要的。这是第一条。第二条是在保证我们研究所专业学科特点的同时，要在人员上逐步实行流动制。以项目为核心，为中转，带着项目进来，完成了可以再出去。当然也要相对稳定，逐步实行流动，而不是一下子实行。因为我们多年来人员是稳定的，是固定的，我们要逐渐变为有固定的人，也有不固定的人，再发展就是更不固定一点，因为这是发展趋势。这次教育部评定一百个重点科研基地，也是强调这一条，必须是滚动式的，流动式的，要和别的学科打通的，同时我们研究所和专业在学术上要增强包容性，吸收有关学科的人员参与到本单位的科研和教学里去，增强我们从事学术工作人员的适应性。有的同志说是"铁打的营盘流水的兵"，我想这样理解也可以。就是说我这个实体、这个研究所、这个专业是固定的、不变的，而我这里的人员是可流动的，这样才保得住，否则封闭式的，最后反而使我们的基地越做越薄弱，越没有力量。要以本单位为基地，团结校内外的有关学者来参加我们的科研工作。刚才赵生群先生讲，大家提出要"合纵连横"，在学科上确实不要拘泥，我们是从事古文献工作的，但是不要只拘泥于我们这个学科，横向的、纵向的，都可以，联合起来。而在人才培养方面，对专业的本科生和研究生的培养要拓宽知识面，这是我们多年对各个专业所强调的，他们一直也在做的，今后还要再进一步改进学生的知识结构，使他们将来可以适应各种工作岗位的需要。第三条是要有生存竞争的意识。今后古委会对各个单位，一方面是一如既往地支持，我们不会不给经费，现在想争取经费就是要给大家增加经费，要更有保障，创造更多的条件。但是另一方面，大家也还要有生存竞争的意识，古委会也还要实行优胜劣汰。流水不腐，户枢不蠹。不这样做的话，我们就要落后，就要出问题。所以对各个古籍所、各个专业实行优胜劣汰的办法。大家自己设计本所、本专业的工作。各个单位对本单位的教学科研人员也要奖勤罚懒。第四条是在学科建设上，要吸纳高层次的人才，形成实力。有条件的单位，要想方设法在本单位建立博士点或国家重点学科，以提高在校内、国内的学术地位。这样才能使我们的机构更稳定，使机构在校内、校外、国内有一个比较高的地位。这是第二点，即加强研究所和专业建设，加强学科建设，形成教学和科研基地，这里面这么四条具体的想法。

第三，鉴于目前的梯队情况，古委会准备重点抓 45 岁以下的青年学术骨干，近期想采取几项措施，大致如下：

1. 设立古籍整理青年学者的科研优秀成果奖和古文献学教学优秀奖。一个是科研，一个是教学。奖项的具体名称，我们将来还可以再设计，再商量。根据大家这次提出的意见和我们前不久到上海、南京调查的情况，显然需要设立这样的奖对青年人给予支持。年纪大的 45 岁以上的虽然也需要支持，但不如 45 岁以下的青年学者这么迫切，这么需要，因为青年学者要评职称，有许多事情需要有个奖，所以我们还是做这个工作。古籍整理青年学者科研优秀成果奖，我们还想争取使能够和教委有关司局联合做这个事情，古委会出钱，两家的名义，这样可能大家得到这个奖，在学校里会更有利。古文献学教学优秀奖，也争取和教育部有关司局来合作。

2. 在科研项目的立项评审工作中想适当加大青年学者所报项目的立项幅度，给青年学者以特殊的照顾。最近几年在古委会项目专家评议组里面，我们多次说明，专家评议组也很照顾青年人。据统计，最近两三年我们评审立项项目里青年人的项目占了多数，60％以上。但是我们还可以再注意到这个问题。当然也不能忽略另一面，中年学者、老年学者也要有适当比例的项目上。

3. 筹备编撰一套"古文献研究丛书"或者叫"古代文化研究丛书"，这是我们酝酿好久的，这次会上大家也提出来了，有的同志说可以叫"青年学者古文献学研究丛书"，或叫"青年学者古代文化研究丛书"，也有的同志和我说，最好不要加"青年学者"字样，就是"古代文化研究丛书"，这里面也可以有年纪大的，甚至有一些大专家的，这样年轻学者与他们在一套丛书里面，反而显得地位比较高。这个我们下面还可以再商量。总而言之，这套丛书准备启动。

4. 创造条件使青年学者能够有经常性的聚会。比如说地区性的，或者全国性的聚会来沟通信息，交流情况，切磋学术，加强横向的联系。也有的同志跟我说，将来再开会不一定都是45岁以下的青年，55岁以下也好，中、青年在一块开会更有其好处。我想也有他的道理，还可以再商量。总而言之，这样的会现在是第一次，今后还可以再开，多长时间开一次，现在不好许愿。

这是第二个大问题，近期的工作要点。

第三个大问题，既然是青年学者的会，就想从古委会的角度对青年学者提几点希望：

1. 希望大家能够努力使自己成为具有真才实学的学者。这点很重要。有些学者，名声很大，没有真才实学，就不行。所以要有真才实学。一方面要使自己成为有真才实学的学者，另一方面自己要争取出垂范后世的经典之作，要有有分量的学术著作。出经典之作当然不是每个人都能做到，但是应该这样提要求。为了做到这样，希望大家在治学过程中能够注意到整理和研究的关系。我们过去也提到过，从古籍整理和研究来说，整理是整理，研究是研究，是两个不同的词，但是整理本身含有研究。而反过来说，整理之后还要以整理为基础进行深入的研究，没有研究还是不行的。所以我们既要注意到古籍的整理，还要注意到古籍的研究，不要割裂开，不要对立起来，要结合起来。同时要注意文献资料和理论观点的有机结合。我们有些研究所的青年学者由于受有些老专家的影响，注意文献资料，这很好，但是理论观点上有时提炼不出什么来，这个也要注意到。当然也有空论的，不注重文献资料的。再有就是传世文献和出土文献要互相印证。这样我们能够走出一条扎实的治学之路。

2. 希望大家能够立足于本学科，同时又放眼各个相关的学科。了解别的学科的长处，吸取过来，不要死守本学科而不能发展。不是说本学科就不好，但是什么东西你死守住，不吸收别人的东西，就一定不能发展，而青年人尤其不应该这样。

3. 要提高外语水平，及时了解和吸收海外的研究成果。这次会议我们印发了复旦大学谈蓓芳先生的书面发言材料，《全明诗》进度慢，很重要的一个原因就是文集版本的问题，有的图书馆要价非常高，可以说买不起，就只能从海外弄。恰恰是谈蓓芳到了美国之后，发现相当多的明人文集，对《全明诗》有用，而谈蓓芳先生主要是以自己在海外作访问学者的这点钱来做这件事情，后来我们知道后贴补了一点，也是微乎其微的，因为古委会的经费也有限。前不久到上海，看到这个工作做得非常的好，复制回来的明人诗文集一本一本地装订好，都一般大，有封面，有书脊，很好用。像这样的情况，我们能提高自己的外语水平，到海外去收集有关资料，并及时了解和吸收海外的成果是很有用的。

4. 想说一下为人处世和思想作风。年轻学者都在不断地向上发展，地位也越来越高，要注意到真诚地待人，自己为人要真诚，待人要平等。我们常常是在开各种学术会议的时候或是在和青年学者聚会的时候，可以感觉到各个学校、各个研究所无论是老的学者还是年轻学者，风格都不一样，各有各的特色，都有其长处，但有时也暴露出个别人思想作风和为人处世上的毛病。古委会历来提倡真诚，提倡平等。为人要真诚，待人要平等，这是非常重要的。在自己学问稍微大一点的时候，或者意识到和自己在一起的人学问不如自己的时候，不要自傲，不要自视甚高而看不起别人，不要矫揉造作，故作清高。在本单位，有些青年学者在做出成绩的时候，要能够始终置身于本单位的同事之中，不要游离到外面去，更不要将自己放在本单位同事的上面，觉得自己比他们都高大，不要这样，尤其是当了领导，有了一点权力的时候，不要自以为是，不要有霸气。"谦受益，满招损。"我最近几个月接触的有些年轻人说话口气很大、很霸气，我觉得在有些事情上需要有一点魄力，需要果断性，但是不要有霸气。总之，不要自私自利，不要只顾自己，不顾集体，要有全局观念，要尊重别人的工作和劳动，不要鼠目寸光，只看到自己。

这是第三个大问题，从古委会的角度来说对青年人的一点希望。

最后，我对大家提出的 9 个具体问题略作一点回答和说明。

1. 关于建网站。这是近几个月以来古委会秘书处在议论的，准备建一个自己的网站，由卢伟负责。设想古委会设立一个自己的主页，各个古籍所、各个专业参加进来，有自己的网页。准备做这个事情，具体怎么做，我们想到了，在这个会之前还没有做好。大家提出来，正好是我们要做的，将抓紧去做，争取做好。

2. 关于资源共享。这个问题我觉得情况比较复杂，举个例子，如《全宋诗》的电脑版，《全宋诗》是古委会投资 81 万搞出来的，按道理说，《全宋诗》出版以后有了电脑版，应该可以联起来，有关的古籍所共享，但是这里面的复杂性在于《全宋诗》的著作权属于智力投资方的编委会和财力投资方的古委会双方共有，版权属于北京大学出版社。电脑版出来，版权问题和著作权问题得理清楚才能资源共享。当然有些比较简单的，好处理的，能够资源共享的当然尽快去做。

3. 大家希望正在进行的科研项目能够及时通报，包括当年新立项的项目。我想这个应该能做到。我们有个《高校古籍工作通报》，过去出得慢，调整了一下，比原来有所改进，但还是不够，还有赖于在座各位青年朋友的支持，有赖于各研究所所长、各专业主任和有关的通讯员的支持。

4. 关于专业的教材。我们 1994 年提出了一个项目，叫《古文献学基础知识丛书》，一共 13 种 14 册，已经交稿排版的有 8 种，到今年年底可以全部交稿。（古委会秘书长杨忠先生插话：包括《古文献学概论》《文字学》《音韵学》《训诂学》《版本学》《校勘学》《古文献学文选》，原来还有《出土文献选读》，后因承担者患病，暂时把它搁下了，将来再补，再就是《工具书》《中国古代文化》上下册，还有就是经史子集四部要籍的概述，分成 4 种，一共 13 种。）这套教材我们的想法是推荐，不是指定。我们过去一直没有统编一套教材，到了 1995年，古委会运转了 12 年之后，才编这么一套教材。原因很简单，就是要发挥各院校各专业的师资力量和长处，由他们自己来选上什么课，给人家这个自由，统编教材效果未必好。但是到了 1993、1994 年的时候，不断听到反映，希望有这样的教材，哪怕是推荐教材也好，所以我们在 1995 年才上马编这套书，由裘锡圭先生和杨忠先生共同主编，调动和发挥我们高校学术力量的长处。但是也只是推荐，推荐给大家，大家可以不用，不是说古委会编的教材就必须用。

5. 关于专业外语课的教学经费不够。这一点刚才已经提到了，准备解决。

6. 关于学术刊物。大家建议把《中国典籍与文化论丛》变成正式刊物，甚至是核心刊物。我们的想法和大家一样。1997 年的夏天，已经把这个设想写成文字，上报给当时的教委有关司局，同时也报到了新闻出版署，但到现在还没有申请下来。我们希望除去我们现在办的《中国典籍与文化》这样一个普及性的学术刊物之外，能够再办一个《中国典籍与文化论丛》这样一个学术性的刊物，但最近这两三年新闻出版署没有批一家刊物，反而撤销了 25 家，现在批很困难。

7. 一些同志提出能够让各个学校承认我们古籍整理的研究成果，像其他社会科学、人文科学的研究成果一样对待。这个问题有些学校是解决了，有些学校没有解决。我知道北京大学前些年把古籍整理不看作科研项目，但是这些年北京大学已经把《全宋诗》作为很重要的科研项目。（古委会秘书长杨忠先生插话：1996 年底教委曾经专门发过一个文件，是关于古文献各个所评职称的，文件里面已经明确说明了古籍整理的成果应该视作科研成果，所以大家可以回去找所长、专业主任，请他们到学校科研处、人事处弄清楚。每个学校都应该收到这个文件的，教委是有正式文件的，实际上这个问题从教委来说是解决了的一个问题，关键在于各个学校是不是重视这个问题。)

8. 有的同志提出，建所要有规范、有条例，这样便于在学校里面来作为衡量的标准。这个问题1986年我们在成都召开古委会的二届一次会议的时候，工作报告里提了研究所建设的四项标准。1995年兰州会议上又提了对研究所建设的基本要求，请大家回去找所长要这两份材料。如果还不够，需要的话，我们还可以再配合，根据新的情况做得更细一些。

9. 有的同志建议建立古文献学研究会。这个工作还需要商量。前些年我们一直对此持淡漠的态度，因为建立研究会有它积极的一方面，也有其负担很重的一面，不断地开年会，不断地找钱，找地方办，大家都很累，学术上交流有时候有长进，有时候又不明显，所以我们一直持很淡漠的态度。今天又有同志提出来，我想再分析一下，做些调查研究再做决定。

（根据录音整理，经本人审订）

全国高校古委会古籍研究所所长与专业主任工作会议开幕式发言

2000 - 05 - 26　杭州

　　这次会议是教育部全国高等院校古籍整理研究委员会召开的全国有关高校古籍整理研究所所长和古典文献专业主任的工作会议。

　　全国高校古委会从 1983 年建立，到现在已经经过了 17 年。本届古委会——也就是第四届古委会，从换届到现在也已经 3 年多了。在 3 年多的时间里，由于全国高校古籍整理研究委员会 40 位委员的共同努力，由于全国高校 84 家古籍整理研究所的所长和 4 家古典文献专业主任的共同努力，也由于古委会秘书处的组织和协调，古委会的工作在科研项目、人才培养和研究所的建设、专业的建设诸多方面都取得了明显的成绩，为全国古籍整理工作作出了突出的贡献。同时在 3 年多里我们也遇到了新的情况、新的变化。这新的情况、新的变化有大环境的、宏观的、广泛领域的，也有小环境的、我们古籍整理研究所、古典文献专业本身的变化。今天有的同志对我说，古委会系统研究所所长变得年轻了。确实如此，我们第四届古委会正面临着古籍整理研究所所长、古典文献专业主任的新旧交替的局面。这就是一个变化。还有4个专业里面有两个学校把专业变成了系，就是上海师大、南京师大。上海师大变为中国文化与典籍系，南京师大改为中国文献学系。这也是一个变化。所以我们面临着大环境和小环境的双重变化。因而这3年多来，在取得突出成绩、作出突出贡献的同时，我们也面临着新的困难和新的问题。这次会议就是请由高校古委会直接联系的21家古籍整理研究所或者研究中心的负责人和4家古典文献专业的负责人聚到一起，汇报本单位的工作，交流情况，取长补短，改进今后的工作。汇报工作，首先是古委会秘书处要向大家汇报、要向古委会汇报；其次，也要请各个单位向大家、向古委会汇报。通过这个过程起到交流情况的作用，互相学习，取长补短，以明确方向，改进工作。会议的中心议题就是面临新的情况、新的变化，各个单位如何做好本单位的工作。

去年11月19日，教育部部长陈至立同志听取了古委会主任、秘书长的工作汇报。她对高校古籍工作讲了很中肯的意见。现在把陈至立部长讲话的主要精神作一传达：她说古籍整理工作是件意义很大的事情。它的意义在于长远。你们所做的工作从来没有炒作，但是会留下来。现在别看有的流行歌曲很红，但几年就会无影无踪。陈云同志高瞻远瞩，看到这项工作的重要性不同寻常，这是有关千秋万代、中华文明延续的问题。我们现在也是有这个条件的，我们党重视文化，尊重知识，尊重人才。我在上海就支持过这项工作，古委会及秘书处与全国大学的古籍整理研究工作同志虽然仅仅十几年的时间，工作却很有成效，"七全一海""八全一海"，把中国古代的主要典籍都整理出来，连起来成为系列。十几年的时间，把中国几千年的历史文化遗产有重点的整理出来很是不容易，可以说是硕果累累，工作很有成效。我代表党组对古委会、对秘书处、对全国高校从事这项工作的同志表示问候。加强古籍整理工作是党中央作出的一项重大决策，教育行政部门、各有关高等院校要关心、重视、支持这项工作。教育部有关部门要与北京大学协调解决好目前高校古委会秘书处面临的实际困难和问题。古委会是教育部的直属事业单位，秘书处在北京大学办公，这是教育部委托北京大学要办好的一件事情。后面陈部长还讲了一些具体事情，这里就不再传达了，主要将基本精神传达给这次会议上的同志们。

这次会议是受古委会委托，由浙江大学古籍整理研究所来承办的。浙江大学古籍所的前身是杭州大学古籍整理研究所，这个研究所从 80 年代初期建立，到现在将近 20 年的时间，先后经过了几任所长，第一任所长是姜亮夫先生，常务副所长是平慧善先生，然后几任所长分别是崔富章先生、龚延明先生，现在是张涌泉先生。经过几任所长的苦心经营，形成了自己研究所的研究方向和研究特色，培养出了一批中青年学术骨干，而这批学术骨干在国内学术界是公认有真才实学的。从杭州大学古籍所到今天浙江大学古籍所，为全国高校的古籍整理事业作出了明显的贡献。今天浙江大学党委书记张俊生先生光临我们的开幕式。这是对浙江大学古籍所和浙江大学从事古籍整理工作的学者的支持，同时也是对全国高校古籍整理事业的支持。早在 1992 年 6 月，张俊生先生在新华社香港分社任上时，就对古委会和教育部的图书进出口公司在香港联合主办的大陆高校古籍整理研究成果展给予了多方面的支持和帮助。浙江大学古籍整理研究所能有这样一位了解古籍整理工作、关心古籍整理工作的校领导的支持，我们相信今后一定会在高校古籍整理研究界、在中国古文献学界发挥更为突出的作用。

我们这次会要开三天，我相信在后三天的时间里面，经过大家的共同努力会取得会议的成功。

谢谢各位。

全国高校古委会古籍研究所所长与专业主任工作会议闭幕式发言

2000－05－28　杭州

　　我们这个会是全国高校古籍整理研究所的所长、专业主任的工作会。从 5 月 26 号开到 5 月 28 号，三天，用了七段时间，因为第一天的上午是两段，一大段分成两小段，另外在晚上还开过一些小的座谈会，今天晚上还会有两个座谈会。通过三天的会和下面的接触，会议的预期目的是达到了。关于会议的目的，我们是汇报本单位的工作，交流情况，取长补短，改进今后的工作。我想前三个分句——汇报本单位的工作，交流情况，取长补短，应该说，大家都听到了，也会有自己的想法：哪个所比我们好一些？什么地方好？哪些所我们可以不必那样做。改进今后的工作，那是我们下一步的事情。这次会之所以这么开，是因为我们有好几年的时间没有大家坐在一起讨论一下我们的工作，交流一下我们的工作。但这次会议安排看来有个很大的弱点或者说是缺点，就是时间太短了，我们讨论得不尽兴，开四天会可能好一些。

　　这几天会议开下来，我自己有一些感受。第一，是大家的敬业精神。所长、专业主任的敬业精神这样的强烈。宗福邦先生讲的，他在武汉大学古籍所作为所长、作为《故训汇纂》的主编，组织大项目《故训汇纂》用了 15 年时间，现在是完成了，但是还没有看到出版物。我认识宗先生是在 1983 年，到现在 17 年了。认识他的时候，他还不到 50 岁，是非常精神的中年人，现在已是半头白发了。他把自己生命里的 15 年燃烧在了《故训汇纂》这个项目里。从古委会建立时我认识他到现在，是 17 年的时间，他把自己生命里的 17 年燃烧到古籍整理事业中，他明显的苍老了。而今天这次到会的，古委会的老所长，老的古委会委员，除了秘书处的同志之外，只有 5 位了，就是在座的周勋初先生、宗福邦先生、刘烈茂先生、孙钦善先生、黄永年先生这 5 位；其他的都是后来接任的所长、专业主任。这是一个新旧交替，而这个交替已经到了交替的末尾了。所以有的老所长提出：我们照个相吧，恐怕下次的会我们不一定在一起了。这件事说明一个问题：从古委会的建立到现在 17 年的时间，从学术上看，是几代人连续下来的，接力下来的，从事这项工作。新的所长就像老的所长一样，有的是刚开始，有的是已经有几年把自己的生命燃烧到古籍整理事业里去了，燃烧到经营一个所、管理一个所的工作里去了。所以陈大康先生说：什么是所长？所长就是去做非学术的工作以保证学术工作的顺利进行。他的这句话，我越琢磨越有道理。为了古籍整理的事业，为了一个所的发展，为了一个专业的发展，我们要付出几年的精力和时间，甚至十几年的精力和时间。但是，我们自己的成果呢？为大家做了许多事，如果你的成果出来，研究所的成效卓著，看得很清楚也还罢了，而有时候不是这样，是在我们工作过程中碰到许许多多的不顺利，而我们自己呢？一点成果看不出来，或者看到的成果微乎其微，而最后又不能得到社会的充分尊重和领导的肯定。所以从这个角度说，我们一些同志能够这样坚持下来，就是非常了不起的敬业精神。大家会上讲了一些意见，我看得出来非常着急，甚至有一点怨言，也是为了想把工作做好，这都是好的，都是为了本所的发展，为了古籍整理事业的发展。刚才批评了一些所长的做法，有些做法是不好，我说不好里面也有好。他着急，他为本所去经营，去做一些事情，考虑得不周全，做事不妥当，但是他是为了一个研究所的发展，精神是好的。我想我们研究所所长和专业主任有这样一种精神，非常强烈，非常浓厚，这是可贵的。你们有压力，我压力更大，因为我也是一个教员，我也不是哪一级官员，也想把古委会工作做好，也和大家有同样的经历，同样的感受。这是我的第一个感受：就是会上反映出一种敬业精神，非常强烈的敬业精神。

正是由于有这样一种敬业精神，我们在工作中尽管有许多困难，有些甚至是难题，但是我们所长都在克服，都在解决，都在想方设法地处理好。像南开大学古籍所原来上的是《清文海》，上马以后就感到困难比预想大，怎么组织好？怎么进度更快一些？他们很着急，古委会秘书处也很着急。从郑克晟同志做所长，到赵永济同志做所长，后来是赵伯雄同志做所长。还是赵伯雄先生做所长以后把《清文海》完成了。现在还没有出版，将来出版之后即使有缺点，它也是传世之作，也是在赵伯雄先生做所长的时期把它完成的。像四川大学的《全宋文》，前面出了 50 册就停顿了好几年，大家都迫切希望能够全部出齐。这次舒大刚先生汇报工作谈到他们已经联系好了，他们注意到这个问题而且有行动，在今年底或者明年能够跟大家见面，哪怕再晚一点，晚半年，只要能出来，我想这个也是我们古籍所所长的职责，也是做到这件事情了。

会上听了各个所的工作汇报，我感到有分析、有措施。有些所的力量我实实在在说并不强，比如东北师范大学韩格平先生的汇报，他们所里教授不多，人员也不多，但是他想方设法把大家组织起来，想方设法上合适的项目。当然，他想的《魏晋全书》是不是就能够立项，是不是就合适，我们都还可以再看，但是这样一种精神是值得提倡的。刚才杨忠先生代表秘书处表扬了一些工作做得好的所，那是秘书处讨论过的。有一些所也是很好的，南京大学、北京大学、复旦大学，工作都做得很好，所长抓得有见地，平常的工作也有特色。所以我想在敬业精神的指导下，许多个研究所所长、专业主任做了大量的工作，并且解决了平时想象不到的许多具体问题。

第二，我想说说古委会的职责范围。因为这次大家提出一些问题，我们也很着急。大家很希望我们多解决一些问题。我们自己心理状态也想多做工作，同时感到有些工作又不便由古委会来做。所以这次我们才把阚延河先生和刘凤泰先生请来，因为他们是教育部的两个主要职能部门——就是和我们业务关系密切的两个主要职能部门——的负责人，一个管科研，一个管教学，教学还涉及我们的专业目录。古委会是教育部的一个事业单位，这点在1983年古委会建立的时候实际上是没有明确是什么性质的单位，当时是由教育部高教一司代管，由高教一司的科研处长来兼秘书长。到了第二届委员会就是三年以后的 1986 年，古委会换届的时候在成都开会，教育部下达的文件批准古委会是"职能机构"，就是有行政职能的机构。但是到了 1991 年，教育部做机构"三定"的时候，统筹考虑，古委会还是定为一个事业单位，但是给我们这个事业单位一点特殊待遇，叫"直属事业单位"，所以没有任何一个司局联系我们。因为教育部有好多事业单位都有它的职能司局来联系，某一个职能机构的司长或副司长管这个事业单位。我们不是，是教育部的主要负责同志来联系，原来是朱开轩同志联系，后来还有柳斌同志联系，党组正副书记直接联系。近几年是部党组成员陈文博同志联系。最近陈文博同志离开教育部，到北师大任党委书记，现在还需要再等教育部指定一位负责人。所以从这也看得出来，古委会是一个事业单位，直属事业单位。而它的工作人员，它的办事机构是古委会秘书处，工作人员是由北京大学，原来还有北京师范大学共同来出人，马樟根同志离开北师大以后就变成北京大学一家来出人。这些同志都是从事教学科研工作的，他们都有职称。我说这么具体的意思是说：古委会的工作性质是直属事业单位，而秘书处是办事机构，它的人员却不是行政人员。在这种情况下，工作起来又有它的方便和不方便。方便就是它懂业务，跟大家比较贴近，能够谈业务，或者说还能够再进一步谈得来，官气可能不是太足，但另一方面就带来了问题：秘书处人员既要做教学科研工作，又要做组织协调工作，负担加重了；而因此两方面的工作也都会受到一些影响。由于古委会的职责范围的局限，它不能够像社政司、高教司那样工作。社政司联系的是各个学校的科研处，高教司联系的是各个学校的教务处，一下子就下达到学校的行政单位了。我们联系的是古籍所，这就看出了这个系统，这个关系，我们联系的是学术单位，是研究所。同样道理，古委会性质从这里也可以看出来，所以这样给我们带来些局限，请大家能够理解到这一点。有些工作，古委会一定还要想办法，比如这次提到的，我们要把这次会议纪要整理出来，把大家提到的一些问题、一些困难都反映到纪要里去，给教育部领导写一份报告，争取能够请教育部领导发下去，发到各个高校，这样对各个研究所、各个专业的工作更有利，能引起各个学校的重视。我想这些工作还是要做的。但是有些工作，它和教育部行政部门的权力略有一点区别，这也是我们多年来受局限的地方。

第三，古委会多年来提倡一种精神，是在委员之间提倡这种精神，在所长之间提倡这种精神，在古委会工作人员之间，在古委会工作人员和各个所所长、各个专业主任之间也提倡这种精神。我们在80年代就讲，到了90年代还讲。那就是：互相支持，互相帮助，互相鼓励。人总是需要别人支持的，如果我们老说别人的缺点，老说对方的缺点，弄得他抬不起头来，他还有什么精神，还有什么情绪再去做工作呢？人需要别人支持，也需要别人的鼓励。你老说他不行，他自己也可能说我是不行，但他有一点成绩你鼓励他，肯定他，那么他可能劲头更足，做出出乎他本人意料的成绩来。我们都是人，都脱离不开人的所应有的特点，所以应该互相支持，互相帮助，互相鼓励。人总是需要别人帮忙的。一个人是成不了什么事，只有我们联合起来，更多的人，大家真正为古籍整理事业献身，至少为古籍整理事业贡献我们自己的力量。有这样一种奉献精神，一种事业心，那么才能做好工作。而在这事业心里面需要的是互相支持，互相帮助，互相鼓励。我想再加一条，就是互相体谅。我们大家有共同的处境，也有各自的处境，可能有些地方我们考虑自己多一点，或者说看到身边的情况多一点，我们自己看到自己工作的顺利和不顺利，看到自己的委屈。那么可能情绪比较大，但是，也应该考虑到别人。那么在有点情绪的时候，可能表达出来的语言就会尖锐一些，直截了当一些，但是另外一些同志接受起来也可能会有些想法了。所以说要互相体谅。不管是说批评得对、批评得不对，还是说大家在什么地方做得对和不对的，都能够互相体谅。我想也就是互相支持，互相帮助，互相鼓励，互相体谅。我们需要这样一种精神。

我们在 1996 年到台湾去开"海峡两岸古籍整理研讨会"的时候，古委会一个代表团 27 个人，其中有 5 位是图书馆系统的，22 位是古委会系统的，但是台湾学者非常明显地感觉到这样两个系统组成的一个团，大家的科研成果，大家的精神状态体现出一个团队精神。所以台湾学者说，在古籍整理事业上，无论是古籍整理方面所出的成果，还是所做的事情，台湾不如大陆。在那之前，台湾的《国文天地》就发了一组专辑，其中它有"编者的话"讲道：是时候了，是应该台湾的古籍整理工作加紧去做了。它把大陆和台湾的古籍整理工作进行了对比，而大陆的古籍整理工作它所举的例子都是高校系统的。当然这个也还是不全面的，因为大陆做古籍整理工作的不只是咱们高校的人，我们是占大多数或者是绝大多数，80%以上吧，那么还有各个出版社系统的，还有社会科学院系统的，尽管他们没有专门研究机构。那么是大家来做的，古委会或者说高校系统只是其中的主要部分。台湾的同行举了这么多例子，作了比较，觉得是"大陆的一种团队精神，非常可嘉"。我想我们仍然需要这样一种精神。尽管我们目前有困难，我们需要的是沉住气。只有沉得住气，不慌，你才能做好事情，我们自己有这个生活体验。所以我想我们的所长需要一种什么样的精神呢？需要的是：思路要正确，不要乱。我们自己思路不要乱，要清楚我们在做什么事情，碰到些什么困难。不要因为碰到困难，我们乱了方寸。我们沉住气，思路正确，还要脚踏实地地经营，要做出我们的实绩来。我们的实绩最简单的就是要设计好本所人员的项目，并且结合这些项目出人才。出成果，出人才，这是我们要做的事情，而这里面思路正确非常重要，不是说简单地出了成果就行。我这个所的实际情况如何设计好？所长的职责很重要，能够设计好本所的项目，不管是个人项目还是集体项目，并且在这个项目完成过程中出人才。当然你短期、一年不一定能出什么人才，这是一个长时间的发展过程，才能培养出人才来。我想这一条请大家留意，就是沉住气，要思路正确，脚踏实地去经营，做出实绩，设计好本所人员的项目，并且结合这个来出人才。

第四，希望大家有创业精神。我看大家会议上反映出来的情绪是略有一点着急也好，是感到有困难也好，恰恰是我们敬业精神的反映，也是想创业的精神的反映。这次会上，今天上午出版社的几位同志给我们一个提醒。昨天晚上我们一起聊天他们就提醒我们，今天上午几位发言里又提到这个。他们除去介绍了他们本单位出版的情况之外，实际上给我们许多启示，讲了他们的意见，我觉得很正确，就是我们要有一种创业精神。今天上午他们提到的那几句，就是说"从来没有什么救世主"——当然不是他们说的，这是《国际歌》里的，但是他们拿来用了——"要靠我们自己"。我们生活里有这个体会。我们昨天讨论了，大家谈到，我们到很关键的时候，平时做工作，大家互相还能帮助，当然主要靠自己。关键时候你想要别人帮助，别人帮不上。不是别人故意不帮你忙，有各种各样的情况，那么关键时候也仍然要靠我们自己，靠我们自己努力，靠我们自己的工作，靠我们长时间的积累工作，这个不能抱任何幻想，靠我们脚踏实地去做。今天李梦生先生引了歌词里说的"路在何方？路在脚下"，那么靠我们自己努力去做。要靠我们的工作，就要靠自己的努力，脚踏实地去做。要有一股创业精神，一股奋斗精神，还要经营一下。今天有些先生提到应该常和出版社联系。我们碰到一些出版上的问题，有些项目可以在设计的时候就和出版社联系，得到人家的点拨，这样我们做这个项目的时候可能更符合出版社的要求。当然我们还要看到我们自己本身业务规律，写的书也不能完全迎合市场。

另外我想建议各位所长今后常通气、多通气。常通气、多通气有好处。生活里怕不通气，不通气会发生许多由于不了解而产生的误会。

我要说的就是这些。全面工作，由于会议开头有曹亦冰先生的关于近年秘书处工作的汇报，是讲我们过去做了什么。后面，有杨忠先生的今后工作设想，是我们下一步准备做什么。过去已经做的无法再修改，下一步要做的还可以修改。明天大家还在一起，有什么意见和建议，大家直接跟杨先生说也行，跟曹先生，跟永新，跟玉才说也行，跟我说也行，提醒我们一下。我想古委会也好，秘书处也好，作为一个组织协调机构，因为我们的机构是组织协调机构，我们管的是大家学术上的，研究所、专业的学术发展，学术发展方向特点要过问；科研项目的立项，一个研究所的建设要过问，专业的课程设置要过问。古委会也就是受教育部委托，组织全国高等院校的古籍整理、研究和人才培养工作，涉及古籍整理和研究，涉及古籍整理的人才和培养，都是属于这个机构要做的事情。但是它的本质上是一个组织协调，它不是一个衙门。我想我们很愿意为大家再进一步做好这些事情，请大家能够根据这次会议情况，利用接下来两天的时间，包括以后，多通气，多告诉我们建议。

（根据录音整理）

《中国典籍与文化研究丛书》第一次编委会会议开幕式发言

2000 - 12 - 08　珠海

今天我们在珠海宾馆召开《中国典籍与文化研究丛书》第一次编委会会议。参加会议的有丛书编委会及学术委员会的各位先生，有承担我们这套丛书出版工作的出版社的有关负责人，还有秘书处一部分人员。学术委员会的成员，我们请了一些在这方面有真才实学的学者，年纪都偏大一点。这次学术委员会成员里有 5 位先生请假不能到会，他们是马樟根先生、许嘉璐先生、章培恒先生、裘锡圭先生、葛兆光先生。下面我就《中国典籍与文化研究丛书》谈一些想法，供这两天开会讨论时参考。

我想讲五个问题：第一是这套丛书的酝酿过程；第二是编这套丛书的目的；第三是对这套丛书的基本要求；第四是这套丛书的组织方法；第五是关于这套丛书的出版。

第一，这套丛书的酝酿过程。简要地说，从 90 年代初期，1992 年上半年，当时的古委会主任周林先生提出来，古委会从 1983 年建立到 1992 年有 10 年时间了，从事古籍的整理与研究工作，立了不少项目，也出了不少成果，培养了一批人才。但总体看，偏重于整理比较多，这是必然的。那么今后应该在整理的基础上加强研究，逐步地做到整理和研究并重。这样，在1992年的上半年，五月底六月初，我曾经和一些朋友在一起议论过，也跟周林先生谈过，是想古委会在整理方面逐步形成一些像样的项目，也就是后来说的"七全一海"。随后1995年又有山东大学的《两汉全书》，就变成了"八全一海"这些个大项目。在整理方面是大中小项目互相结合，互相呼应，互相配合。在研究方面，我们提出整理和研究兼顾，逐步过渡到整理和研究并重，在整理的基础上做研究。整理也是研究的一个组成部分，不是说整理本身没有研究，好的整理项目是在研究的基础上进行的，里面就有研究的成果。但是另一方面，还要在整理的基础上进行更专门、更深入的研究。所以当时设想，古委会科研项目专家评议组在每年评议项目时应多留意支持研究方面的项目，除此之外，我们搞一套研究丛书。当时设想叫《中华（或中国）传统文化研究丛书》，或者叫《中国古代文化研究丛书》。在1992年下半年和1993年初，比较广泛地在北京征求了学者们的意见，那时就准备启动。但是随后我们发现，在我们向当时的国家古籍整理出版规划小组主持具体工作的负责人通报了之后，没有几个月，他们也要上马一套研究丛书，名叫《中国传统文化研究丛书》。那是1993年4月份他们在《光明日报》登出来的广告。我想他们这套丛书的想法和我们有相似之处，既然有人在做了，我们就看一看，人家的发展方向如果和我们差不多的话，我们就不一定再做了。这样就拖了一段时间。到了1994年，我们在广东从化开会，一批学者又谈起这个项目，希望有一套研究丛书上马。当时提到这个丛书可以和别的丛书的名字不一样，有所区别，人家叫《中国传统文化研究丛书》，那我们可以叫《中国典籍与文化研究丛书》，这是因为我们编了一个刊物叫《中国典籍与文化》，编这个《中国典籍与文化研究丛书》对我们来说也是合适的，既有典籍，也有文化。这是 1994 年的设想。但是随后我们还是没有启动。原因是多方面的，其中很重要的一个原因是我们感到难。上这样一套丛书很不容易，选题就很难做，列出什么样的选题算是我们研究丛书的主要内容呢？还有人力不好组织，这就涉及对我们古籍所人员当时状况的估计。因为古籍所在 1994 年、1995 年的时候，大家在忙于整理，而且有些研究所人员投入大项目中去，包括像后来已经完成的《全宋诗》《全宋文》这样的项目。人力主要投入这些大项目的整理和编纂中去了，要大家抽出比较多一点的时间去做研究不太容易。再有从我们各个古籍所的情况来看，从高校从事古籍整理研究工作的人员平常的习惯来看，大家偏重整理多一些。研究虽然也有，但是要做成一套很有质量的丛书，我们又感到缺乏自信。这样又拖了一段时间。但后来我们还是想做，因为我们认为，我们的队伍应该在这个过程中成长，在这个过程中锻炼；而且我们有些古籍整理研究所有一大批学者，无论是年纪大的，还是中年的、青年的，在这方面都是有潜力的，有实力的。所以到了 1999 年我们就决定还是要做的。到今年（2000年）5 月在杭州开所长工作会议，会议结束的当晚，大家一起喝茶，特别是年轻的所长们，大家又议论到这个问题，希望能够上，能够做这个项目。经过一段时间的筹备，我们今天就把这套《中国典籍与文化研究丛书》启动起来。这是第一个问题，酝酿的过程。

第二，编这套丛书的目的。作为高校古委会组织这样一套丛书，并且请古委会直接联系的25个教学、科研单位来参加，这25个教学、科研单位的负责人作编委，这样做的目的是什么呢？我想，首先，就是要在整理的基础上加强研究，要出引人注目的研究成果。高校古委会从1983年成立到现在已经17年了，应该在整理的基础上加强研究了，应该出引人注目的研究成果了。其次，从各个研究所来说，应该出有质量的研究成果，有利于各个研究所的学术方向和学术特色的形成。有些研究所的学术特色和学术方向是形成了的，但是如果我们再围绕我们的学术特色、学术方向能够出一批有质量的研究成果，那么我们这个研究所在这个学术领域里就会更站得住脚。再次，从高校古委会来说，从各个研究所来说，应该在这个过程中，在编《中国典籍与文化研究丛书》的过程中，出一批整理与研究相结合的人才。我们过去提古委会的基本任务，各个研究所的基本任务，就是出人才、出成果。出什么样的人才？从我们今后的工作来看，在我们17年的基础上，今后就要出整理与研究相结合的人才，而且不是出一个、两个，是要出一批。我想这是我们一定要做这套丛书的目的。当然还有别的目的，比如说对中国典籍与中国文化的研究，我们有一套丛书应该会对中国文化的认识可能更深化一步等。但是我们要做，主要是上述三个目的。这是第二个问题，我们上马《中国典籍与文化研究丛书》的目的。

第三，这一套丛书是什么样的书。也就是说我们现在设想的对《中国典籍与文化研究丛书》的基本要求是什么。这是我们这次要讨论的主要问题，也是我们几年来思想上理来理去却想得不是太清楚的问题。刚才说我们迟迟不上马，除去认为它难度大以及外在因素的影响之外，很重要的一个就是抓不准。我们这套丛书出来和中文系写的研究专著，和历史系写的研究专著，和哲学系中国哲学思想史方面的研究专著有什么不同？我们怎么能够保持自己的特色？一直觉得把握不住，思想理不清楚，到现在可能还表达不清楚。我们来之前和一些先生在下面交换了意见。葛兆光先生特意到北大跟我们聊了一个多小时，谈了他的想法。昨天晚上开了个预备会，请学术委员会（因为我们这次有 40 多人，准备分两个组讨论）的成员和两个组的召集人一起讨论。我想大概有些问题谈清楚了，有些问题还需要在我们这次会上讨论。如果这次会能有一个比较清晰的轮廓，有一个比较清楚的想法，那我们就好办了。我想基本的要求，简单地概括就这样几条：其一，这套丛书是学术著作，是研究著作，不是普及读物。关于这一点有些先生有不同意见，说是好的普及读物也可以进入，或者占一定的比例。有些先生说是不是另编一套。我们现在倾向于如果是普及读物方面也需要更好的有质量的著作，我们应该另编一套，不然体例上不好统一。所以第一个要求是学术著作，是研究专著，不是普及读物。其二，这套丛书不仅要反映本单位的研究水平，而且要代表全国高校古籍整理、古文献学学者的研究水平。其三，收入这套丛书的专著应该不同于专门对文学、历史、哲学思想研究的专著。它应该注重对中国古文献（包括出土文献）的研究，在对古文献研究的基础上加强对文化的探求与思考。我想这大概含有两方面的意思：一方面是对古文献本身的研究，当然包括出土文献；另一方面是在对古文献研究的基础上，对于中国文化的探求与思考。这样两个方面，或者说是两个类别。举例来说，它可以是从古文献学的角度专门对典籍、对文献的研究。比如说《史记》，可以是对《史记》版本的研究、《史记》三家注的研究。这是从古文献学的角度对这样一部文献典籍作研究，而不是对《史记》文学性的研究。昨天有的先生提出来，以《水浒》为例，可以是《水浒》的版本研究，而不是《水浒》叙事的研究。《水浒》的叙事可以和西方小说里面的叙事来比较，可能写得很有见地，但这不是我们这套丛书应该收的内容。不知这样举例是不是清楚。但是，不止于此，这套丛书也可以是在对古文献、古代典籍研究的基础上探求典籍与文化的内在关系，探求他们的结合点，多方位、多视角地来看典籍、看文化。在这个过程中提倡有新的切入点，有新的思维，有深入的发掘或深入的比较研究，有原创性的研究。或者我们这套丛书里面的著作能够纠正前人研究的错误，填补前人研究的空白。这套丛书应该是立足于典籍，立足于古文献，体现古文献学的特色，做脚踏实地的、有真知灼见的研究。这是我们对这套丛书基本要求的第三条。这是经过大家讨论后我作的一个概括，也不知道准确不准确。那么我提出这样一个看法供大家讨论，不是说必须照这个做，而是说这是一个讨论的基础，我们在这个基础上能够讨论得更明确，我们今后就好操作、好行动。其四，这套丛书中每一部专著的字数在 20 万到 30 万字之间，个别的可以多于或少于这个规定字数。要有学术的规范性，要有必要的注文、征引书目、引文出处和索引，等等。这是我要谈的第三个问题，关于这套丛书的基本要求。

第四，这套丛书的组织方法。这套丛书是由古委会来主持，古委会秘书处组织运作，并由古委会直接联系的25个教学科研单位和协助我们、支持我们出版这套丛书的几家出版社共同参加的。这就需要大家共同努力，在今后几年内陆续拿出书稿，并且能够出版。这样就设立了《中国典籍与文化研究丛书》的编委会，由古委会直接联系的25家教学、科研单位的负责人和负责出版这套丛书的出版社的有关负责人以及古委会秘书处人员共同组成编委会。编委负责组织书稿，因为编委都是负责人，特别是25家之内的，有的是研究所的所长，个别是副所长。比如说陕西师范大学黄永年先生，你请他当编委去组织稿子，黄先生是1925年生人，年纪大一些了，我们不好意思动员他老人家，便请他推荐一位年轻人，他推荐了副所长贾二强先生来参加编委会，黄先生就参加学术委员会。我们想这样的一种搭配、一种配合也是好的。周勋初先生那里和另外有几个所也是这样。编委，特别是我们这25个教学、科研单位的负责人做编委的，应该负责组织书稿。以本单位为主，编委要负责组织、审订书稿。因为大家是所长，可以在所里物色。我们希望如果你们所里有学术委员会成员，那么最好在书稿组织上来之后，请学术委员讨论、审订一下。如果没有，请所长组织，请几位教授来讨论一下，看是否能代表自己研究所推荐出去，是不是符合这套丛书的要求和宗旨。所以编委就负责组织、审订书稿，每年推荐一部交给编委会。当然能推荐两部更好，原则上基本要求是一部，交给编委会。编委会收到书稿以后，采取匿名审稿的办法，请有关专家来审议。审议的结果是按质量取书，不照顾每个单位必须有。比如说今年 25 部书稿都交上来了，我们在这里面筛选，符合质量的就进来。不能说有复旦大学一本，怎么就没北京大学一本呢？不必要平衡、照顾，我们还是从书稿的质量出发来决定取舍。一般来说，从这 25 部书稿里面选取 10 部左右，可多可少。同时不列统一的选目。从这个叙述可以看出，我们是从下而上提供书稿，不是从上而下开列书目让大家认领任务去做文章。编委会开会审定后不能入选的书稿，有的可以提出意见由作者修改，明年或下一期再推荐上来，不是说不能入选的就一棍子打死。也可能不能入选的是没有修改基础的，也可能是在一些观点或一些材料运用上有硬伤，那么请作者改好再用。入选的每部书稿均由古委会秘书处给这个单位增拨 1 万元科研费。比如说东北师大推荐的一部稿子入选了，那么在下一次，即第二年拨款时给东北师大增拨 1 万元科研费。我想，因为作者写了这样一部专著列入这套丛书之中，而这套丛书又是出版社保证一定能够出版的，同时又能拿到稿费，所以这 1 万元不一定给本人了，就给所里做科研费。因为所长在那里主持工作很不容易。有些所，像我知道的华东师大，学校根据你科研经费的多少来定编，那么多 1 万元科研费多少管点用。这是我们关于设立编委会的一点想法。同时设立学术委员会，由有关专家组成。编委会选定的 10 部左右书稿，选定之后送学术委员会审议确认。学术委员会开会确认之后，再交出版社。所以我们的学术委员会不是学术顾问委员会，不是可顾可不顾，或者顾而不问的，不是。学术委员会是起到作为我们这套丛书在送交出版社之前的最后一道把关作用。关于书稿的来源我们前面提到，以 25

家为主，但是不拘于 25 家。25 家之外的好的书稿，符合我们丛书的要求和宗旨的书稿都可以入选。比如高校文、史、哲各系的质量好又符合我们这套丛书要求和宗旨的，愿意给我们的，我们可以列入这套丛书中来。当然它的程序也是应该经过学术委员会的审定。再比如，出版社在组织稿件的过程中觉得有好的研究著作，也符合我们要求和宗旨的，推荐给我们这套丛书、列入我们这套丛书，我们也欢迎。但要说明这样的作者我们不再给他所在单位 1 万元科研费了。比如说某个学校中文系的某位先生的著作列入我们丛书里来，能够出版，也拿到了稿费，那么我们就不再给他这个学校中文系 1 万元钱了。另外我们还有一个想法，今后古委会打算设立优秀的整理研究著作奖。这是 1999 年 7 月在内蒙古开中青年学者会议时，中青年学者提出的要求。今年 5 月在杭州开所长会的时候，一些所长也提出了这样的希望。我们想今后还是要设立优秀整理研究著作奖，是从古委会的角度来主办的。今后在做这个工作的时候，我们这套丛书里的著作，以单本的形式，不是整套丛书，应该优先考虑。这是第四个问题，组织方法。

第五，关于出版。出这样一套丛书，由这么多人来承担，尽管我们想筛选得很严格，要求质量尽量的高，是有质量的著作，或者高质量的研究著作，但由一家出版社来出版，负担会比较重，所以我们想能由几家出版社共同承担。几家出版社如果都赞同的话，能采取一个统一的版式和装帧。同时应该说明按照出版惯例，出版社对书稿应该有它的终审权。尽管我们编委会审过，学术委员会审过，交给出版社后我们不能说你出版社绝对不能提出意见，那是不合适的，我们欢迎出版社给我们书稿再提意见。古委会对每部出版的书补助出版社 1 万元出版补贴。这对出版社来说是微乎其微的，1 万元补贴要出一部 20 万到 30 万字的研究专著是解决不了什么问题的。但是作为古委会来说，多年来我们是没有出版补贴的。因为我们是一笔科研经费，出版的补贴是由财政部拨给了原来的国务院古籍整理出版规划小组，后来的国家古籍整理出版规划小组，现在是新闻出版署领导下的叫作全国古籍整理出版规划领导小组。400 万出版补贴在他们那儿。但是为了我们的科研成果能更好地出版，发挥它的作用，我们想这一套丛书要重点进行扶持。因此我们想每一部书拿出 1 万元，给出版社作为出版补贴，表示我们的一份心意。钱不多，但对古委会来说比以前有进步。也许将来我们经费宽裕一点的时候还会增加一些，但是目前只能先拿出 1 万元。目前有几家出版社合作，今天到会的是人民文学出版社、上海古籍出版社和江苏古籍出版社。还有两家和我们有联系，也愿意支持我们的工作，一家是齐鲁书社，社长宫晓卫先生本来是要到会的，他现在有点事，之后马上赶过来；另外还有一家江西的出版社，表示也要到会。出版社对我们很支持，我们很感谢。出版社既是事业单位，实际上又要自负盈亏，他们应该是既有学术性又有一定的商业运作性。人家对学术著作这么重视，这套书大概是不会赚钱的，当然运作好了也许会有一点经济效益。但是他们很看重我们高校古委会系统的各位专家，觉得大家是能够保证质量，写好、出好这套书的，所以对我们很支持。我们应该感谢他们。我想关于出版的具体问题应该由到会的出版社的几位同志，他们协商提出具体意见，而不是我们外行人能够说明白的。这是第五个问题，关于出版。

关于这套《中国典籍与文化研究丛书》，我就谈这样五个问题，供大家讨论时参考。

（根据录音整理）

《中国典籍与文化研究丛书》第一次编委会会议闭幕式发言

2000 - 12 - 09　珠海

　　围绕《中国典籍与文化研究丛书》的编选、出版等问题，我们召开了三段会。会上大家讨论得不仅热烈，而且具体。有些问题具体到现在无法决定，无法得出一个共同的意见来，我觉得这就很好。因为有些事情是不能一下子就决定的，不能一下子大家就统一的，这是一个正常的规律。

　　这也就是为什么我们从 1992 年酝酿这套丛书，经过了七八年时间，到现在才决定开始要做它的一个原因，就是我们思想顾虑很多。我想现在启动这套书，能够有这么多研究所参加，有这么一个编委会，并且大家都关注这件事情，想得很具体，这对这套丛书今后的运作非常有好处。不是大家在这里白议论半天，好多问题议而不决，或者说今后留下许多后遗症，不是这样。我觉得现在的讨论对我们今后的运作都很有启发。今后的做法，我觉得还是"删繁就简三秋树"，不要把它设置得很复杂。

　　现在我们有这样一个文本，这样一个关于今后工作的意见，这是一个标杆，是一个总体要求。我们要按照这个要求，按照这个标杆来看，不要把它想得很复杂，而是要取它的骨架，取它的筋骨。刚才陈恩林先生和贾二强先生讲的那个思路就属于删繁就简的办法。取它可运作的部分，不可运作的部分先把它搁一搁，能运作的部分先运作起来。

什么能运作呢？首先就是各个研究所的所长，也就是我们这次编委会的 25 家机构的编委，包括专业主任或者是系主任，回去以后要组织书稿，目前已经成熟的书稿，你们所里有人作了这方面的研究，并且已经有了初稿，或者已经接近于有初稿，那么在这种情况下促进一下，抓一抓。我想是不是可以在明年（2001 年）上半年，7 月 1 日以前，能够交上一部分来。陆续交，1 月份交也好，6 月底交也好，先交一部分，我们运作起来，先请人审稿。第二批，即最晚的一批，12 月底以前，或者说在第四季度之内，各个所 25 家机构的都能够推荐一部。有些先生说是不是也可以推荐两部呢，我个人想法，原则上推荐一部，如果有的机构有两部，而且确实很好，那么我们何乐而不为呢？为什么要拒绝呢？当然这样就加重了后面审稿的工作量。

这是第一步工作，是各位所长，或者说 25 位编委，你们要辛苦了，请你们回去运作起来，排除其他顾虑，排除其他障碍，不要有后顾之忧。

有的编委说我这一部给你推荐来了，不入选怎么办。这一点我比各位还要担心。我听这两天小组会上交流，有的所长说是不是所与所之间搞个平衡，如果两三年我这个所不入选，我这个所怎么就没有合质量的书呢？难道我们研究所的研究水平就低吗？所以希望有一个平衡。但是我们提出来从原则上是不搞平衡的，今天这个文本、这个工作意见，也是要说不照顾、不平衡，这从原则上讲是对的。但是，就我个人来说，无论说在古委会负一点责任，还是说在这套丛书中负一点责任，在某种程度上我更关心这个所为什么没有。如果这个所能有，有一部稿子，如果一两年都没有合适的书稿，到第三年它了一部比较合适的书稿，我当然愿意，也希望这个所能上来。因为古委会直接联系的是 25 家：19 个研究所，2 个研究中心（这 2个中心现在都成为教育部重点研究基地了），4 个古典文献专业（专业里面已经有 2 家是系了），那我当然希望大家能够平等地共同前进，都照顾到。包括经费上，包括各个方面，不愿意大家在经费上、学术上、各方面发展上有一个不平等，不希望这样，希望是平等的，希望能够兼顾到。所以我想各位所长不要在这方面顾虑太多。可能会出现这个问题，有的所每年都入选一部，有的所可能前两年没有，这个现象有可能会出现。但是我要说，我可能对这方面的顾忌，或者说着急，比所长更甚。我想在这方面大家不必太担心，关键是我们先做好工作、先组织。只要我们书稿的质量好，不愁不能入选。我希望大家不要钻牛角尖，不要过于拘泥地理解现在的一些问题，因为有许多东西现在还只是设想。25 部里选 10 部左右，能有 12 部就不错了，选一半比较合适。现在有一个和出版社的合作问题，第一次合作得比较好，出版社比较满意，那么今后可否多一点，都可以讨论的，我想不必理解得太死。现在把许多问题想得太死，好像我们一年就只能 10 部，甚至是只能 8 部、5部、3 部，越想越少，将来就一部也没有，稿源也没有。我想首先是启动。所长自己要头脑清楚、有信心，不必自己设置太多的障碍。我前面讲的也是这个意思，千万不可钻牛角尖。因为在座的有新所长，有老所长，还有介于两者之间的所长，古委会多年的运作大家是了解的，不会产生使许多所长非常难堪的问题，除非你这个所不能按照我们总体上的思维方式、我们的总体运作去操作，那是自己造成的问题。如果能够按照我们这样一种设想，按照我们的操作方式去做，我想大家是各得其所、各得其宜的。除非你是违背这个，固执己见，不照这个去做，那是另外一个问题。我想在座的几位老所长是了解这个情况的。第一步还是所长能自己操作起来。

书稿提供出来以后，第二步工作是古委会秘书处来做。今天在座的有"今译丛书"《古代文史名著选译丛书》的编委们，过去的"今译丛书"的工作，大家冷静地回想一下，当年编委会的工作虽然很重，但是一年不过一次，最多两次，集中时间开会，主要是审稿会，而更多的日常工作、繁杂工作，是古委会秘书处人员做的。这套丛书也难免如此。实际上古委会秘书处人员是教学科研人员，在学校里面有各自的教学科研任务，过去也不被他自己所在的单位理解，其实他们已经为古籍整理事业做了不少非常具体的辛苦的工作。下一步这套丛书的相关工作，古委会秘书处还是责无旁贷的。凡是秘书处人员，我都把他们拉进来做编委，因为下一步是要他们来出力的，要做杂事的。（张）希清同志刚才建议，不叫秘书处，而叫这套丛书的秘书组，都可以考虑。把他稍微有所分别也可以。但是主要是这批人来工作，工作量比较大。因为如果按照大家刚才说的，明年的 6 月底以前交一部分，12 月底以前再交第二部分，能够交到 25 部的话，随后要请专家审稿。首先请北京地区有关专家审稿，提出书面意见，为编委会审定提供条件，打下基础，这要做许多工作。所以这第二步工作，是由秘书处人员来做。

第三步才是编委会的工作。在明年收到书稿以后，要开编委会，开编委会首先提供的基础是有关专家的评审意见。也许我们就在这之前，已经跟编委通气了，也许拿到会上再通气，这个我们再看，这个操作是活的，不是死的。编委会要讨论，要提出意见，但是我要说的，"今译丛书"的运作有时候不是开编委会。今天有几位参加"今译丛书"的编委在座，"今译丛书"召开大编委会的时间并不多，审稿会几乎每年一次，但是全体编委会开会时间不是每年一次，这个由主编根据情况来决定，我想请大家授予主编这么一点权力，它是便于运作，不是违背民主集中制，因为这是一套学术著作。但是，你们要看他做的是不是公道，是不是公正。我想从"今译丛书"的组织运作能够看出来。这套丛书是研究丛书，跟"今译丛书"情况有些不同，但是关键还是要做得公道、公正。这个公道、公正，首先还是要考虑质量，你质量好他没有话说。但是没有入选的，就是刚才有些先生提出来的，难道就都不能达到出版的水平吗？我想，没有入选的，不一定部部都不能够达到我们要求的出版水平。但这套丛书，应该是在已经达到出版水平的书的基础上更高一点。刚才说了，我比有些所长可能还要顾忌这个问题，可能会在实际操作中考虑到各个方面。但是，今天会上不能再说照顾，还是要以质量为第一。编委会的具体工作是在各个所推荐的基础上，在秘书处初步运作的基础上，在各位专家提出评审意见的基础上，把好解决的问题作一个汇报，大家首肯；不好解决的问题，需要一些讨论，或者需要拿来稿子再看一下，那么包括有些东西要掂量掂量吧，或者说有些必要的平衡，主要包括学科之间的和其他有关的。

第四，才是把这个结果，比如10部左右书稿提交给学术委员会。这里面涉及操作上的问题。学术委员会看到的难道就是这10部书稿吗？这10部之外的另外的15部，编委会如果选定的不准确，学术委员会难道就不能发表意见吗？我想将来我们操作时还要考虑，现在不是事先说好，说25部全得由大家看还是不看。我想会兼顾到这些方面，做到公道、公正。学术委员会再做最后一次审定。至于学术委员会和编委会采取什么方式，投票还是不投票，还是大家首肯的办法，我们也要下面再商量，因为操作还有一段时间。现在总的有一个基本原则，就是把这套书出好。在这个基本原则之下，首先是做起来，第二是出好，第三兼顾到各个方面。不要由于搞了这套丛书，造成了许多矛盾，各个所有很多意见，要避免造成这样的局面。但是这里也有一个前提，就是各个所一定要按照古委会的整个思路、古委会的总体要求去做，还要结合本所实际情况，不要听不进去建议，自己另有一套，那么古委会就很难顾及了。不光是这套丛书很难顾及，我想对研究所今后的其他方面我们都很难顾及。实际上我们直接联系的25家研究所不是没有这种状况，现在由于建立文科基地引起研究所的一些震动或动荡，我们就看出来25家研究所过去的基础，有的情况好一些，有的问题多一点。当然这里面不光有研究所本身的问题，有学校领导的重视和支持的程度，也有我们古籍整理本身所处的地位，所处的那种不被重视的状态，有些所多年来已经在做许许多多工作在争取，已经很不容易了；但是另一方面呢，也看出我们各个研究所工作上的一些不足之处。

我想在这套丛书的整个运作过程中不外是这么几个环节，首先是大家能够组织上稿子来，第二是秘书处做一些具体的准备工作，第三是编委会的工作，第四是学术委员会的工作。至于编委会和学术委员会采取什么样的方式来工作，这个我们再摸索一下。请大家给我们一点这样的灵活的余地。今天不决定将来编委会是采取投票或不投票的办法，但是我们设想出来的办法一定是公道、公正的，大家看这样行不行。这是关于操作上或是运作上的一些想法。当然无论怎么做，我想还是要在公道、公正的基础上，在保证质量的基础上，在兼顾到各种情况的基础上，删繁就简，这是要说明的一个问题。

有些同志会下提到编委会和学术委员会的关系问题。我想编委会的工作还是大量的，因为参加编委会的人是各位所长、专业主任、系主任，第一步筛选是你们，第三步筛选也是你们，或者说第三步的最后决定，也是你们。那么，工作是大量的。第四步呢是学术委员会，之所以要把最后审定权交给学术委员会，是分了编委会一点权，也是减少编委会一点麻烦，一些工作量。原来想叫学术顾问委员会，那样容易造成顾而不问，或者不顾不问。要调动和发挥这些学术委员会先生们的作用，他们也确实能在这方面起到我们起不到的作用，我们应该尊重他们，所以把最后这个审定权交给学术委员会。当然，刚才说具体怎么运作我们还可以再商量，怎么使他们发挥作用（像投票还是不投票这些问题）。这是我想应该说明的几个问题。

关于这套丛书的著作权问题，我们并不剥夺每一个作者对自己这本书的著作权，每一本书著作权都归作者。但是我们说整个丛书因为是由古委会投资组织，由古委会设想创意，而且由古委会聘请有关专家审议稿件而组成的一部丛书，因此整套丛书的著作权归古委会，而不是说每一部书作者都没有著作权。这是两个概念。一个是，丛书里面单本书的著作权归作者，而整套丛书的著作权归古委会。出版社将来签合同不再针对某一个作者，而是和古委会签署一份合同。将来著作权的一些延伸的问题，比如说对外是不是要卖给中国台湾或者某个国家，这个也应该由古委会出面与出版社一起对外进行谈判，争取大家的权益，而不是由每一个作者自己去和相关出版社谈判。我们对著作权的理解大致是这样的。

大家讨论中提出一个很好的建议，希望各所把自己正在从事的科研项目汇聚起来以免撞车，大家也可以交流信息。这个工作我们回去就可以做，因为秘书处有一个古籍工作通报，可以出一期科研动态，各所把正在进行的科研项目报到秘书处，秘书处汇总成一个书目登在通报上，再发给大家，作为一个参考。但这个书目跟我们这套书是两回事，也就是说列在书目上并不意味着是批准这些项目而向古委会拿钱，或者就纳入这套丛书里面，只是给大家提供一个信息，便于大家特别是所长具体操作。这个我们回去就可以做，但前提是各个所尽快地把你们所里的科研项目报给我们。前一段时间已经要求大家报过一次所里的项目，但那个里面很多是古籍整理项目。这一次是把科研项目报给我们，我们再出一期通报，起到一种交流信息的作用。再有就是我们这套书也不可能长期拖延下去，有些先生也建议我们，比如黄（永年）先生建议是不是年终就应该收齐稿件。我们想假如大家回去后觉得有成熟的稿件，就可以给编委会寄过来，不一定要等到什么时候。你们早寄，我们就可以早一点请一些专家开始审稿。我们希望最晚明年下半年，最后一个季度，每个所把你们推荐的书稿给我们，我们就可以有一定的时间请专家来审议。同时召开审稿会，最后定下出版社，再加上出版社半年的运作，争取后年，即 2002 年能有第一批书出来。假如我们各个所推荐书稿时间拖得太长，那么 2002 年出书恐怕会有困难。因为有一个相当长的审稿和出版过程。所以也希望各个所长回去后抓紧时间，把已经成熟的和再推动一下就可以定稿或达到质量要求的书稿给我们寄过来。

　　有这么一套丛书启动，很不容易，今后运作也还会有一定难度。大家提了这么多意见，这么多想法，想得这么细，每个人都感到了压力。各位回所里后如何做，是推荐这个好，还是推荐那个好，有许多压力。但是换个角度来说，我们几个的压力比大家还重，古委会多年（十七八年）来，经营的这么一个摊子，应该由于上这套丛书，更发展、更兴旺、更团结、更有前景，而不是由于上这么一套丛书，带来更多的问题，带来更多的矛盾，带来更多的不愉快。我想不应该是这样。在这里面有一个古委会应该怎么去做工作、怎么兼顾到各个方面的问题，也有在座的编委和各位所长，怎么能更从大局出发，从多方面考虑，积极配合的问题。让我们大家互相合作，为学界贡献更多、更高质量的成果吧。

（根据录音整理）

《中国典籍与文化研究丛书》第一次编委会会议后与全国高校25家古籍整理研究教学科研单位负责人的谈话

2000-12-10 珠海

两天的编委会会议已经结束了。我知道大家有各种各样的想法，大会上有些话不好说，我想我们坐在一起聊一聊。

一个问题是现在定的这个标准看来是个高标准。我们说不提精品，不提传世之作，因为传世之作呢，就是那天华中师大历史文献研究所所长周国林先生说的，那是后人的评价。精品是别人给我们的评价，我们自己不必标榜是精品丛书。就像我们上次说的，一个好的学术刊物、学术杂志，出了多年，声誉很高。它每一期能有两三篇好文章，或者用现在的话说是精品文章，那就不错了，就立得住了。那我们一套丛书不可能每一本都是精品，我们希望有精品，但是不可能都是精品，所以我们不叫精品丛书，也不要求我们的书都是精品。因为那是不切实际的。凡是不切实际的要求都是不能做到的，只能助长浮夸之风。况且，"精品"这个词带有相当的商品色彩，并不是学术的、科学的概念。如果出版社说出精品，那是合适的；而作为科研单位，还是用学术上的、科学的提法更为郑重。现在我们对这套丛书定了这么一个标准，这个标准是高标准，要求的是高质量，这是一个标杆。请大家还是要坚持这个原则。但是我们在做法上，还是要宽松的，要照顾到各个所的实际情况。我们不可能在这个文本里面，在编纂工作意见里面，写上要照顾各个所。如果这样写的话，等于是自相矛盾。你又有这么一个比较高的学术标准，出这样一套学术专著；你又提出来我要照顾各个方面，不只是学科，还照顾到各个所，那么到会的出版社的同志大概也会有想法。

这套丛书，目前有四家出版社愿意跟我们合作出书，从古委会的角度来说是没有先例的。过去都是一家出版社，像这次几家出版社的合作还是第一次。我们5月份在杭州开所长会的时候希望是一家出版社，但是实际操作起来比较困难，所以现在采取这样一种办法。如果我们跟各家出版社说是要照顾到各个所的情况，每个所都得有，我们要平均，这就等于我们自己说，我们质量上不会很高。所以我们必须立一个高标准，立一个原则。这个原则也是真的，是要坚持的。但是在执行这个原则的时候，在操作过程中，是要考虑各个方面的。比如说，我们现在定的，每年每个所交一部。当然有的所愿意交两部，还有些同志说最好还是交一部。那不管，先说交一部吧，第一批，准备在25家研究所交出的25部里选10部左右。但这要从书稿的实际出发，可多可少。我个人的想法，第一批选了10部左右，确实这书是好的，出版社也是认可的，承认的。到了第二批就不是25部了，因为前面有15部的积压，当然有些是不合格的，另有些还不错，改一改就可以通过的。第二批如果还能上来 25 部的话，按照我们现在的想象，那就是 30 多部、40 多部，那种情况下，我们还说坚守选 10 部左右，这不是自己给自己找麻烦吗？所以，如果大家运作得好，书稿的质量比较好，那么我们势必第二批要选出 20 部左右，甚至更多，那时也有一个我们同出版社协商合作的问题。

到那个时候，恐怕古委会要争取第二批能出 20 部左右或者 25 部左右、30 部左右。但是我们不能在大会上讲这些，因为要看我们的操作。会上只能说关键在各个所、各位编委回去以后的操作，看看我们稿源到底怎么样。昨天晚上有的先生到我房间来聊天，担心某个所不是书稿多，而是担心一下子第一批拿不出来。我想这种情况恐怕也有。第一批可能一下子拿不出来我这个研究所满意的稿子，这个都有可能，几种情况都会出现。所以我们想工作中有一个古委会的人和各个研究的人，大家的配合、呼应，大家的默契。别到时候回去以后说，我这个所是看来没有，我就是拿出去了，你们可能也不把我当作最好的选，10 部左右里面就没我，那我还干什么。我要是一个所长，越这么想就越影响我的积极性。实际操作我想应该考虑到它的灵活性和宽泛性。昨天我在大会上说是要公道、公正的，所以不会说你这个所书稿质量合格了，但一定就取 10 部左右，我可能下面要放得更宽一点，要考虑到各个所都能够有。但是说这些话，并不意味着我们降低标准，我想这是一个辩证关系，从另一个角度说，就是我们在工作中要把握的度。这个想说明一下。

另外还想说明一个情况，就是我们各个所、各个系、各个专业，现在的学术实力，包括人员，都是不平衡的，有的研究所，编制只有三五个人，有的研究所是二十几个人，而且现在是满额的。有的所学术实力很强，博士生导师有七八个，但个别所连硕士点都没有。这是一个客观实际情况。所以各个所本来就不平衡，在不平衡里面，我们找平衡就有一定难度。我的意思是说，我们正视这个客观实际情况。我们希望各所能够通过这样一套书，使本单位在学术研究方面能够进入一个新的境界。古委会组织这样一套丛书，面向各研究所、各专业，也是一次新的经营，是对各研究所和专业的一次考验和重新组织。

上这套书，还有一个目的，就是老的所长退的比较多，新上来的所长比较多，我们需要借此作工作上的磨合。怎么磨合呢？除了日常工作中大家互相通气之外（这个是有限度的，一年见一次面就算不错了），要有一些合作的项目，靠共同承担项目来促进彼此的交流和沟通。我们搞项目，并不是说搞一个曲高和寡的项目，只团结几个所，或者十几个所，而把别的那些所扔掉，这不是我们的本意。从这个角度来说，这就要求各个所、各个专业、各个系通过这套书能够经营一下本单位今后在古籍的整理和研究方面怎么发展，在学术上有些什么特色，在原有基础上去经营。另一方面，再进一步加强古委会和各个研究机构之间彼此的了解，彼此的沟通，我们把它看作是一个过程。我想这样思想观念能更明确一点。

我们想说明的主要是这么一件事情，请大家能够理解，也能够在下一步工作中给予配合，否则很容易引起一些不必要的想法。我们在5月份杭州会议上的想法和今天也不一样，就是我个人也有变化。原来想得宽泛一些，现在想得是高、精、尖一点，标准定得高一些。为什么要这样做呢？就是刚才说的这么一种状况。你要有出版社来给你出书。你说我把各个所的所有科研成果，大家写的所有专著，我都弄一套丛书，这是我们最早的本意，是我原来的想法。但是实际操作中你说哪个出版社愿意给你出？所以我们必须立一个高的标杆。回过头来说，你立的这个标杆是不假的，绝对是真的，那他们当然愿意出好书，高质量的书，所以希望大家朝这个方向去努力。不要气馁，不要认为我这个所就出不来好的书稿，那也不现实。当然各个所的情况还有些不一样。我就作这么一个说明，跟大家商量一下，看看大家还有些什么问题。

从古委会来说，这次实际上也是想出一批研究成果。因为上次我们讲到的，过去整理的项目有一批，而且有些引人注目的整理成果；但是引人注目的研究成果不多。现在工作开展到了十七八年的时候，我们应该有一个新的阶段，应该上升一步，在整理的基础上进入研究的阶段，那么一边整理，一边研究，这是一方面，要出整理方面的成果；另一方面，在这过程中能够形成一批新人，这批新人是能够从事古籍整理工作的，同时也能做古籍的研究。我这里的意思不是说，前面的古籍所，或者我们高校古委会的人只能做古籍整理，不能做研究，不是这个意思；而是说，所长换了一批人，队伍里面有些老先生退下去了，新的年轻人上来了，在这个过程中，我们处于这么一个过渡时期，就是我们整理的成果比较引人注目，而研究成果还不够，这是一个特点。第二个特点，就是人员变动比较多，在这种情况下，我们抓住这个时机，能够既重视整理，又重视研究，通过这样一套书，能够出一批研究成果。在这个过程中，带出一支队伍，带出一批人来。那么古委会以及各高校古籍所今后的古籍整理和研究的方向（因为我们这是古籍整理研究工作委员会）就更清晰，更有特色，我们的队伍实力就更强。是从这个角度考虑，从这个角度涉及我们各个研究所的，再有困难也请大家克服这个困难投入这个活动里来，这涉及各个研究所的前程。有人下面开玩笑说"行有行规"，我们不提倡这么说。从我们这个行当来说，有两个机构：一个是高校古委会，属于教育部；还有一个叫作国家古籍整理出版规划领导小组，属于新闻出版署。不是原来的架构，说有一个国务院古籍整理出版规划小组，或者国家古籍整理出版规划小组，没有了。就是有这个机构的时候，它和高校古委会的关系也不是领导与被领导关系，是合作关系。过去我们两个机构既互相配合，又各有分工，今后同样如此。高校古委会系统怎么发展，况且在全国范围内，除去大学之外，没有任何一家古籍整理研究所，社科院也没有。出版社也有一批从事古籍整理和研究的人员，但是主要力量在高校。今后，我们高校这支队伍怎么带起来，这套丛书要起到一定的作用。希望大家能够投入进来，并且各个所要入围。我们希望各个所都有书进来，而且几年之内都有更多的书进来。这个原因就是要大家都入围，只有大家都投入才行。这样一个活动，变成大家共同性的活动，如果是少数人的活动是不行的。

还有一些问题，今后操作过程中咱们再商量。包括以什么方式，比如是投票还是不投票，咱们再斟酌一下。昨天会上我们这方面谈得比较松一点，比较活一点。因为投票有投票的好处，有几位先生包括我们的所长，在会上赞成投票；投票也有投票的不足。比如我们的项目评议组每年评审项目，从1985年到现在已经15年了，今年是第16年，刚刚在上海评过。我们古委会的工作人员和项目评议组各位专家合作得非常好，和谐愉快，这是主流。这个评审是投票表决的，投票有它的公正性，但是也有不足之处。就是我们的想法，人家投票时给我们否决了。这个有它好的地方，就是不是长官意志，你安平秋想做什么，杨忠想做什么，古委会秘书处想做什么，人家有时候尊重你，投票时通过了，但有时就没通过。这有好的地方，但是也有不方便之处，因为我们有几个所，还是我跑去了解了情况想使这个所上什么项目，形成它一个特色。可是到评议组时，我们意图也讲了，但是人家投票没通过。你这个想法就办不到。那么有几个所，从我们几个人角度来说，略感歉疚。有的还是我跑去策划的，说如果上这么个项目，对你们所整个的发展还是有好处，人家也觉得是这样的。可是报上来之后呢，两三年都评不上，也有这个情况。换句话说呢，我们很难保证这套书投票的结果，能够兼顾到各个方面。所以，昨天我讲的时候，没敢说就是投票还是不投票，我们再看。

另外，要和各位所长、专业主任、系主任说一下古委会今年的经费问题。（下略）

还有些会上提出的具体问题，没有议定，下一步不好动作。为了能先动作起来，我想再谈一点个人意见。一是这套研究丛书的收书范围。有的先生提出说古地图算不算？在我们原来设计的时候就议论到，像北大的张希清先生、李孝聪先生他们就在做这个，而且做得很有成效，收集资料也很多，我想当然应该算。出土文献、古地图等应该算，理解得稍稍宽泛一点，不要把自己弄得很窄。二是关于用简体还是繁体的问题。我想，来个快刀斩乱麻，用一种先干起来再说。是不是先按简体来约稿和组稿，有意见大家再提。因为还有一些过程。大家如果确实觉得还是需要繁体，我们过一段时间变换也不是来不及。因为刚才听了各位的意见，我觉得简体有它说得过去的理由。我们是现代人用现代汉语来表述自己的研究心得，当然现代汉语的表述用繁体字也不是不可以，但是《中国典籍与文化》杂志也还是用简体字来表达的。刚开始也是有过用繁体字印刷的意思，后来被否定了。包括我们在中华书局出版的《中国典籍与文化论丛》也是简体。说繁体的也不是没有道理，同意用繁体的可能更专业化一点，更靠近我们的本分一点。但是在这种情况下，大家争论不决也不行，我们非得下个决断，选定一个，不能两个并行。而用简体对出版社似乎更简便一些，我想就采取这样的办法，按照简体字约稿。先这么定，定错了的话还有几个月的时间，因为 6 月份交稿嘛，还来得及纠正。大家看这样做行不行，要不要表决一下，像（张）希清、（张）其凡、（方）一新可以保留意见。好，既然大家认为还可以，那么就这么定了，简体横排。我们内部有些不同意见也保留，这是很正常的，学术问题历来如此。

（根据录音整理）

第二届全国高校古籍整理与研究青年学者研讨会开幕式发言

2002 - 07 - 04　武汉

这次会是全国高等院校古籍整理研究工作委员会召开的第二届全国高校古籍整理系统的青年学者的会议。全国高等院校古籍整理研究工作委员会作为教育部的直属事业单位，从它在1983年建立之后，到今天19年的时间里，受教育部的委托，主要负责组织协调全国各个大学古籍整理研究工作和人才培养工作，同时还负责教育部、财政部直拨的一批用于古籍整理工作的专款的分配、使用和监督。19年来，全国高校古籍整理研究工作委员会在党中央的关怀下，在教育部的领导下，做了一些工作，在教学科研几个方面取得了非常显著的成绩。19年来，全国高校古委会团结了全国各个大学的古籍整理研究的学者，在全国各个大学建立了古籍整理研究机构84家，古典文献专业即重点培养本科生的有4家，加起来是88个机构。这88个机构的学者，在全国各大学里面，19年来做了大量工作，取得了非常显著的成绩。在这个过程中，其中更有实力的26家逐渐成为古委会直接联系的机构，包括像武汉地区的武汉大学、华中师范大学这两家。这 26 个古委会直接联系的机构，包括研究所，也包括培养本科生的 4 个古典文献专业，现在，这 4 个专业有的已经叫作系，比如南京师范大学已经叫中国古文献学系，上海师范大学叫中国文化典籍系。这次到会的还不是这 26 家青年学者的全部，而是二分之一的样子。古委会建立的 19 年，在科研方面，组织了一批重大的科研项目，比如我们过去提到的"八全一海"，再比如还有许多中小型项目，这些大中小三种项目相互呼应、相互补充，到目前已经公布的成果共有 3000 多项，这是国内国外古籍整理界所公认的。在学术队伍方面，古委会团结了一批人，其中有老先生，也有中青年。从 80 年代到 90 年代，古委会所以能够兴旺发达，很重要的一个原因，是既依靠老先生，又依靠中青年。从 1983 年古委会建立第一届委员起，我们就更重视中年人和青年人。当时的古委会委员，有许多是年纪很轻的，包括今天在主席台上就座的章培恒先生，当时仅有 48 岁，宗福邦先生是 47 岁，还有更年轻的委员 42 岁。我们就是依靠这样一批中青年——如果他们那时候再年轻一点，就可以参加我们今天 45 岁以下的青年会——使古委会，使全国高等院校的古籍整理研究工作能够兴旺发达。换句话说，我们既要尊重老先生，又要充分发挥中青年的作用。古委会自己的发展、自己的成长，19 年来的经验也证明了，必须充分重视中青年的作用。所以我们鉴于这样一种情况，从 1999 年就筹划，要更好地组织古委会系统的，特别是我们直接联系的 26 家机构的中青年人。在 1999 年夏天我们在内蒙古召开了第一届全国高校古籍整理系统的、古委会系统的青年学者会议。隔了 3 年之后，今年是第二届，是在武汉召开的。这次会议的主题是，探讨在新的世纪里全国高校古籍整理工作应该如何做，它的走向、它的趋势、它的设置，同时也探讨在新的世纪里队伍建设的工作，特别是新世纪的前30年，因为在座的都在30出头到45岁这样一个年龄段，在古籍整理这一条战线上还可以工作30年，至少是30年。我想，关键是今后30年，我们在队伍的组织、队伍的建设上应该做些什么。这次主要讨论这方面的问题，但是不必拘泥，有关我们古籍整理，特别是全国高等院校的古籍整理工作，大家都可以提出自己的看法，我想题目应该放宽一点，讨论应该更自由一点。

今天的会议因为在武汉召开，是由华中师范大学历史文献研究所承办的，他们是东道主。华中师范大学的学校领导、历史文化学院的领导，都来出席我们的开幕式。我想借此机会，向华中师范大学的校长、书记，向历史文化学院的院长，向历史文献研究所的所长表示古委会以及古委会系统全体同仁的衷心感谢。

说到这里，我想多说一两句。看到台下在座的各位青年学者，我临时想到，在抗日战争时期的延安，有一首歌，其中有一句话，叫"黄河之滨集合着一批中华民族的优秀子孙"。看着下面在座的这么多比我更年轻的学者，我很有感触。我在1983年参加古委会工作的时候只有42岁，19年过去了，我今年已经61岁了。我看，古籍整理事业恐怕要寄希望于在座的各位年轻人以及今天没有在座的全国各个大学的更年轻的古籍整理工作者。我们高校古籍整理工作者的人数，占了全国古籍整理人员的80%。80%是指从事古籍整理研究工作的老中青都在里面。我们的青年人，又占高校古籍整理研究工作者的三分之一，或者更强一点。所以，我想今天在武汉，在长江之滨、东湖之滨，目前也是聚集着一批古籍整理事业的栋梁之才，今后的希望寄托在各位身上。谢谢大家。

（根据录音整理，经本人审订）

在第二届全国高校古籍整理与研究青年学者研讨会上的发言

2002 - 07 - 07　武汉

　　刚才主持人说请我作总结报告。这不是总结，也不是报告，因为第一，这个会是群英聚会，不是工作会议；第二，我现在越来越发现，其实总结很难作，小结也不容易，所以就谈一点我参加会议的感想，跟大家一起讨论，供大家参考。

　　我先说说第一个感想。这次召开的是第二届古委会系统的青年学者会议，本意是提供一个青年学者见面的机会，大家能在一起，不认识的能互相认识，互相沟通，彼此交流，能够有所了解，这是我们这次会议的基本想法，同时古委会能够在这个过程中听取各位年轻学者的意见和建议，以便于我们下一步做好工作，有的是改进工作，有的是在原有的基础上做得更好。实际目的就是这么两个。换句话说，这次会议不是一个所长会，不是研究具体工作、作出什么决定的会，而是一次群英聚会，这个目的目前看是基本上达到了。这次会议确实起到了使大家彼此认识、互相交流、有所了解的作用，不光是对各个所的情况有所了解，或者是对某个方面的情况有所了解，而且人与人之间也有了进一步的了解。今天中午吃饭的时候，有的青年学者说，不光是会上有收获，会下也有收获，不光是会内有收获，会外也有收获，我们那桌有四位在那里谈得很兴奋，他们很有体会。会上会下、会内会外，大家都有交流，都有了解，这个重要作用起到了。同时听了大家不少建议，刚才杨忠先生谈了一些基本看法，我想从这个角度说，一方面我们恪守我们的职责范围，另一方面我们积极努力地去做工作，尽量给大家多做好事，有时候略有越位，这19年中是有这个情况，有时候做的事是出了一点圈，但出圈不是别的出圈，是给大家做好事，为大家谋利益，我们可能多做了一点，比如向上反映，保留古典文献专业，学位办两次要撤销，我们都组织人去反映，以古委会名义给李岚清副总理写信，给当时的教育部长写信，等等。这还是起作用的。这样的事当然还有很多，具体例子我就不说了。大家刚才提的，杨忠先生概括成九条，我们还要做进一步研究，能做的还是尽力去做，我想这个目的看来也达到了。这次会议，原来预定是有议题的，同时会上谈论又很自由，分了两个组，大家可以谈好的方面，谈成绩，也可以谈不好的方面，发牢骚、诉苦。第一段会开过，有的组的诉苦多一点，我说这也好，不必引导不要诉苦，没必要，他实际情况就是这样。大家在第一线，在自己的所里，在学校里，感受就是这样，这是真实的感受，并不是他诉了苦，就没有看到自己学校、自己所里的那些成绩，不是这样，他看问题是全面的，他有这个机会在这里诉诉苦，也说明了他对古委会信任，对这样一个场合，对那么多在座的人，他有一种信任感。多年来，古委会一直想努力营造这样一种像在家里的气氛。大家在各个学校、各个研究所、各个古典文献专业或者是系里工作，那是你们的第一单位，第一个家，是自己家庭之外的第一个家，那么我想古委会应该说是第二个家。大家到家里来，几年才碰这么一次，这个会第一届是 1999 年开的，第二届隔了 3 年，今年才开，本来设想两年开一次，有这么个机会大家诉诉苦，我想也是挺好的。我没有能完全听完小组会，但我听到的时候我还是很有兴趣的。从这个角度考虑，我们古委会筹划这个会，尽管事先力求细致周到，但现在发现还是有我们的不足，比如会议的时间，定在 7 月 3 号到 7 号，忽略了不少问题：一个是忽略了 7 月的 7、8、9 号是高考，有小孩的家长要赶回去，比如赵生群先生，他明天不能参加去荆州的活动，本来我的印象中他是一个比较喜欢玩的人，当然这次也不是地道的玩，而是对古迹的考察，对历史遗存的考察，他不能去了，因为孩子要高考；还有一个是忽略了有些学校研究生论文的答辩没有结束，我们很主观地坐在北京，考虑到我们学校毕业论文答辩完了，就定了这么个时间。这主要是我定的，今年 4 月份在重庆开会，跟顾志华先生、董恩林先生一块商量，定了这么个时间，现在看来时间安排上显然有不妥之处，没有照顾到各方面、各学校的情况，今后工作可以做得更细一点，考虑得更周全一点，多做一点调查研究。这只是一个小例子，也不算做错，只是有点不周全。这是我的第一个感受，我觉得会议总的看来原来的目的基本上都达到了。

第二个感受就是听了会上大家谈的情况，我的感觉是有喜有忧。首先，喜的是我们有一些有利的条件，这是从大家谈的情况中受启发想到的。

比如说第一个有利条件，我们有一笔固定的经费，1983年开始是 250 万，1992 年开始是 500 万，2000 年开始是 1000万，翻了两次。我们冷静地想一下，有哪一个二级学科，或者说哪一个摊子，有这样一笔经费？文科里比较小的这样一个行当，却由中共中央发文件，在文件中决定要拨专款，并且财政部从 1983 年到今年 19 年来不间断地给我们发专款，而且还有两次增长经费。这当然有古委会的努力，1992 年那次增长经费是我们积极努力，通过各种关系打的报告。2000 年这次也是通过各方面的努力，特别是陈至立同志的帮忙，使我们经费得到增加。首先从经费上，我们比文科里的其他二级学科更占优势。包括像古典文学的研究，应该说比我们人多势众，但是他们也没有财政部拨专款、没有中央下文件给这些研究古典文学的人多少万作为专门研究经费，这是我们的有利条件之一。当然回过头来说，这 1000 万没有当年的 250 万顶用，我们只要冷静一算就算出来了，因为物价的飞涨，比如图书资料底本复制费的增长，1983 年底本复制费，虽然我们当时觉得也很贵，1983—1985 年那几年反映很强烈，但是那时候要得少，只要有点钱图书馆的同志就很满意了。今天不行，今天复制一个宋元刻本，那个要价了不得，所以我们这 1000 万实际不如原来的 250 万那样顶用，但是 1000 万总比 250 万多。这是我们的一个有利条件。

第二个有利条件是，我们有这么多机构。首先，从教育部来说，建立了一个古籍整理研究工作委员会，尽管它不是行政单位。其实作为行政单位也有毛病，如果古委会是行政单位，是职能机构，它的管理方式要变，那应该是地道的教育部官员，哪个司、局长去管理，1993年教育部曾经有过这个想法，找我谈过，想在教育部设这么一个局，要是那样的话，就不是今天这个状况了。有古委会这样一个机构负责组织协调，而这个机构不是完全从"官"的角度来管理，可能共同语言比官员稍稍多一点，我觉得教育部这种指导思想恰恰有它的合理性。当然前两年我们也在提，最近因为有些事刺激了我们一下，我们又在反省机构内是否有点官僚化，古委会和秘书处应该注意不要有官气。但总之，有这样一个机构来管理，这也是少有的。同时，我们在全国，有88个教学科研单位。哪一个摊子，不论一级学科还是二级学科，有这样一批研究机构和教学机构？也没有。在别的行当看来，觉得我们很有钱，还有这么多机构，对我们还有点眼热，这是我们的一个有利条件。另外，中央和教育部也很重视我们。教育部长在1999年11月特意听取了古委会的汇报，表示非常支持这项工作，教育部领导的意见当时我们已经全部整理出来并且印发给各个所了，这次没想到大家提到的问题涉及这方面，所以没有把原文带来。再比如我们现在有些研究所经过重新整合或者自己努力，增强了实力，在校内取得了稳定的环境，甚至有的研究所有了进一步发展的势头，像吉林大学，刚才谈到而且小组会上也谈到，吉林大学这个所在为争取在学校里有一个好的环境、好的地位，做了努力。应该说，吉林大学这个所在我们各个古籍所里是实力雄厚的一家。我记得你们的博士生导师有9位，博士点有两个，确实有条件去争取好的环境。我想，第一，你要有实力，第二，你要去努力工作，去争取，才能改善自己的地位和境遇。吉林大学就是这样。东北师大也不错，今天（李）德山没有充分地讲，就讲了东北文献，没有更多地讲他们的重新整合，他们古籍所和文学院等于拧在一起，共同发展，现在的趋势总体看不错。这个情况我倒不是从李德山先生那里知道的，我是从别处知道的。再比如像复旦大学，复旦大学原来的古籍所1999年整合了一下，形成了中国古代文学研究中心，那是在原来的古籍整理研究所和古代文学研究所的基础上，吸收了中文系的一部分人员，现在比原来壮大了，条件更好了一些。再有像北京大学的古文献研究中心，也是在原来古文献研究所和古委会秘书处的基础上做了整合，现在形成了全国唯一的一个古文献研究的重点科研基地。像这样一些情况，是靠古籍所自己的努力，也靠自己的实力，在学校取得了一定的进展。另外，这次听到，有的研究所的领导以身作则、廉洁奉公，做得很好，像浙江大学，这次吴土法先生说到了浙江大学的所长张涌泉先生在领导这个所的过程中的几件事，我听了之后，对张涌泉先生很敬佩。第一，他把全所一年的经费情况到年底公开，怎么使用的、都用在哪里全部公开。这个不简单，当所长的都知道，你把它公开，大家有好的反应，也可能有不好的反应。他都公开，大家反应很好，都很感谢他。第二，他自己的论文发得多，所里有的同志论文发得少，大概是所里执行的奖励制度，发表一篇论文给多少经费，他自己论文发表多，却主动少拿，这也很不容易，今天这个社会里，金钱还是很起作用的。身为所长能够这样约束自己，是很让人敬佩的。还有些所长，一心为全所的发展谋划，而且不光是年轻一点的所长，年纪大一点的所长，也是几年如一日，甚至是十几年、二十几年如一日，很有点《出师表》里面所说的"鞠躬尽瘁、死而后已"

的精神。我们这次请到会上来作介绍的，特别是章培恒、宗福邦先生，他们讲了他们的情况，我们从中可以感受到这两位老所长——当然（周）国林也讲了，只是他属于更年轻一点的所长——他们是为自己所的利益操尽了心，这些都是我们的榜样。所以我想，像这样的一些所长或者系主任、专业主任，应该得到更多人的尊敬，不要等到他们"死而后已"之后，再来追忆他们的好处。高校古委会系统有一批这样的干部，我们应该感谢他们。我也借这个机会拜托有这样所长的那些所的年轻朋友，拜托你们多关心一下你们那些领导，无论他们是年事已高还是年纪比较轻，他们也需要别人关心，就像章培恒先生上次说的，他们也是人，他们有他们的苦衷。我想，人们需要互相体谅、互相关心、互相支持、互相帮助。这也是我们能看到的，在古委会系统里，在这些研究所里，在这些系或专业里，我们的有利条件之一。再比如，这次会上，我看到和听到这么多年轻学者对古籍整理事业这样关心，很有锐气，也很有见地。我因为身体情况，小组会没有全都听完，但是我听到的和后来听杨忠先生、曹亦冰先生和秘书处同志和我谈的，还有一些年轻朋友到我那儿去聊的，比如昨天黄仕忠先生到我那儿去聊，我感受到这次会不光是我前面说到的一个总的印象，大家认识了，交流了，我想，从古委会工作人员来说，作为我个人，秘书处同志也是一样的，我们从中也受到了教育，知道了这些年轻人是很有锐气、很有见地，是有真才实学的。有些人是我过去认识的，但是接触太少，有些是不认识的，这次才知道，他是怎么看的，他有些什么想法，而这些想法确实使我很受启发。所以我想这是我们古籍整理事业兴旺发达、长盛不衰的一个重要保证。这次青年会后，我比第一次青年会更增强了信心。以上是我这次觉得有喜有忧中"喜"的方面。

当然还有忧虑的地方，那就是在现在的这种大环境下，整个社会的大环境，也包括学校这个小环境，甚至包括我们所在的所或者是专业的小环境，还存在不少的干扰，有不少的问题，使我们不能安心地做我们的整理、研究、教学工作，给我们带来了一些新的问题。大家谈到的问题中，有些是我们能够设法解决的，有些是很难解决的。比如说，刚才杨忠先生提到了，我们当前有相当一批院校或者说大多数院校为了适应形势发展，在校内做了机构的调整。做机构调整之后就带来一些问题，就触及古籍所或者叫古文献所或者是我们这个系、专业在校内的地位以及我们在校内的稳定性，我们的编制可能会被压缩，我们的归属可能会有变动，对相当一批古籍所来说是这样的。我前面举例了，像有几个所，在这过程中，经过自己的努力，争取到好一些的条件；也有些所，自己努力了，但是有的领导他不吃你这一套，他不听你的，努力了也不管用，是吧？但是不管怎么样，还是要靠自己的实力，要靠自己的工作去努力争取。《国际歌》里有句话，"从来就没有什么救世主，也不靠神仙皇帝，要创造人类的幸福，全靠我们自己"，我想，在一定程度上，我们需要一点这种精神。但我的意思不是说古委会不管这事，刚才杨忠先生已经做了一个原则性的解释。其实我们这两年在这方面做了一点事，跑了几个学校，关于古籍所的前途，跟他们学校的党委书记、校长谈过话。我们去的地方都是矛盾比较突出一点的地方，所里反映需要我们去、要求我们去。我们去了之后，总体看效果是好的，学校领导还算尊重古委会，愿意听取古委会的意见。我们去过的这几个学校，有关校领导大体上还能够听取古委会的意见。当然，还有些学校，现在还没有把他们古籍所最后的归属落定，倒不是对这一个古籍所，是它整个学校的盘子没定，但是党委书记还算好，比如有个学校的党委书记明确表示，请你们放心，我们学校的古籍所，第一，不会削弱，只会增强；第二，我们不会让他们不独立，一定还有他们的独立性。这次听说好像编制有所削减，我们也约了他们的所长过几天来谈。他们的党委书记讲的我觉得是真诚的。无论如何，古委会还是要做工作，也请大家回去以后，能够协助所里的领导，在这方面争取到更好的结果。再比如核心期刊问题，刚才杨忠先生谈了。我自己一直有一个挺不入流的片面看法，我觉得，你这论文的水平和质量，不决定于你是发表在哪个期刊上，能有好的核心期刊发更好，在别的期刊也行，关键是你有没有水平，有没有质量。另外，我觉得，现在的管理办法，就是看什么核心期刊，什么一级期刊、二级期刊，评职称时要看这些。这种管理办法是过去从国外引进的，在国外来说，今天已经不是先进的办法，而且它本身也有缺陷，只顾及到面，而不顾及到点，缺乏具体问题具体分析的观念，很难完全看出一个人的真实水平。我们把它引进来，这个本身就有不足之处。同时，确定哪些是核心期刊，我觉得在这过程中，操作也有不足之处。但是目前，这种不够完全公正的、不够完全正确的东西，给我们带来了切身的影响，你说它不行，你不听它的，但是学校可能就拿这个框你，这是个紧箍咒。这样一些问题，杨忠先生说，我们要争取再做一些工作，但是工作也只能做到把那个《中国典籍与文化》争取列入核心期刊，是吧？许多问题还是没能解决。再有很忧虑的，像刚才有些先生提到的，古籍整理成果在一些学校不被看好，不被看作科研成果，还有像古籍整理科研成果评奖问题，像这样一些问题，都是值得我们忧虑的。

总之，我们参加会议的感受，从大家谈的情况来看，有喜有忧。但是，在喜忧之外，还有些是需要全盘考虑、统筹解决的。比如，有些先生提到，古文献学科不应该只是文学文献学，应该包括得更广泛一些，甚至有的先生提出来，古文献学正名的问题，或者叫古典文献学的正名问题。今天，赵益先生在会上提出来，比如叫"古典学"。这个问题从根上说，在80年代就已经提出来了，提法和看法可能没今天这样先进、这样进步。在80年代，我们曾经请了几位当时的中年的权威学者写了一封信给国务院学位办反映，我们希望把在一级学科文学下面的古典文献学这个二级学科、在一级学科历史学下面的历史文献学这个二级学科能够合在一起，叫中国古文献学，既不叫古典文献学，也不叫历史文献学，叫古文献学，陈述了它的好处和科学性。学位办就把它拿出来征求了三位老先生的意见，这三位老先生现在有两位已经去世了，还有一位在世，都是非常权威的，一位是历史学界的，一位是考古学界的，一位是汉语言文字学界的。三位老先生不约而同地把它否定了，否定得比较厉害，原因简单地说就是，如果古典文献学和历史文献学合起来叫古文献学，那么它算历史系的，还是算中文系的？潜在的意思我们也就明白了，所以这个事当时没有办成。但是今后，我们再统筹考虑一下。我想这是我的第二个感受。

第三个，我想对今后青年学者的发展方向和成长提两点建议。第一个建议就是，做人、做事、做学问这三者能够兼顾、不偏废。我意思不是说，你做人也好、做事也好、做学问也好，生活中三者都好。能做到这三条都好的不容易，但是要向这个目标发展。实际上，有的先生是做人很好，学问不是太行；有的先生办事能力很强，学问不太行；也有学问很好的，做事能力不强；甚至还有学问很好，做人差一点的。这是存在的。但是，我希望在这三方面大家都能做得越来越好，应当做得最好。做人，首先是要真诚，要真，要诚恳，这个真区别于那个伪和假，不虚伪、不虚假，真的就是真的，实实在在，这个事你错了就是错了，你忘了就是忘了。记得我老举一个小例子，有同事托你办件事，你一直搁在一边没办，人家问起来了，是你忘掉了，你忘了就是忘了，没办就是没办，你不要说，唉，这事我给你问过了，我给你办了，人家说不行。这是撒谎，小事都是这样，何况大事？一个人要真诚，要实实在在，不弄虚作假，弄虚作假没意思，很多事情上人家会看出来，大事小事都看出来，长久不了，会出事。不管在什么地方，在大单位、小单位都是这样。所以我想，首先要真诚。其次，我觉得要平等。我很赞同章培恒先生的看法，大家都是人，都是平等的。做事方面，我想大概有一条，就是多为他人着想。明代人讲过，"肯替他人着想，是天下第一等学问"。我记得在60年代一次外事活动里，我那时候才大学刚毕业，和一些北大中文系的学生一起在颐和园一个很窄的地方，从颐和园大门到知春亭，一个弯弯曲曲的地方，站在两边列队欢迎一个外国的总统，不记得是哪一国的，叫阿布德，是由周恩来总理陪同。但没想到等了好长时间才来，前面有人开道，后面就是周恩来总理和那个阿布德总统，一起过来，一边走一边鼓掌或者招手，但没想到他们走到离我们没几步路的时候，我旁边一个女同学的手绢掉了。因为这路本来就很窄，一掉地上弯下腰去可以捡，但这时候捡来不及了，所以我们这些人虽然都看到了，但谁也没有弯下腰去捡，还是继续鼓掌欢迎。没想到周恩来总理快走了一步，走到这里，低下头就把这手绢从地上捡起来，交给我旁边那个女同学。这件事非常小，但是很说明问题。周恩来总理完全可以不管，他陪同的是一个外国总统，你一个学生，一个小女孩，把手绢掉地上了，他绕过去或者迈过去就行了，就已经很不错了，没有责怪你是怎么回事，但是他给你捡起来，交到你那里，他看到是你这个学生掉的。这样一个很小的细节，我觉得反映了周恩来总理肯替别人着想和他的一种宽容的心态。我觉得我们就需要这种肯替他人着想的精神。另外，处事上，还有一条，就是能得体。得体很不容易，这大概需要练一辈子。我自己说话、做事，经常事后意识到有的事做得不得体。过去讲"过犹不及"，既讲"过"不对，也讲"不及"不对。"过"就是过火了，分寸感过头了，"不及"那也不对，不到位，所以这得体很不容易。这是做事。做人、做事的要求是多方面的，我今天谈的大概是最简单的。说到做学问，关键还是要有真才实学。就是要有坚实的基础。昨天章先生讲的一番话我很赞同，他说要在基础坚实的情况下融会各家，同时也要注意到把传统的治学方法和现代化手段结合起来。今天黄仕忠先生谈他用数码相机的情况，我去年10月在福冈见到他，他给我讲了，我就很有兴趣，觉得他这个做法很好。这个手段要说先进也不是太先进，数码相机买起来也不太贵，他用数码相机拍了 10 万多张资料照片，好像是吧。这是第一个建议，就是做人、做事、做学问能够三者兼顾。第二个建议就是大家既要甘于寂寞、专心治学，又要眼界开阔、思路灵活。我们过去讲得多一点的是，希望大家甘于寂寞、专心治学。今天这个仍是要讲的，不能忽略，还要强调，但同时也要眼界开阔、思路灵活。我觉得，无论是做学问，还是你在单位负一点责任，都有这个问题。不要局限在本单位，不要局限在我个人治学这一摊，或者说从宏观上比较，你这一摊可能是比较窄的，这个范围你要钻研，要钻进去，有时候要有钻牛角尖的精神。另一方面，也要注意到我这个范围之外的东西。所以建议大家能够留意国内同行的状况，多一点学术上的交流，建议有些单位多组织一些学术上的讲座。我发现一个问题，我们搞学术讲座，有些人决定听或不听，看题目，这是正常的，但是有些人看题目，挑得比较厉害，比如说我是研究版本学的，你讲的题目是关于版本学的，我就听，你讲的不是，比如你讲关于目录学的，或者你讲某一本书，或者你讲的不是和我专业太有关的，我就不听。我觉得有些同志对讲座存在这个误区，这误区发展到上述地步是相当严重的。我研究版本，我就只看版本的书，听版本的讲座，其他不听，这个趋势往下发展，几年之后，十几年之后，你看你的思维方式、你看你的治学写出来的东西，一定很窄、很僵化、很无味道、很枯燥，绝对是这样。所以我想，我们一定要多关心国内同行的情况，同时关注国外相关学科的研究状况。这个相关学科的研究状况广一点，我建议，不要只看具体的结论，无论国内的讲座、国外的讲座，还是国内的成果、国外的成果，我觉得，结论是第二位的，他们的研究方法是第一位的，他们的思维方式是第一位的，他们的理念是第一位的。我们要研究他是怎么做学问的。美国人、欧洲人跟我们思维方式很不一样，同样的题目，他那么做，你会觉得有的地方很可笑，但你冷静看一看，他确实有你可吸收的地方，可留意的地方，甚至给你敲响警钟的地方，我们应该多了解一下国外的相关信息。这次，陈广宏先生刚才谈到这方面的情况，像复旦大学做的学术交流是多方面的，学术会议也开过多次。我去年11月参加他们的一次学术会议，叫作"文学的古今演变与发展"，这个会议题目就很耐人寻味，因为它不是只讲古代文学，我们现在文学史上把古代和现代截然分开了，研究古代文学的很少研究现代文学，研究现代文学的也很少专门再去研究古代文学。文学的古今演变是从古到今，会议把古代文学和现代文学打通，我觉得这个思维方式是很有用的。关键不在于他研究的结论，说古代文学和现代文学有什么关系，我觉得那是第二位的，他们这种思维方式很好。今年6月我又参加了一个他们和我们北大一起开的会，也有许多受启发之处。黄仕忠先生刚才也谈了他在日本的情况，找了那么多戏曲方面的资料，还参加了东洋文化研究所的一些工作，这些实践肯定对他自己后半生的学术发展能起到很关键的作用。我觉得我们应该这样去做，应该有这样的实践，应该创造更多的机会去交流。另外我建议，在我们今后的整理工作和研究工作里，我们要留意收集流失在国外的中国古籍，要注意到国外的一些藏书机构收藏中国古籍的状况。我们古委会秘书处同志做了一点了解之后才知道，也是我们多次到日本和在日本待了一段时间之后才知道，日本收藏中国的汉文古籍的价值之高。过去我们老是说，中国之外，就是日本收藏多、质量高，但是这是理论上说，或者从前辈那里得到的印象。我们自己摸过之后，才知道它的真正价值。比如说静嘉堂文库，皕宋楼的藏书现在在那里，虽然原来的 200 种书并没有完全一本不差地保留，但它陆续又收集到一些，现在是国外藏书机构里收藏宋元刻本最多的。第二家就是宫内厅，144 种宋元版，相当有价值的东西，有的是在国内绝对没有的，甚至有的是海外孤本。包括我最近去的奈良县的天理市图书馆，好像有 43 种宋元刻本。还有大阪的杏雨书屋，那里收藏的中国宋刻本相当有价值，它是由武田财团支持的。武田财团是个卫生机构、制药机构，它收集的就是原来内藤湖南的书，也就是恭仁山庄的书。我来作一个对比，美国的国会图书馆，过去说它收藏中国古籍还是很多的，但是现在真正属于它那里的本子只有三十几种宋元刻本，而美国的哈佛燕京图书馆有 20 种宋元刻本，而这 20 种宋元刻本现在基本上全丢了，一次被盗，是 2000 年上半年的事情。比一比美国收藏汉籍的情况，就知道日本收藏的汉籍宋元刻本之多，而质量之高低我们得另外衡量，现在说不清楚。我们要了解国外收藏中国古籍的情况，我们要设法把它们复制回来，复制回来后可以做许许多多的题目，可以做整理的题目，可以做研究的题目。我们要开掘，眼界要开阔，思路要灵活，不必老守着我们这一点，埋头苦干。埋头苦干当然也是需要的。所以我说，既要甘于寂寞、专心治学，又要眼界开阔、思路灵活。包括国外关于中国学研究的机构的状况，我刚才说的是藏书机构，研究机构状况也应该了解。什么所谓欧洲汉学研究四大重镇、美国有多少个研究机构，前几名是哪些，这都应该有所了解。总而言之，我就提以上两点建议，一个是做人、做事、做学问要三者兼顾，一个是我希望大家既要甘于寂寞、专心治学，又要眼界开阔、思路灵活。

谢谢大家。

（根据录音整理，经本人审订）

第三届全国高校古籍整理与研究青年学者研讨会开幕式发言

2011－10－12　　南京

　　这次会议是全国高校古委会系统的第三次青年学者研讨会。第一次是 1999 年在内蒙古召开的，由内蒙古师范大学协助承办；第二次是 2002 年在武汉召开的，由华中师范大学历史文献研究所协助承办。这两次会议都取得了非常好的效果。实际上前两次会都以联谊为主，大家没有专门提供论文，会议也没有要求大家交论文。时隔 9 年之后，由南京大学古典文献研究所来办会。这次会带有和前面又同又不同的色彩，相同之处是联谊，不同之处是强调了学术，强调了要有论文。所以，我知道有些学者没有来，是因为没有来得及写出论文。而且，参加这次会议的，也不是我们高校系统从事古籍整理研究的青年学者的全部，而是 45 岁以下的来了大约二分之一，1966 年以前出生的就没资格参加了。我记得参加了 1999 年第一届会议的学者，许多人到第二届就不能参加了。现在第三届隔了这么久，大概今天在场的参加过第一届和第二届的人并不多。昨天到南京师范大学，见到赵生群先生，他参加过第一届在内蒙古的青年学者会，还在那里骑了马。第二次他参加了一半，因为孩子考大学，就赶回来了，这第三届他一点资格都没有了。但是，今天赵生群先生已经是全国知名学者了。我想这么多年下来，青年学者不断成长，从被人家认为是年轻人，到被人认为是知名学者，这也体现了我们古籍整理研究事业的发展。

我们这次会议的目的，仍然是以文会友。首先是到会的年轻学者能够互相认识。大家有不少人以前不认识，有的只闻其名。我记得在内蒙古开会的时候，曹虹教授参加了，我们北大有的老师就找我说，你把我分到曹虹那组，我问为什么，她说我想认识她。可见那个时候曹虹教授已经很有名气，引人注目了。今天我们北京大学想结识曹虹教授的这位老师也已经是教授了，也有了名气了。我想经过这么多年的发展，每个人都在成长。希望大家通过这次会，互相认识，并且有所了解。首先是认识人，建立联系，以便今后有所交往。在这基础上，通过小组会、大组会，能够彼此了解治学的范围、治学的路径，这样互相学习，取长补短。所以这个会既是学术的交流，又是一次联谊，这是我们这次会议的主要目的。

我们确定的会议主题是"中国典籍与文化"，说得再白一点，就是古籍整理与中国文化。我们讲典籍，讲文化，并没有限制这个文化必须是古代的。我们虽然是从事古籍整理和研究工作的，是从事中国古代文化研究的，但我们离不开中国现代的文化。我们过去往往把古代和现代区别开，所谓厚今薄古，很机械地把它们分开来，其实不必。它们是有区别的，从时代上是划分开的，但是从它们的渊源、从它们的内涵上看，是一脉相承的。我们不光要关心中国的古代典籍，不光要关心中国古代文化，也要关心今天的中国当代文化。其实像儒家思想对于我们今天有什么影响，起什么作用，这些问题既与古代有关，也与现代有关。所以我们确定的这次会议的主题是"中国典籍与文化"。这是我想跟大家报告的第一件事。

第二是关于全国高校古委会的工作。全国高校古委会是1983年建立的，到今天已经28年。这28年里，古委会主要做了四件工作。

一是建立机构，组织队伍。全国高校古籍整理工作委员会是根据1981年中共中央37号文件和1981年陈云同志的讲话这两份文件建立的教育部直属事业机构。建立以后，首先是设立古委会自己的办事机构秘书处，同时按照中共中央的要求，在全国范围内，在有条件的高等院校，建立研究所或者研究室，所以很快就在全国范围内建立了84个研究所或者研究室；另外有4家古典文献专业，那就是北京大学的古典文献专业、原来的杭州大学现在的浙江大学的古典文献专业、南京师范大学的古典文献专业，还有上海师范大学的古典文献专业，我印象中南师大古典文献专业建立得最晚。这样加起来是88家，聚集了上千位学者。后来古委会又根据各个学校的研究所实力情况，确定了直接联系的若干家古籍整理研究机构和专业，到今天是26家，包括22家研究所，4个专业。同时在人员结构上，我们从1983年建立时就提出来对老中青三方面都要兼顾到。对老一辈学者我们是尊重，并且充分发挥他们的作用；对中年学者是依靠。那时候的中年学者也差不多是四五十岁的样子。今天在座的周勋初先生，那时候算是中年学者里年纪大的，他1929年生，80年代才50多岁。别的中年学者像章培恒先生1934年生，不过49岁；裘锡圭先生1935年生，48岁。那时候的老先生，像邓广铭、白寿彝、杨明照、周祖谟、张舜徽、王季思、程千帆、周大璞、姜亮夫……一大批，我们是充分尊重，发挥他们的作用，而依靠的是中年人——像刚才提到的周勋初先生、章培恒先生、裘锡圭先生；对青年学者是重视和扶持。我记得1985年3月到12月，古委会办了一个讲习班，是委托复旦大学中文系来办的，班主任是北京大学的周祖谟先生，复旦大学的徐鹏先生是副班主任，实际主持工作。而请来讲课的有周祖谟先生、刘乃和先生、黄永年先生、裘锡圭先生，有一门课请了葛兆光先生讲，葛兆光先生当时只有35岁。我记得徐鹏先生把大家召集起来说，明天就要开始了，今天大家认识一下，课程我已经安排了，商量商量怎么上。其中提到哪几位先生来了，说"只有葛兆光先生没有到"。章培恒先生指指黄永年先生旁边坐的一个年轻人，穿着一件军装，上身军绿的衣服，说"这不是葛兆光先生嘛"。葛兆光先生就赶紧站起来了，徐鹏先生大吃一惊说，"您就是葛先生啊"。他很年轻，35岁。今天的葛兆光先生已经是蜚声国际的学者，学术领域的大家。所以古委会这么多年在建立机构组织队伍过程中，一直是尊重老一辈学者、依靠中年学者、重视并扶持青年学者。

二是建立项目评审组，支持个人科研项目，组织重点项目。古委会建立之后，从80年代开始，首先是许多个人申报项目，一直到今天。我们对于个人申报给予了大力支持，特别是对青年学者。在座的周勋初教授多年参加项目评审，他了解这个情况。前些年，古委会特别强调项目评审组在评审个人申报的科研项目时向年轻学者倾斜，多支持他们。这几年情况不一样了。由于大家都注重支持年轻学者，变成了我们反过来强调留意年纪大的学者，特别是退休的学者，给他们一定的支持。比如今年浙江大学一位老教授，他已经退休几年了，报了一个项目，质量不错，大家特意说要对这位老先生支持一下。这些年在评审过程中，古委会对于青年学者的支持力度相当大。大家都知道像国家社科基金、教育部人文社科基金，规定申报者必须是教授，至少是副教授。只有古委会是讲师都可以申报，只要有两个教授推荐。有一批讲师在古委会立项，这也是我们积极扶持青年学者的一个方面。我们同时组织了重点项目、重大项目，比如大家平常说的"三全一海""七全一海""九全一海"，还有"今译丛书"，正式名称叫《古代文史名著选译丛书》，最近修订重新出版了。《古代文史名著选译丛书》从 80 年代起步到 90 年代结束，最后一次审稿会就是在南京开的，那是 1994 年。还有后来组织的重大项目，像"日本宫内厅书陵部宋元版汉籍复制工程"。古委会是一方面支持个人申报的科研项目，一方面组织重点项目。在这个过程中，对项目评审定了一套规章制度，有一套程序。古委会秘书处工作人员、古委会的主任，不参加项目评审。在项目评审会上可以列席，但没有表决权，这有别于我们今天有些评审机构是某个领导、某些领导都参加表决，这样使我们做学术评议的时候，更客观公正一些。这是我们的第二项工作：建立项目评审组、支持个人科研项目、组织重点项目，在这个过程中也体现了对年轻人的扶持。

三是培养具有真才实学的人才。先是本科生，刚才提到我们有 4 个专业，但 1983 年古委会建立的时候只有 1 个专业，那就是北京大学的古典文献专业，它是 1959 年建立的。1983 年之后，浙江大学、上海师范大学、南京师范大学相继建立了古典文献专业。应该说这个布局有点问题，后增加的 3 家都集中在东南。当初我们也提过这个意见，但是最后的审批权当时是在教育部的行政机构，我们古委会是教育部（当时是国家教委）的直属事业单位，没有增设专业点的审批权。对这 4 个专业我们不仅在业务上给予支持，而且在经费上也给予资助。对本科生，强调了加强计算机应用和外语的教学。研究生方面，推进了各个研究所及 4 个专业硕士点、博士点的建立。另外我们对青年学者也给予了一些特殊关照，比如召开青年学者会，尽管开的次数还不多。这是我们的第三项工作：培养具有真才实学的人才。

四是对外交流。提倡人员的交流，一方面是请进来，请了不少国外的学者，另一方面是走出去，到若干个国家了解古籍收藏的情况。这主要不是古委会直接来做，而是由各个研究所、各个专业、各个单位自己来做。这些年成效比较突出。由于要用外语，所以在这个过程中，青年的作用越来越大。还有项目上的合作，刚才提到的"日本宫内厅书陵部宋元版汉籍复制工程"项目，就是北京大学古文献中心的一批学者和日本共立女子大学、早稻田大学的一批学者合作进行的。

古委会建立 28 年来，主要做了上述四项工作。从上面简单的叙述，大家可以看出来，在做这些工作时，古委会都注重了对青年的扶持和培养。而在这个发展过程中，青年的作用也越来越突出，成为骨干、栋梁，甚至成为当今的学问大家。

我看了一下这次会议的名单，有 60 年代（1966 年以后）出生的，70 年代出生的，80 年代出生的，跨了三个 10 年。所以今天在座的各位，将是中国古籍整理研究领域今后 10 年、20 年，乃至于 30 年的骨干和栋梁，甚至成为学问上的大家。所以在座的年轻学者，你们的德才学识如何，决定了今后中国高校古籍整理研究事业的兴衰，乃至于决定了中国整个古籍整理研究事业的兴衰。就在座的年轻学者来说，我们希望大家在做人、做事、做学问三个方面，都能够得到学术界的称道。

　　做人，要真诚实在。大约是在 5 年前，我到美国的密歇根，见了一位熟人。他是 1954 年出生的，1991 年到美国去读博士，去之前是在中国农业大学做讲师。5 年前我在密歇根见到他的时候，他刚刚经由上海、扬州、北京回到密歇根不久。我就问他："怎么样？你好久没回国了，回国以后感受如何？"我原来以为他会说："哎呀，日新月异，都不认识了。"没想到他跟我说了很简单的两句："这次我看国内是假的多真的少，虚的多实的少。"我当时就愣住了，看着他，一下子接不上来话，没想到他会这样说。但是事后我想，他的话相当重要。作为一个人来说，做事可以有虚有实，有轻重缓急；但是做人，不可虚而不实、假而不真。我想，我们做人首先就要真诚、实在；而待人，对待别人，要平等，肯替他人想。明代学者吕坤讲过这样的话："肯替别人想是第一等学问。"我们仔细琢磨这句话，确实如此。我们很容易为自己想，而为他人想得不够。凡事能够考虑到周围，特别考虑到别人，我觉得不容易。

　　做事情要得体，要有度。曾国藩讲过："打仗不慌不忙，先求稳当，次求变化；办事无声无臭，既要精到，又要简捷。"

这个"简捷"的"捷"是"敏捷"的"捷","快捷"的"捷"。这大概是他人生经验的总结。我想我们应该在不动声色之中，做有声有色的事业。古籍整理研究事业需要这样的人，需要这样一种风格。应该注意什么事办到什么程度效果最好，要有个度。人生有许多机会、机遇，不是见着就抓、一点亏不吃就好，要看在什么情况下抓，怎么抓才有利。我想这里就有一个见识问题。这是做事。

做学问，今天下一场会，周勋初先生会讲，徐有富先生和曹虹先生也会讲。我想，首先是要虚心，还要沉潜，"潜水艇"的"潜"。在学问面前要知道深浅，把身段放低，要登堂还要入室。现在有一种风气是喜欢炒作，喜欢吹，似乎不这样就不甘心。有的不在做真学问、求真才实学上下功夫，而是不懂装懂，自我肥胖。希望各位趁着年轻，在基本功上多下些功夫。

高校的古籍整理研究事业，今天要靠在座的各位年轻人，将来更要靠在座的各位，尽管那时候你们已经不年轻了。我们今天在六朝古都、江南形胜之地的南京来开青年学者会，是一个象征，它象征着全国高校古籍整理研究事业，乃至于全国的古籍整理研究事业，由于在座各位今天的努力，今后 10 年 20 年的工作，会更加兴旺，就像万古长江水一样奔流不息。

今天的会东道主是南京大学，是南京大学的文学院，是南京大学的古典文献研究所，我想借这个机会，向校长、向院长、向所长、向研究所的各位朋友表示我们衷心的感谢。建议我们全体与会人员用热烈的掌声向东道主表达感谢之情！

（2011 年 10 月 12 日，根据录音整理）

在第十二届中国古文献学奖学金评审会上的发言

2012 - 04 - 26　北京

　　首先应该感谢各位能够从各地赶到北京来开这次奖学金评审会。古委会的"中国古文献学奖学金"从 1990 年开始现在是第十二届，22 年了，坚持下来，尽管评审组的成员有些更替，有些变化，但是这个组的工作一直延续下来了。这个组的工作是相当有效率，也评得相当有眼光。有不少当时获奖的人今天已经是名家了，知名学者了，都是我们那时候评奖一等奖、二等奖出来的。刚才想到的，像王云路教授，现在已经在她的学术领域里，汉语言这个领域里面是出名的，好像还是省民主党派的副主委。再比如刘钊教授，现在是复旦大学裘锡圭先生那里的研究中心的主任、长江学者。再比如黄德宽教授、丛文俊教授，当时都是获二等奖的，也都相当知名了。还有浙江大学林家骊教授，80 年代就在杭大古籍所，前不久我们到杭州去见到他，已经是浙江树人大学的院长，都已经相当地有贡献了。我们 22 年评审的获奖的当时的年轻人，现在都是中年人，或者比中年人还老一点，都相当有名了。说明了大家的工作成绩，我想从这个角度，古委会应该谢谢各位。包括过去参加人才培养组的各位，最早人才培养组的负责人是马樟根老师，当时秘书处工作有个分工，两个副秘书长，马老师管人才培养、奖学金，我负责项目评审。最早是马老师操持组建的这个班子，那时候参加评审工作的有裘锡圭、黄永年、黄天骥、李修生、曾枣庄等先生。这样一代一代，一批一批地更换。大家的工作成绩是非常显著的，所以谢谢大家。

下面，我想有几件事跟大家商量。这次评审，有些问题还需要再明确一下。在刚才杨忠先生讲的奖学金的评奖条例基础上，再有一些事跟大家明确一下。这是我们的想法，如果大家觉得有不当的地方，我们再纠正，也是一个探讨过程、认识过程，希望我们这个奖学金的评审，更规范化，更有章法。

第一是"中国古文献学奖学金"评审委员会和评审委员的定位问题。评委会是在古委会的领导下受古委会主任的聘请和委托负责古委会设立的"中国古文献学奖学金"的评审工作，所以希望能够从这个角度考虑和把握。个人不能无原则地为本单位和自己争取利益，就是说为本单位或者为个人争取利益，我们是举贤不避亲的，但是举贤不避亲的一个前提是举贤不为亲，不能因为是我自己亲近的人才推举他。他一定是贤才行，前提还是贤，还是好。所以在这种情况下，既举贤不为亲，也举贤不避亲，能够公正、公平。在过去，无论是我们这个奖学金评审组，还是科研项目那个评审组，这么多年来，也发生过一点情况，是有前车之鉴的，所以我们提出来不要无原则地为本单位和自己争取利益，能够公正、公平。我想这是各位评委的定位。

第二是评审的指导思想。我们想不搞平均，要看水平，看质量，唯才是选，唯才是举，这是一个基本原则。不是说我们26家，每家都得有，每家都得有一个或者两个，不是这样一种平均的思想。而是首先看他够不够格，看他的水平，看他的论文的质量，我指是研究生，唯才是选，唯才是举。这是一个原则，在贯彻这个原则的情况下，也有相对的灵活性。我想到的，比如说我们四个专业本科生，在评审过程中，可以注意到四家都要有。你不要只有三个专业有，另外一个专业一个没有。当然实在没有，还是前面这个原则，要看他的实际情况，从实际出发，没有就没有了。但是能兼顾到的四个专业本科生，都要兼顾一下，只是在数字上不搞平均。不是说，这个专业有两个，那个专业必须有两个，有三个不行，或者有一个不行。我不知道说清楚没有，就是从实际出发，对四个古典文献专业的本科生进行评选。至于研究生，我觉得更应该强调从实际出发，要看水平，看成果，看他的成绩，而不看单位。不搞单位之间的平衡和平均，否则的话，你也顾不过来。至少我们现在26家参加，都有研究生的话，那么这26家怎么平衡、怎么平均呢？我想一个基本出发点，还是看他的水平，看他的实际情况。简单地说就是不搞平均，看水平，看质量，唯才是选，唯才是举。在这个前提之下，对四个专业本科生留意兼顾的情况。研究生在更严格地坚持这个原则的基础上，有个别情况则可以特殊处理。这是想跟大家商量的第二个问题，评审的指导思想。

　　第三是评审的纪律，有一条得给大家说，就是会上可以讨论、争论，会后别自由主义，别把谁谁讲的话散布出去。这种事情发生过，最近因为有的人又提出来。我们过去有一位专业主任，大概也是为了解决矛盾，回去以后告诉学生，就说在会上有什么不同意见，而且告诉了是谁说的。这个学生就写信给古委会秘书处，来反驳会上老师讲的意见。我想我们评审老师讲的话不是金口玉言。大家在讨论的过程中，可能最后是按照某个老师的意见定下来了，但是不是说那个老师在讨论时提的具体问题都是对的，可能最后的结论是对的。你回去告诉这个学生，你没评上是因为某某老师说了这个，还有另外一个老师也说了什么。那么结果这个学校的学生不甘心，写信来告状，来驳这个老师，我觉得这样不好。最近项目评审组，也有无意间把某位评委对某个项目讲的不利的话传出去的情况，没被评上项目的人就不高兴，有反映。我想这是会上的人自由主义，未必是恶意，未必是坏心，可是说"连某先生都说这个怎么样怎么样了"，这么传出去，结果被说的人就有意见了。所以我想这条大家是不是能够留意。这是第三件事跟大家商量的，看看大家觉得可不可以。

第四是上届会议开会的时候，最后提出了一些问题。秘书处进行了几次讨论，有些意见已经反映在这个评奖条例里了。刚才杨忠先生讲的时候都顺带地做了说明，大家今天还可以对这些问题议论一下，如果觉得有不妥当的地方，还可以提出来。如果觉得没有不妥当的地方，我想就能够统一在这方面按照这个意见去做。因为有些东西讨论来讨论去，也不会再有更好的意见和处理办法了。比如说，像我们上次提到的，在职研究生算不算，能不能参加评审。这样只能说参加或者不参加，大家本来意见也不一致，过去都是参加的。现在想想嘛，你说你在职就不参加，仿照全国百篇优秀论文的那个办法，不让在职研究生参加，但大家也有些反映，觉得目前整体水平也有所下降，影响未必很好。所以我想如果没有不同意见，先这么做，做这么一届、两届，大家看看。如果不行，将来再推翻，再纠正过来。事情都是活的，所以我说上次大家讨论的问题，秘书处进行了几次讨论，有一个初步意见，或者说有了一个意见。如果没有特殊情况，请按照这些意见去做。

以上就是我的一些想法，在此提出来同大家商量，大家如果觉得可行，希望在评审中能注意到上述方面。

（根据录音整理，有删节）

在第十四届中国古文献学奖学金评审会上的发言

2016 - 04 - 23　北京

首先是谢谢各位。11位评委，大家都在学校里面有课，现在正在上课期间，还有科研工作。今、明两天的会，占用了大家周末休息时间。谢谢各位。

我想汇报三个问题。第一是古文献奖学金的设立和评审组工作的简短的回顾。这是因为现在的评委会成员中有几位是第一次参加这一工作，对历史情况了解得不是太多，我想做一个说明。第二是当前古文献人才培养面临的一个认识上的问题。第三是对评委的几点希望。

第一是古文献奖学金的设立和评审组工作的简短回顾。

古委会是1983年建立的，建立之后，在1984年到1986年逐渐地建立了三个工作小组。是在古委会主任周林同志领导下，配合古委会秘书长工作，因为古委会秘书长1983年还是章学新先生，后来是陈志尚先生，到了1986年才由我接任秘书长。这三个工作小组是在古委会主任领导下，和古委会秘书长相配合，进行工作的。这三个组，一个是项目评审组，负责科研项目评审；一个是人才培养组；一个是对外交流组。项目评审组，是由章培恒先生和董治安先生做召集人。人才培养组是由裘锡圭先生做召集人，裘锡圭先生和谁，我一下记不得了。对外交流组，是来新夏先生和许嘉璐先生做召集人。这三个组的工作，我记得人才培养组第一次会议是 1984 年 11 月，在上海的翔殷路蓝天宾馆开的。会上人才培养组讨论的就是古文献学的设置课程、教材，包括外语怎么对待。我记得在会上争论比较多，今天（贾）二强先生来了，黄永年先生是那个组的，黄先生是力主外语不要太强调。大家意见也不一样。这样从 1984 年至 1986 年，三年之内，这三个组就成型了。

这个奖学金的评审是从 1990 年开始的。刚才说到 1984 年组建人才培养工作组，这工作组前期的工作是教材、课程设置，包括像对外语的重视程度和要求有多高。随着情况的发展，到了 1990 年，特别是 1992 年、1994 年，我们发现古文献专业的本科生的培养、研究生的培养，都存在一些新的情况，很重要的是学的人、报的人比 80 年代相对少一点，而 90 年代这个时候报文学类专业，古代文学、现当代文学的比较多。或者说报现当代史的比较多，对待古的，特别是古文献，报的相对是少一点。同时也发现我们古文献专业在教学课程设置、教材和其他方面都存在一些问题，缺乏吸引力。所以在 1990 年开始，一直到 1994 年，几年的时间成型了一个想法。这个想法包括四点，我们称作四项措施。

第一项是对课程设置做调整，教材要编写。我记得我们当时是四个专业，对四个专业的课程设置做了统筹、商量，比如文字、音韵、训诂、目录、版本、校勘这六门课作为我们的基础课。这是经过古文献人才培养小组的反复商量，六门课应该作为一个重点基础课，而这六门课，建议是分别上，不是文字、音韵、训诂三门三个内容合成一门上，而是分成三门课上：文字学、音韵学、训诂学。因为过去像我1960年读书的时候，北京大学开的这个课是文字、音韵、训诂算一门，由魏建功先生讲，效果不如分开讲好。还有教材。我记得裘锡圭先生和杨忠先生你们两位编的就是那时候起步的，编了一套教材。今天在座的有些老师参加了，方一新先生参加了，我记得张涌泉先生也参加了，还有几位参加编写了这个教材。这是第一项措施。

第二项是设立奖学金，提高学生学习的积极性和古文献专业的吸引力。因为当时各高校的各类奖学金逐步设立，但是总体上看，设立的种类还不像今天这样多，另外奖学金的数额也不大。我们当时那个数额，还算是比较高的、有吸引力的。

第三项是加强电脑的学习，并且为当时的四个专业设置了机房。我记得是每个专业投入10万元。那就是上海师大、南京师大、北京大学、浙江大学，目的是学生不光能够阅读古文献，还能够运用电脑，同时用电脑来探索古文献的数字化问题，也便于将来找工作。

第四项是加强外语的学习。当时提出来外语教学本科生达到四级就可以了，后来建议四个专业的本科生能够达到六级。这个落实的情况也有不一样的，有落实得比较好的，有的重视不够。

四项措施中第二项是设立奖学金，就要建立一个奖学金评审委员会，因此就给原来的古委会的人才培养组增加了一项工作。在这个组原来的基础上做了一点人员的调整，作为奖学金的评委会，或者说评审组。古文献奖学金的历届评委，召集人是裘锡圭先生，后来有黄天骥、曾枣庄、严佐之几位先生，再后来是陈广宏、方一新、赵伯雄、赵生群、周国林各位先生，都做过召集人。还有几位先生，是里面发挥作用比较大的，像黄永年先生、祝鸿熹先生等。这个评委会建立之后，大家都比较自律，当然也发生过一些情况，我们在第三个问题中再谈。

这个评委会建立之后，工作相当有成效，历届评出来的学生，我们今天回过头来看，该评哪些人，总体上把握得比较准确。当时评为一等奖、二等奖、三等奖的，今天有些是相当有名的学者了，有的还是长江学者。我举几个例子，像1990年第一届，获得二等奖的是刘钊，现在刘钊先生已经是复旦大学教授、博导，还是裘锡圭先生那里的古文字和出土文献研究中心主任了；获得三等奖的是乔治忠，是南开大学的，乔先生现在也是很知名的学者了。1992年第二届，获得一等奖的是王云路，现在是全国著名学者，浙大古籍研究所所长，也是长江学者；获得二等奖的是廖名春，现在廖先生是清华大学教授，也是研究经学方面相当有名的专家了；获得三等奖的是邵毅平，现在是复旦大学教授，是位有真才实学的学者。1994年第三届，获得一等奖的是林家骊，当时杭州大学的，现在林先生是浙江树人大学的教授、院长。第四届，1996年，一等奖空缺；二等奖黄德宽，后来黄先生是著名的古文字学家，安徽大学的校长，安徽省文史馆馆长；三等奖有王德保，现在是南昌大学的古籍所长。第五届，1998年，获得二等奖的有宫云维，原来浙大的，现在是浙江工商大学教授；这一年获得三等奖的张玉春，后来是暨南大学的教授、所长。包括像第六届，2000年，一等奖是陈剑，现在是复旦大学教授；二等奖王承略，是山东大学的知名教授；三等奖冯胜君，现在已经是吉林大学教授、所长、长江学者，也是这次奖学金的评委。像第七届，2002 年，一等奖是董珊，我昨天才知道董珊先生还在北大，在考古系。第八届，2004 年，一等奖是李若晖；二等奖有许全胜，在复旦文史研究院；还有王锷，那时候是西北师大的学生，现在已经是南师的博士生导师、教授了；还有王华宝，是南京师大原来的学生，现在是东南大学的教授，知名学者。这样一些学者是前面几届评的，后面历届的有些比较年轻的还在成长和发展之中。包括今天在座的，像吴国武老师，是作为硕士生，第五届 1998 年被评为二等奖的。我粗粗翻了一下。还有华东师大的顾宏义先生，那是 1990 年获得三等奖的；东北师大的李德山先生也是 1990 年获得三等奖的。所以从这个名单我们就能看出来，这些年古文献奖学金的评审组，或者说评委会，所做的工作，卓有成效。

这是我汇报的第一个问题，对古文献奖学金的设立和评审组工作进行了简短的回顾。

第二是当前古文献人才培养面临的一个认识上的问题。

前两个月，新华社北京分社有两个记者找古委会，说是了解到古籍整理领域里有人才匮乏、青黄不接的问题。

他们来后，是杨忠先生和我同他们谈的，才搞清楚是在《儒藏》工作的一位老先生，谈到《儒藏》工作的时候，有一个看法，觉得目前缺乏古籍整理的人才，特别像 80 年代以前那种青黄不接、后继乏人的情况。那天我和杨先生跟两位记者谈了我们的想法。我们说，我们的看法和这位老先生有些不太一样，现在不是后继乏人、青黄不接，至少在数量上不是这

样。因为从 80 年代到今天，经过了 30 年的努力，或者说 30
多年的努力，古籍整理人才在数量上并不少。因为从事古籍整
理这个工作本身并不需要大量的人才，它可以培养大量的人
才，但是从事这项工作的，相对来说还是少数。比如说你可以
培养 100 个人，只有 30 个人做古籍整理工作，也可以，另外
70 个人做别的工作，他们已经打下了古文献的基础，可以做
相关的工作。但是无论如何，从目前古籍整理的人才培养方面
看，和 80 年代青黄不接、人才匮乏的状况不可同日而语，倒
是应该提高我们现有的学生培养的水平和质量，老师的教学质
量也须再提高，使我们学校的课程设置、教学质量、学生能
力，更适应将来走向社会，在社会上工作，可能主要问题在
这，我们和老先生看法的侧重点还是不一样的。

由此我们想到几个问题，就是我们目前古籍整理的人才培
养工作，到底是什么状态？是不是人才匮乏、青黄不接？如果
不是这样，我们的工作重点该放在哪？我们也议论过这个问
题。所以今天正好我们这个奖学金评审组开会，也是过去的人
才培养工作组，如果有机会，也请大家议论一下，发表各自的
意见。由于这个问题的出现，我们也留意到，不光是我们五个
专业培养本科生，各个研究所培养硕士生、博士生，同时其他
的专业，比如古代文学的、历史的、古代史的、古代思想史的，
也在培养相关的人才，这其中也有一部分人古文献的功底是扎
实的。另外像我了解到的，新闻出版系统，从事古文献、古籍
整理出版的这些出版社，也在提高古籍编辑的业务水平。国家
新闻出版广电总局每年都要举办一到两次包括初级班、中级班、
高级班的培训班。在座的像杜泽逊先生、程章灿先生就给他们

讲过课，还有几位都给他们讲过。这也是一种在岗位上的提高。

不管什么原因，总是给我们提出一个问题，就是需要我们能够看到我们在人才培养方面还有不少工作要做，也算是见微知著、未雨绸缪吧，需要加强人才培养工作。比如我们的课程设置，是不是还需要有些调整，包括讲课的老师。我所在的北京大学，我多年来觉得，我们讲课的老师，不像过去的老师。我们的老师魏建功先生、阴法鲁先生这样的老师讲的课，包括后来的，比如金开诚先生、孙钦善先生、倪其心先生，和今天年轻一辈的老师上课，有一些差异。换句话说，我们今天承担这些课的，无论是文字、音韵、训诂、目录、版本、校勘，还是其他的课，包括教古代汉语的——古代汉语现在北大中文系是由古汉语教研室来教了，不是古文献自己教——那无论是哪一门课，都还有提高的必要，老师的水平也有提高的必要。所以课程设置、教学人员水平、教材的建设，还有我们奖学金的力度，都有提高的余地。今年我们古委会秘书处能做的事，古委会能做的事，就是把奖金的力度提高，其他的工作需要大家来行动，需要大家一起商量之后看看我们能做什么。

这是我认为目前古文献人才培养面临的认识上的问题，即如何估价我们现在人才培养的状态、水平。

第三是对评委的一点希望。

我看这个奖学金的评奖条例，对评委没有特别的要求，基本上是说全面公正地评议，用无记名投票的方式来选出，别的没有更多的提出。古委会的另一个工作组，评审科研课题的项目评审组是因为历年有各种情况，现在那个条例上对评委的要求稍稍具体一点。我想借这个机会谈我自己的一点想法。

明代学者陈继儒讲过这样一句话："汉人取吏，曰'廉平不苟'，平则能在其中矣。"我觉得这个"廉平不苟"不光是汉代人取官吏的标准，历代都应该是这样，包括我们做一点事，恐怕也是这样。首先是一个"廉"，廉既包含自己的廉洁，也包含我们评审组评委评审别人要廉洁，就是说不为小团体打算，不为自己本单位无原则地争利益，重点是在这个问题上廉。"平"，是公平。这个平既有为人的问题，也有能力的问题。处事能平，则德才俱见，这是我自己的一个体会。凡是处事能做到平的，既有德又有才。你看一个人在一个地方处事不平，摆不平，自己也呆不稳、处不好，一定是德才有问题，所以处事能平，是德才俱见的。另外就是"不苟"。我想这个不苟跟廉有点关系，我个人体会，有些清官自己比较廉，对别人也比较严。所以陈继儒特别提到"廉平不苟"，"不苟"就是补充说明"廉"和"平"的。我想我们这里不苟，就是严格里面有我们的宽度，在原则里面有我们的灵活性，对年轻人、对学生要支持，要真诚。我想这是一个希望，也是一个标准：我们每个人都要抱着"廉平不苟"的态度。

另外我建议大家能够留意到，在讨论的过程和整个工作的过程中，不制造是非，不传播是非。大家共事，你们11位，包括我们，要友善相处。大家善心是都会有，不会想我要对着某位先生，要干他一下，不会这样。但是在有些事情上，当时讨论的时候可能会面红耳赤，这个也还要留意一下分寸。我对我本单位的学生要更了解一些，说话多一点，你为另外的人，也许不是你单位的，更了解一些，说话多一些，这都是正常的。但是能有一个全局，能有一个同事之间彼此的尊重、沟通。

我觉得对学生也要善待，既是对学生的一种严格要求，又是对学生的一份爱护，其实总的出发点是爱护。我想应该抱着这样一种态度来做这个事。

还有就是对不同学校的学生，我想应该一视同仁。说这个话也是有一点针对性的。我们是公平、公正的，古委会是一个全国性的机构，它首先是为全国服务，不是偏着专门给某一个学校服务，应该有一个全局的观念。这是第三点，我想提这么一点想法，一点希望。

我们现在的评委的组成，刚才杨忠先生说了，首先是五个专业的，现在是采取五个专业的负责人参加的方式。我们有的时候不一定是负责人，比如过去我们评委里有时候是倪其心先生，有时候是孙钦善先生，都是北大古典文献专业的老师，但不一定是专业主任，原来倪其心先生是担任专业主任的。所以说可能是专业主任，也可能不是专业主任，今后也可能会有这样的情况。但我们最近这几年采取的办法都是五个专业的专业主任参加评审，另外吸收了其他一些所的人。哪些所的人参加，有秘书处的掂量和考虑，比如说考虑地区问题，学科问题，细小的小学科的问题。比如说（方）一新先生偏重语言方面，（陈）广宏先生偏重文学方面，这样的一些考虑；当然也兼顾到年龄，年纪太大，来了就比较吃力了，就没有再请，有各种原因。

但是要说明一点，不是说我今天代表我这个学校做评委，我不做了，我这个学校或研究机构就必须还要有第二个，有下一个接替我的。这不是世袭，不是一代一代相传的。我过去在80年代举过这个例子，是一个很好的学习榜样。四川大学在

1983年的时候，古籍所所长是杨明照先生，常务副所长是胡昭曦先生。胡昭曦先生是研究宋史很有名的专家。胡昭曦先生到了1985年，工作调动，做研究生院院长去了，兼图书馆馆长。他就给我们写了封信，说他已经工作调动了，新的主持日常工作的副所长是曾枣庄先生了，他说：我知道，并不是四川大学必然有一个古委会委员，——因为胡昭曦先生当时是第一届古委会委员——第二届换届，如果可能的话，我推荐曾枣庄先生为古委会委员。我曾几次在古委会会议上举例，说胡昭曦先生的观点非常稳妥，他明白地讲了，不一定是四川大学必须有一个古委会委员，但是我工作调动了，走了，为了工作方便，如果古委会还考虑在川大要有一个委员的话，我建议由曾枣庄先生来担任。

我想各位来，你既代表本单位，又不代表本单位。所谓代表本单位，你从所在单位出来，和大家在这里工作，你那里还有学生申报，你怎么能不代表本单位呢？请你们来，也是因为你们了解情况，比如五个专业的主任来，也是因为你们了解五个专业的学生情况，你们便于介绍。所以从这个角度说，你代表本单位。所谓又不代表本单位，是因为到这里来以后大家组成了一个小组，一个评委会，应该站在这个小组或者评委会的立场上来统筹全局地考虑问题，而不是从个人出发、从本单位出发、从小团体出发，而是从全局出发。我想这是一个辩证关系。有的时候你要代表本单位来介绍情况，平衡、权衡利弊的时候，则要站在全局的角度来做决定。当然，能够不给这些同志出难题的时候，我们尽量不出难题。你来了以后，弄得自己都不好回去交代，也不妥。所以我刚才讲到，我们对年轻人、对学生，是支持的，是真诚的，因为奖学金嘛，要支持大家，这是我们的一个基本目的。

这是我说的第三点，对评委的一点希望。谢谢各位！

（根据录音整理，本人有删节）

附：中国古文献学奖学金第一至十六届获奖名单

博士生

届次/年度	奖项	姓名	所在单位
一 1990 年	一	空　缺	
	二	刘　钊	吉林大学
	三	乔治忠	南开大学
二 1992 年	一	王云路	杭州大学
	二	廖名春	吉林大学
	三	邵毅平	复旦大学
三 1994 年	一	林家骊	杭州大学
	二	空　缺	
	三	王　岚	北京大学
四 1996 年	一	空　缺	
	二	王素玲	吉林大学
		黄德宽	吉林大学
	三	王宏理	杭州大学
		王德保	北京大学
		陈　晓	杭州大学

届次/年度	奖项	姓名	所在单位
五 1998 年	一	空　缺	
	二	宫云维	浙江大学
		李无未	吉林大学
		李敏辞	北京大学
	三	白于蓝	吉林大学
		徐光星	杭州大学
		张玉春	北京大学
六 2000 年	一	陈　剑	北京大学
	二	王承略	山东大学
		李润强	浙江大学
	三	冯胜君	吉林大学
		王德华	浙江大学
		陈业新	武汉大学
七 2002 年	一	董　珊	北京大学
	二	空　缺	
	三	李畅然	北京大学
		张诒三	浙江大学
		何华珍	浙江大学
		王文晖	复旦大学
		杜海军	华东师范大学
八 2004 年	一	李若晖	北京大学
	二	许全胜	华东师范大学
		王　锷	西北师范大学
		王华宝	南京师范大学

届次/年度	奖项	姓名	所在单位
八 2004 年	三	杨洪升	南京大学
		韦东超	华中师范大学
		陈文源	暨南大学
		江 林	浙江大学
		邓声国	山东大学
		张富海	北京大学
九 2006 年	一	刘 蔷	北京大学
	二	李冬梅	四川大学
		许 刚	华中师范大学
		丁延峰	南京大学
		邱进春	浙江大学
		曾 丹	浙江大学
	三	王小婷	北京大学
		史丽君	北京师范大学
		吴冠文	复旦大学
		程水龙	华东师范大学
		蒋玉斌	吉林大学
		颜小华	暨南大学
		于淑健	南京师范大学
		王雪玲	陕西师范大学
		杜志强	西北师范大学

届次/年度	奖项	姓名	所在单位
十 2008 年	一	空　缺	
	二	潘　斌	四川大学
		姜海军	北京大学
		罗　鹭	南京大学
		周录祥	南京师范大学
		陈　玺	陕西师范大学
		叶　晔	复旦大学
	三	刘兴淑	四川大学
		刘硕伟	山东大学
		孙德华	吉林大学
		肖海燕	华中师范大学
		吉文斌	华东师范大学
		张新朋	浙江大学
		吴　欣	浙江大学
		关瑾华	中山大学
		胡海义	暨南大学
十一 2010 年	一	苏　芃	南京师范大学
	二	刘洪涛	北京大学
		李　军	复旦大学
		涂耀威	华中师范大学
		单育辰	吉林大学
		张　磊	浙江大学

届次/年度	奖项	姓名	所在单位
十一 2010 年	三	马　昕	北京大学
		陈文龙	北京大学
		袁　敏	北京师范大学
		刘平中	四川大学
		孙　刚	吉林大学
		赵阳阳	南京大学
		刘万华	上海师范大学
		杨荫冲	武汉大学
		李　发	西南大学
		李淑燕	山东大学
十二 2012 年	一	张　文	北京大学
	二	汤志波	复旦大学
		李春桃	吉林大学
		鄢国盛	南开大学
		王华权	上海师范大学
		秦桦林	浙江大学
	三	马　昕	北京大学
		施贤明	北京师范大学
		仇利萍	四川大学
		杨勇军	华东师范大学
		陈冬冬	华中师范大学
		赵庶洋	南京大学
		郭万青	南京师范大学

届次/年度	奖项	姓名	所在单位
十二 2012 年	三	陈锦春	山东大学
		和继全	西南大学
		王宣标	中山大学
十三 2014 年	一	郭桂坤	北京大学
		吴 柱	华中师范大学
	二	都轶伦	北京大学
		王传龙	北京大学
		李开升	复旦大学
		白军鹏	吉林大学
		孙晓磊	南京师范大学
		黄芷清	浙江大学
	三	杜春雷	北京师范大学
		张 卉	四川大学
		李轶伦	南京大学
		何 灿	山东大学
		贾灿灿	上海师范大学
		李广宽	武汉大学
		王燕飞	西北师范大学
		马克冬	西南大学
		赵铁锌	中山大学
十四 2016 年	一	苗润博	北京大学
		赵庆淼	南开大学
	二	张学谦	北京大学
		朱家英	复旦大学

届次/年度	奖项	姓名	所在单位
十四 2016 年	二	许超杰	华东师范大学
		王凯博	吉林大学
		李振聚	山东大学
		唐　宸	浙江大学
	三	田卫卫	北京大学
		李寒光	北京大学
		林振岳	复旦大学
		谢炳军	暨南大学
		王志勇	南京师范大学
		赵成杰	南京大学
		张　云	山东大学
		潘牧天	上海师范大学
		高　魏	西南大学
十五 2018 年	一	沈　琛	北京大学
	二	高虹飞	北京大学
		林振岳	复旦大学
		连先用	吉林大学
		井　超	南京师范大学
		姚文昌	山东大学
		罗慕君	浙江大学
		徐巧越	中山大学
	三	李　昀	北京大学
		许起山	华东师范大学
		张　婷	华中师范大学

届次/年度	奖项	姓名	所在单位
十五 2018年	三	陈柳晶	暨南大学
		翟新明	南京大学
		郭超颖	山东大学
		刘森垚	陕西师范大学
		周艳涛	西南大学
十六 2020年	一	杜以恒	北京大学
		樊 宁	武汉大学
	二	徐维焱	北京大学
		章莎菲	北京大学
		王贞贞	四川大学
		林杰祥	中山大学
		赵江红	浙江大学
		孙利政	南京大学
		侯 婕	南京师范大学
	三	徐隆垚	复旦大学
		翟士航	华中师范大学
		高 亮	山东大学
		王博凯	湖南大学
		黄学涛	暨南大学
		张韶光	吉林大学
		许子潇	吉林大学
		孙昌麒麟	上海师范大学

硕士生

届次/年度	奖项	姓名	所在单位
一 1990年	一	空　缺	
	二	王承略	山东大学
	三	李德山	东北师范大学
		卢新宁	北京大学
		顾宏义	华东师范大学
		孙智昌	北京师范大学
		王七一	陕西师范大学
二 1992年	一	空　缺	
	二	胡长青	山东大学
		陈晓兰	北京大学
	三	杨海峥	北京大学
		张小乐	山东大学
		陈晓	杭州大学
三 1994年	一	刘宁	北京大学
	二	尚秀妍	北京大学
	三	柳明晔	杭州大学
		杨蓉晖	上海师范大学
		李士彪	山东大学
四 1996年	一	空　缺	
	二	董珊	吉林大学
		戴莹	北京大学
	三	陈年福	西南师范大学
		郝继东	东北师范大学
		杨国明	上海师范大学
		于博文	北京大学

届次/年度	奖项	姓名	所在单位
五 1998 年	一	空　缺	
	二	祝建平	上海师范大学
		杨新勋	北京师范大学
		沈　林	西南师范大学
		吴国武	北京大学
	三	李成甲	陕西师范大学
		王鸿雁	南开大学
		黄安靖	华东师范大学
		魏　鸿	北京师范大学
		王小红	四川联合大学
六 2000 年	一	谷　建	北京大学
	二	甘　露	西南师范大学
		李二民	北京大学
		胡新华	武汉大学
	三	李伟平	华东师范大学
		陈美慧	南开大学
		潘艺蓉	上海师范大学
		杨　阳	西南师范大学
		罗　绛	北京大学
七 2002 年	一	空　缺	
	二	张富海	北京大学
		李峻岫	北京大学
		朱大星	浙江大学

届次/年度	奖项	姓名	所在单位
七 2002 年	三	周焕卿	西北师范大学
		李勤合	华中师范大学
		王仕举	华东师范大学
		马 燕	南京大学
		叶 菲	浙江大学
八 2004 年	一	空 缺	
	二	彭 蕙	暨南大学
		吴建伟	华东师范大学
		沈薇薇	东北师范大学
		王利伟	四川大学
		李 莉	西北师范大学
		王小婷	山东大学
	三	潘小丽	武汉大学
		魏申申	南京大学
		王春阳	华中师范大学
		王 晴	浙江大学
		葛春蕃	复旦大学
		张 伟	南开大学
		赵彦昌	吉林大学
		刘小琴	北京大学
		吴 洋	北京大学
		戎辉兵	南京师范大学

届次/年度	奖项	姓名	所在单位
九 2006 年	一	包菊香	北京大学
	二	霞绍晖	四川大学
		韩　进	复旦大学
		余　艳	华东师范大学
		田　君	华中师范大学
		毕慧玉	上海师范大学
		章红梅	西南大学
		李吉光	北京师范大学
	三	都惜青	吉林大学
		唐　英	暨南大学
		杨光皎	南京大学
		马丽丽	南开大学
		王　勇	南京师范大学
		李志杰	陕西师范大学
		雷红英	武汉大学
		王　璐	西北师范大学
		曾　波	浙江大学
十 2008 年	一	樊　波	陕西师范大学
	二	刘炳瑞	北京师范大学
		刘洪涛	北京大学
		金　玲	北京大学
		詹　勇	四川大学
		江　曦	山东大学
		史振卿	华中师范大学

届次/年度	奖项	姓名	所在单位
十 2008 年	二	金少华	浙江大学
	三	陈恒舒	北京大学
		刘 丽	上海师范大学
		杨爱军	西北师范大学
		刘新民	西南大学
		鄢国盛	南开大学
		李 军	南京师范大学
		陈道文	复旦大学
		胡雪莉	浙江大学
		刘清华	暨南大学
十一 2010 年	一	秦桦林	浙江大学
	二	杜 羽	北京大学
		黄 政	北京大学
		王振华	北京师范大学
		陈冬冬	华中师范大学
		杨清虎	陕西师范大学
		李丽静	上海师范大学
		白小丽	西南大学
	三	聂溦萌	北京大学
		施贤明	北京师范大学
		华 蕾	复旦大学
		霍丽丽	华东师范大学
		崔 娟	暨南大学
		宋金华	南京师范大学

届次/年度	奖项	姓名	所在单位
十一 2010 年	三	王燕飞	西北师范大学
		陈杏留	西南大学
		宁莉莉	山东大学
十二 2012 年	一	潘牧天	上海师范大学
	二	潘妍艳	北京大学
		于洪涛	吉林大学
		赵永磊	南开大学
		张崇依	南京师范大学
		李振聚	山东大学
		罗　志	陕西师范大学
		潘　超	浙江大学
	三	罗　琴	北京师范大学
		赵成杰	东北师范大学
		汪舒旋	四川大学
		蔡燕梅	复旦大学
		尉侯凯	华中师范大学
		周　敏	南京大学
		赵庆淼	南开大学
		瞿林江	南京师范大学
		郭洪义	西南大学
十三 2014 年	一	侯印国	南京大学
		虞思徵	上海师范大学
	二	韦胤宗	北京大学
		关鹏飞	北京师范大学

届次/年度	奖项	姓名	所在单位
十三 2014 年	二	马　琛	四川大学
		林振岳	复旦大学
		王晓娟	山东大学
		沈　畅	西北师范大学
	三	张　婷	华中师范大学
		赵　凯	吉林大学
		杨大卫	暨南大学
		刘　洋	南京大学
		郭超颖	南京师范大学
		张晓永	陕西师范大学
		丁雅诵	武汉大学
		谢　坤	西南大学
		周丹杰	中山大学
十四 2016 年	一	李　科	北京大学
	二	文若暄	北京大学
		周　赫	东北师范大学
		王江鹏	吉林大学
		来亚文	上海师范大学
		朱明数	武汉大学
		王忠培	浙江大学
		斯　维	中山大学
	三	魏　磊	北京师范大学
		赵　星	华中师范大学
		李贞光	吉林大学

届次/年度	奖项	姓名	所在单位
十四 2016年	三	刘晓宁	暨南大学
		林 婧	南京大学
		潘素雅	山东大学
		陈 耕	陕西师范大学
		许超雄	上海师范大学
		刘伟真	西南大学
十五 2018年	一	高树伟	北京大学
		赵兵兵	山东大学
	二	张 彧	北京大学
		华鑫文	北京师范大学
		吴泽文	暨南大学
		王少帅	南京师范大学
		孙利政	南京师范大学
		王金英	浙江大学
	三	张超凡	华中师范大学
		李 兵	山东大学
		王霁钰	陕西师范大学
		赵耀文	上海师范大学
		马明宗	四川大学
		胡游杭	四川大学
		杨 熠	西南大学
		欧 佳	西南大学
		詹嘉玲	中山大学

届次/年度	奖项	姓名	所在单位
十六 2020 年	一	张鸿鸣	北京大学
		杨胜祥	山东大学
	二	邵莘越	四川大学
		项泽仁	中国政法大学
		雷 军	浙江大学
		涂 亮	南京大学
		孟 娇	吉林大学
		付永杰	华中师范大学
	三	胥纯潇	北京大学
		孙云霄	山东大学
		张 平	陕西师范大学
		黄程伟	西南大学
		郑嘉靖	中山大学
		吴凌杰	上海师范大学
		栾 鑫	华东师范大学
		刘 铭	南京师范大学
		叶玮松	西北师范大学

本科生

届次/年度	奖项	姓名	所在单位
一 1990 年	一	刘 宁	北京大学
	二	张 爽	杭州大学
		顾永新	北京大学
		庞剑峰	南京师范大学

届次/年度	奖项	姓名	所在单位
一 1990年	三	徐　进	北京大学
		徐　萍	南京师范大学
		丁　斌	南京师范大学
		柳明晔	杭州大学
二 1992年	一	空　缺	
	二	伍　皓	北京大学
		胡必强	南京师范大学
		许　铭	上海师范大学
	三	徐　昕	南京师范大学
		戴　萤	南京师范大学
		戴海峰	北京大学
		李海燕	北京大学
		竺嘉政	上海师范大学
三 1994年	一	张长桂	南京师范大学
	二	王海燕	上海师范大学
		钱群英	杭州大学
	三	李　菁	北京大学
		杨玲莉	北京大学
		李震宇	上海师范大学
		涂家飞	南京师范大学
		姚　杰	杭州大学
		许　铭	上海师范大学
		张国平	南京师范大学

届次/年度	奖项	姓名	所在单位
四 1996 年	一	李　菁	北京大学
	二	涂家飞	南京师范大学
		林　凡	北京大学
		潘艺蓉	上海师范大学
		陈　蕾	杭州大学
		陈巧媚	北京大学
	三	韩怡勤	上海师范大学
		戎辉兵	南京师范大学
		孙　琦	上海师范大学
		魏　嘉	杭州大学
		朱旭恒	杭州大学
		陈　静	南京师范大学
		马月华	北京大学
		李二民	北京大学
五 1998 年	一	空　缺	
	二	李二民	北京大学
		乐　怡	上海师范大学
		金素芳	杭州大学
		黎广基	南京师范大学
		徐　鹏	北京大学
		丁玉祥	南京师范大学
	三	薄　茹	北京大学
		刘　汾	上海师范大学
		孟滢滢	上海师范大学

届次/年度	奖项	姓名	所在单位
五 1998 年	三	马月华	北京大学
		黄　芳	杭州大学
		杨　波	南京师范大学
		叶纪勇	杭州大学
六 2000 年	一	黎广基	南京师范大学
	二	夏凌霞	南京师范大学
		刘　勇	浙江大学
		赵晓斌	浙江大学
		王　剑	上海师范大学
	三	筶珪如	南京师范大学
		吴冰妮	北京大学
		周美勤	浙江大学
		王杏林	浙江大学
		孟滢滢	上海师范大学
		孙　励	上海师范大学
		丁晓珉	南京师范大学
		丁　元	北京大学
		薄　茹	北京大学
七 2002 年	一	空　缺	
	二	汤鸣鸿	南京师范大学
		刘小琴	北京大学
		陈舟楫	浙江大学
		杨英姿	上海师范大学
	三	孙婷婷	南京师范大学

届次/年度	奖项	姓名	所在单位
七 2002 年	三	程大炜	南京师范大学
		辛晓娟	北京大学
		程佳羽	北京大学
		曾　波	浙江大学
		赵　庸	浙江大学
		冯凌蓉	上海师范大学
		陆醒薇	上海师范大学
		王雅婷	上海师范大学
		笪珪如	南京师范大学
八 2004 年	一	空　缺	
	二	刘旭锦	浙江大学
		瞿菊玲	上海师范大学
		王　靓	上海师范大学
		徐丽文	北京大学
		薛　燕	南京师范大学
		李灵洁	南京师范大学
	三	李玲玲	浙江大学
		焦　磊	浙江大学
		王海英	上海师范大学
		刘　宇	上海师范大学
		张逸临	北京大学
		田　天	北京大学
		曹　凯	南京师范大学
		储海燕	南京师范大学

届次/年度	奖项	姓名	所在单位
九 2006 年	一	张月红	南京师范大学
	二	王旭东	北京大学
		李 博	南京师范大学
		田由甲	上海师范大学
		曹 苑	上海师范大学
		周玉瑶	浙江大学
		来敏毓	浙江大学
	三	袁 媛	北京大学
		乔 攀	北京大学
		刘 慧	南京师范大学
		石珍叶	南京师范大学
		石继承	南京师范大学
		王 哲	上海师范大学
		李丽静	上海师范大学
		胡嘉芝	上海师范大学
		盛林忠	浙江大学
		李月嬿	浙江大学
十 2008 年	一	方 姗	上海师范大学
	二	张心远	北京大学
		王耐刚	北京大学
		路 伟	南京师范大学
		路修远	南京师范大学
		张 艳	浙江大学
		王 勇	浙江大学

届次/年度	奖项	姓名	所在单位
十 2008 年	三	季文婷	上海师范大学
		季怡菁	上海师范大学
		王燕红	上海师范大学
		虞俊洁	上海师范大学
		陈 思	北京大学
		徐奉先	北京大学
		曹 鑫	南京师范大学
		樊 瑢	南京师范大学
		金灿灿	浙江大学
		叶敏佳	浙江大学
十一 2010 年	一	空 缺	
	二	赵 昱	北京大学
		董岑仕	北京大学
		张学谦	南京师范大学
		张沛林	南京师范大学
		朱韵洁	上海师范大学
		顾毓敏	上海师范大学
		张雯雯	浙江大学
		李 姣	浙江大学
	三	蒋仁正	北京大学
		仝十一妹	北京大学
		高中正	南京师范大学
		宋雨婷	南京师范大学
		臧永杰	南京师范大学

届次/年度	奖项	姓名	所在单位
十一 2010 年	三	骆芸婷	上海师范大学
		黄丹艺	上海师范大学
		赵 珏	上海师范大学
		邵琪恩	上海师范大学
		李 妍	浙江大学
		田 野	浙江大学
十二 2012 年	一	李林芳	北京大学
	二	申金贤	北京大学
		李冬阳	南京师范大学
		崔 璨	南京师范大学
		庄 妤	上海师范大学
		谢菁菁	上海师范大学
		薛世良	浙江大学
		曾广敏	浙江大学
	三	杨 祎	北京大学
		赵君楠	北京大学
		王红梅	南京师范大学
		彭纬璇	南京师范大学
		陈诗懿	南京师范大学
		吴博文	上海师范大学
		王 立	上海师范大学
		李轶川	上海师范大学
		沈息兰	上海师范大学
		胡凌燕	浙江大学

届次/年度	奖项	姓名	所在单位
十三 2014 年	一	王诗雨	北京大学
		董方奇	上海师范大学
	二	庞若愚	北京大学
		王 建	南京师范大学
		侯 婕	南京师范大学
		向晓露	陕西师范大学
		胡晨光	陕西师范大学
		张峥毅	上海师范大学
		虞越溪	浙江大学
		刘 佳	浙江大学
	三	高虹飞	北京大学
		李凌云	北京大学
		翟迈云	南京师范大学
		张佳梅	南京师范大学
		王雨非	南京师范大学
		王思桐	陕西师范大学
		高 星	陕西师范大学
		石冰洁	上海师范大学
		任建行	上海师范大学
		胡晶晶	上海师范大学
		戚圆圆	浙江大学
		林青荻	浙江大学
十四 2016 年	一	章莎菲	北京大学
		计小豪	南京师范大学

届次/年度	奖项	姓名	所在单位
十四 2016 年	二	张鹤天	北京大学
		王　元	南京师范大学
		王孟飞	陕西师范大学
		李驳絭	陕西师范大学
		林雅馨	上海师范大学
		费嘉懿	上海师范大学
		吴　晶	浙江大学
		李思颖	浙江大学
	三	周昕晖	北京大学
		陈　珊	北京大学
		王雨非	南京师范大学
		陈　筱	南京师范大学
		吕秀青	南京师范大学
		孙延政	陕西师范大学
		孟念慈	陕西师范大学
		周　璇	上海师范大学
		方毓琦	上海师范大学
		周其力	上海师范大学
		张　尧	浙江大学
		金　龙	浙江大学
十五 2018 年	一	王可心	北京大学
		徐新源	上海师范大学
	二	刘晓晗	北京大学
		赵之劼	南京师范大学

届次/年度	奖项	姓名	所在单位
十五 2018 年	二	丁　晨	南京师范大学
		姬　越	陕西师范大学
		郭娴怡	陕西师范大学
		李怡静	上海师范大学
		吴培栋	上海师范大学
		李泽栋	浙江大学
		于冰清	浙江大学
	三	张　帆	北京大学
		李子卓	北京大学
		陈纬宇	南京师范大学
		何　淼	南京师范大学
		黄雨晨	南京师范大学
		孟念慈	陕西师范大学
		刘海杰	陕西师范大学
		高嘉彤	陕西师范大学
		江　雪	上海师范大学
		邓逸平	上海师范大学
		黄　璟	浙江大学
		殷　可	浙江大学
十六 2020 年	一	王　翊	北京大学
		张子璇	南京师范大学
	二	王精松	北京大学
		田新洲	南京师范大学

届次/年度	奖项	姓名	所在单位
十六 2020年	二	王子铭	南京师范大学
		刘海杰	陕西师范大学
		杨　帆	陕西师范大学
		翁　源	上海师范大学
		唐逸轩	上海师范大学
		朱元颜	浙江大学
		闫方舟	浙江大学
	三	刘瑗碧	北京大学
		周琪媛	南京师范大学
		谢　颖	南京师范大学
		谢珂瑶	陕西师范大学
		郑伟凤	陕西师范大学
		丁　朵	陕西师范大学
		陈思颖	上海师范大学
		王海云	上海师范大学
		王运欣	上海师范大学
		姚伊蔚	上海师范大学
		乐　靓	浙江大学
		李妍舒	浙江大学

在全国高校古籍整理与文献学学科建设学术研讨会开幕式上的发言

2018-10-11　成都

　　大家上午好！谢谢晏校长刚刚作的真诚而又简明的欢迎词。这次会议是全国古籍整理与古文献学科建设的研讨会。这个会议的缘起是在一年多以前，由舒大刚先生提出来，四川大学想举办一次关于文献学的学术研讨会，他到北京与我们高校古委会的同行商量这件事，我们觉得非常必要，很支持。这是因为，高校古委会系统的各个研究所，各个古典文献专业，已经有很久没有聚在一起开会了。有这样的机会，大家在一起对古文献学、古籍的整理和研究作进一步的探讨和商量，十分必要。同时，近10年来古籍整理和学科建设的发展，也需要我们坐在一起商量今后会遇到的一些问题。我们和四川大学古籍研究所一起来开这个会，这次是劳烦四川大学古籍所的各位同仁，从所长舒大刚先生、副所长尹波先生，一直到在座的各位。王小红老师工作非常细致，我们从会议手册的制作就看到，连成都这几天的天气预报都列入手册了，见微知著，我们从中可以看到川大古籍所承办这次会议的细致和周到。所以我想借这个机会，感谢四川大学古籍所参加本次会务工作的每一位老师和研究生，谢谢你们！

刚才说到这次会议的主题，我们现在写的是"全国高校古籍整理与文献学学科建设学术研讨会"，实际上涉及的还不仅仅是高校的古籍整理和研究工作，而是全国范围的，也涉及整个国内文献学学科的建设。为什么这样说？这是因为最近十几年来，古籍整理事业的发展出现了一些新的情况。20世纪50年代，从1958年开始，我们国家只有一个古籍研究的组织协调机构——国务院古籍整理出版规划小组。但是到了80年代，1981年中共中央37号文件下达以后，国家恢复了国务院古籍整理出版规划小组的工作（因为"文革"中间，该机构工作已经停止）；同时，1983年在教育部建立了高校古委会。这样一来，我国在80年代就有两个机构来协调组织全国的古籍整理研究工作，同时又协调全国古典文献学的学科建设工作。到了21世纪，又增加了一个新的机构——即文化部系统国家古籍保护中心，来协调古籍的保护和收藏。从2007年建立至今11年，这个保护中心的工作也是有声有色。2015年，国家又成立了古籍保护协会。所以目前国内的古籍整理机构，就不仅仅是原来的国务院古籍整理出版规划小组——现在叫全国古籍整理出版规划领导小组，也不仅仅是教育部系统的全国高校古委会，还有文化部系统的古籍保护中心和古籍保护协会，它实际上是由三个部分组成。

这三个部分的主要工作，简单而言，就是古籍的收藏与保护、古籍的整理与研究、古籍的出版与规划。这三个部分，第一部分是古籍的收藏与保护，以图书馆为主，11年里，这方面的工作做得风生水起；第二部分是古籍的整理与研究，以高校为主，我们的工作做得是深入而坚实；第三部分是古籍的出版与规划，以出版社为主，工作也做得有声有色。这三个组成部分摆在我们面前，我们需要思考下一步应该怎么办？

我们首要思考的问题是：这三个部分的工作，应该建立一个协调机制。当然，这不是我们要做的，而是国家层面要做的。对我们高校系统来说，我们应该思考高校的古籍整理和研究工作如何在古籍收藏与保护的基础上更好地进行。如何在他们既有的成果基础上，深入地进行古籍的整理和研究，这是摆在我们面前的一个时代课题。同时，我们整理和研究的成果需要由出版社来出版，而且前期还要受到全国古籍整理出版规划领导小组的规划的影响，所以如何与古籍的规划和出版相衔接，这也成为我们需要思考的一个问题。

为此，我们应该加强高校古籍整理的自身工作。前面讲到的这三个部分的组成和发展，其实都涉及古籍整理与研究人才的培养。三个部分对人才培养的要求有共性，也有侧重点的不同，需要让我们高校培养的本科生、硕士生、博士生多参加实践工作，无论是图书馆的工作、出版社的工作，还是高校科研的工作，这样的实践都是至关重要的。这是将我们的学生把所学到的知识具体化、成熟化的一个过程，同时也通过这些实践，达到我们在学科上的整合，即应该考虑、建立统筹这三部分内容的中国古文献学学科。这个学科不仅仅是在自然发展的过程中存在，而且是能够更有目标的、更有明确思想的整合。那就是，给中国古文献学应有的学术地位，使其列入国务院学科分类的一级学科，成为中国文化的新发展里的一个重要组成部分，为中华文化的新发展打下根基，这也是我们这个会议应该探讨的问题。所以，我们这次会议叫"全国高校古籍整理与文献学学科建设学术研讨会"，一定要把文献学学科建设突出出来，作为里面一个重要的组成部分，这也正是这次会议的意义之一。

我们高校古委会联系的 20 家古籍整理研究所（主要培养研究生）、5 个古典文献专业（主要培养本科生）的负责人今天都到会了，尽管有几个机构因为各种各样的原因没有派人来参会，但今天与会人员也有 30 位左右，已经相当可观了。我们大家能够坐在一起进行一次探讨，这也是近年来难得的机会。当然，这也是一次初步的探讨，我们以后还会有更进一步的研讨和工作。

最后，我们应该用掌声再次感谢四川大学各位领导和四川大学古籍整理研究所的各位同仁。谢谢！

古籍整理事业需要一种精神

——在全国高校古籍整理与文献学学科建设学术研讨会闭幕式上的发言

2018 - 10 - 12　成都

刚才大刚建议，为四川大学古籍所的年轻人鼓掌，我也建议为舒大刚先生精彩的总结，报以热烈的掌声！古籍整理事业人才辈出。这次在成都开会，从整个办会的过程，看得出四川大学古籍所人才济济。而刚才舒大刚教授的一篇总结，精到，精要，精彩，也说明四川大学古籍所是人才济济。

由于时间有限，我在这里只想谈一点感想。舒大刚先生刚才总结说，本次会议既是一次学术研讨会，又是一次工作会议；既是一次老朋友叙旧的会，又是一次新朋友在一起、新老朋友相识相聚的会议。我想是这样的。同时，本次会议，也是对年轻人进行培养的一次会议，还是高校古籍整理工作下一次会议的预备会，下一步发展的起步会议。

全国的古籍整理事业，是在新中国成立之后，尤其是在20世纪50年代中期，受到党中央的重视才开展起来的。当时毛泽东主席提出干部要读马列经典、读二十四史和《资治通鉴》，提高干部素质和从中吸取政治经验。在此之后，才有国务院古籍整理出版规划小组的成立，才有规划，才有人才培养，才有北京大学古典文献专业的设立。从 20 世纪 50 年代中期起步，这个势头一直很好，直到 1966 年"文化大革命"开始时才一度中断。

到了 1972 年，国务院周恩来总理以及有关副总理批示，在各地推荐工农兵学员上大学时，北京大学古典文献专业能够单独招生。因此，1972 年北京大学有了第一批工农兵学员专门学古典文献专业。到了 1978 年，粉碎"四人帮"之后，教育部在武汉召开了一个文科会议。这个文科会议对我们古文献来说是一次"逆反"，因为会议做出了撤销古典文献专业的决定。按照这个决定，北京大学的古典文献专业将要停止招生，引发了北京大学古典文献教研室老师的不同意见以及抗争。在 1981 年 5 月初北大古典文献专业的老师联名写了一封信给陈云同志，反映情况。陈云同志派人于 7 月份召开座谈会，并且有一系列讲话。那一系列的讲话，后来就形成一个统一的文件，即中共中央 1981 年的 37 号文件——《关于整理我国古籍的指示》。我记得这个文件是在 1981 年 9 月发的，此后，全国的古籍整理工作，尤其是高校的古籍整理工作才真正地进入到了第二个的阶段。也就是说，在 20 世纪 50 年代之后，在"文革"10 年之后，全国古籍整理工作在 1981 年又开始了。

首先，国务院古籍整理出版规划小组得以恢复，规划小组成员重新得到确认。因为出版规划小组老一辈的人员有些已经去世了，如吴晗、魏建功等，于是就补充了一些新人。其次，在国务院古籍整理出版规划小组恢复工作之后，1983 年，教育部建立了全国高校古委会，来统筹全国高校的各个古籍研究所的工作和当时建立的四家古典文献专业本科生的教学工作。这是 20 世纪 80 年代。应该说全国的古籍整理工作在 20 世纪 80 年代是进入了一个新生的时期，并且一直延续到 90 年代。到了 1994 年，国务院将"国务院古籍整理出版规划小组"改名为"国家古籍整理出版规划小组"，先是划归了教育部，而教育部已经有全国高校古委会，古委会主任周林同志又兼任国务院古籍整理出版规划小组的副组长。组长李一氓先生去世之后，1992 年上半年换届，任命匡亚明同志为古籍整理出版规划小组的组长，周林同志依然是副组长。在 1994 年两个机构都归教育部（当时称教育委员会，简称教委）所属时，是整合还是不整合，当时的教委很慎重，最后由国务院决定，把"国家古籍整理出版规划小组"放到了新闻出版署。此后，这个规划小组工作有所发展。到了 1999 年，这个小组名称加了"领导"两个字，叫作"全国古籍整理出版规划领导小组"，又得到了一些发展。当时，规划小组与古委会这两家机构在工作中虽然有一些不同意见，但总体上是彼此呼应、彼此支持的，尤其是到了 21 世纪后，全国古籍整理出版规划领导小组的负责人更加年轻化和专业化，对传统文化和古籍整理更有全局观，与古委会的合作也更为融洽。在 2007 年，文化部抓古籍的收藏与保护，建立了古籍保护中心及其办公室。这个中心及其办公室的工作，主要是由中国国家图书馆的专家来承担的，其中有不少是我们高校培养的古文献专业的毕业生，有些是非常杰出的毕业生，这个中心的工作做得有声有色，同古委会也合作得很好。目前，随着中央和国家机关的机构调整，全国古籍整理出版规划领导小组的工作与职能也处于新的调整之中，我们相信它的职能和工作都会得到加强。

虽然高校古委会这些年处境相当艰难，但是我们做了大量工作。首先是与古籍小组、古保中心两个机构工作相配合，促进古籍整理整体事业发展。我们是怀着一种博大的胸怀、一种宽容、一种包容、一种团结、一种合作来建设这个事业。回过头来看，高校古委会这些年遇到的困难远比以前多。我举一个例子。我于1996年接受任务，接替周林同志做古委会主任。按理说，到了2000年，四年一届，就应该换届了。我从2000年底向教育部党组提出，希望换届换人。以后多次提出，但是直到今天，还没有换届换人。2015年，我还给当时的部长袁贵仁同志写了一封信。2016年，新的部长上任，我又写了一封信。袁贵仁同志当时有回应，派人事司的副司长和主管事业处的处长来调研，来商量。新的部长没有回应，而今年已经是2018年了。我们是在这样一种情况下工作的。而且在2015年，我们知晓教育部把古委会从"直属事业单位"变成了"事业单位"。其实，在3年前的2012年，教育部就已经这么做了，只是我们当时不知道。同时，从2000年开始，我们申请经费从原来的500万增加到1500万，但是最后只同意增加到1000万，直到今天仍然是1000万。不是我们没有争取，而是教育部相关部门也有他们的想法。我们必须按照组织程序来做工作，不能越过教育部直接去找上面，我们的组织观念强。像这样的种种原因，种种情况，使我们的工作做起来有很多的困难，这也是我们很久没有召开各所所长会议的原因之一。我记得王云路先生多年前，好像是七八年前，曾经就提议过在浙江大学古籍所开一次会，类似这次在川大的会议，所长们聚一聚。我们当时比较谨慎，也有点为难。这次会议，我们今天古委会秘书处来的几位，杨忠、卢伟……还有没来的曹亦冰等几位。坚持了这么多年，从 1983 年古委会建立到现在 35 年的时间，我们一直坚持工作，但我们是兼职，有许多难处。因为我们是教员，要上课、要做科研，你不从事教学、没有科研成果，在北京大学没办法评副教授、教授，你就没有社会效益和经济效益。同时，我们又要在古委会工作，大家都是双肩挑，甚至是一个人当三个人用。杨忠先生今天在这里，他已经 77 周岁了，我也 77 周岁，按理说我们早就应该从古委会工作岗位上退下来了。我们也早有这个想法，但为什么没有退？一是你有要求，教育部不回应，这是一个原因。二是环顾我们的工作，环顾国内各个古籍所工作，退下来又会怎样？所以我过去说，1996 年我接任古委会主任的时候，是鞠躬尽力，身体还行。那么后来是一身的病痛，就是鞠躬尽瘁了。昨天我发现武侯祠有一副对联是"只手挽残局，常归谈笑；鞠躬悲尽瘁，剩有讴歌"，这个当然说的是诸葛武侯，但是对于古委会来说，也是古委会秘书处的所有人一起支撑起了整个古委会的日常工作，为全国各个所、各个专业谋利益而做了牺牲。同时，对联"鞠躬尽瘁"中间的"悲"字用得好，"鞠躬悲尽瘁"啊！我理解是"悲奋"，为事业奋发而不顾个人得失。所以我们个人没有什么名利的贪图，如果贪图名利，早就不在古委会和古委会秘书处工作了。你如果贪图名利，也可以离开古委会，到更好的单位去，甚至可以评上各种各样的资深教授、终身教授、讲席教授，等等。我们没有要这些东西，我们也不看重这些东西。今天，我之所以讲了一些近似诉苦的话，我是想说，我们在古委会工作，是需要一种精神的，需要一种为事业献身的精神。这次两天的会议，就是一次为了下一步古籍整理事业发展的预备会。因为这么多年高校古籍整理事业还能发展，靠的是什么？第一靠的是这种精神，第二靠的是全国高校各个古籍整理研究所所长们的努力，靠的是各个古籍整理研究所所有从事古籍整理研究工作的同行们的努力，也靠五家古典文献专业的专业主任、老师们的努力！今天在座的有研究生，有更年轻的人，我想今后要靠你们的努力，一代一代相传。我们所需要的一种精神，实际上是一种奉献精神。这是太普通，也太需要的精神。它应该成为我们全国高校从事古籍整理和研究工作的所有人员的共同的精神。

在 2019 中国四库学研究高层论坛上的致辞

2019 - 06 - 01　南京

　　感谢主办单位邀请我和我的同事吴国武先生来到南京师范大学参加"2019 中国四库学研究高层论坛",使我们有一次学习的机会。看到会上两大册厚重的论文集,看到许多老朋友,也见到众多新面孔,让我们感受到学术上的深邃与老到,也感受到后起之秀的朝气与犀利。

　　在清代乾隆年间纂修而成的《四库全书》,是中国历史上一次大规模地整理历代传世典籍的重大行动,具有政治与文化上的双重意义,而它在学术上的影响就更为深远。《四库全书》虽然有许多缺憾,但它有系统、有条理地将古代至清初的重要典籍汇聚为一,每书前的提要对于研究中华文化的各国学者都极有价值。其后,自清代后期至今,围绕着《四库全书》这一主题,或补、或续、或辨讹、或正误、或考订、或研究,出现了一批成果,涌现出众多学者,也形成了一门学问。这次会议的不少论文对此都有涉及与论述。我想补充说明的是,1986年台湾商务印书馆将故宫所藏文渊阁《四库全书》全部影印出版,使人们得以看到一套完整的《四库全书》和武英殿本的

《四库全书总目》，对今天"四库学"的形成起到了推进的作用。今天，在全国范围内，研究《四库全书》的学者越来越多，对《四库全书》的研究越来越深入，也逐渐进入了一个新的境界，比如有的学校建立了"四库学研究中心"，有的办了专门的"四库学"学术刊物，有的召开了"四库学"学术会议，有的以"四库学"研究获得了国家社科基金的重大项目立项。这些，都正在影响着"四库学"研究的走向。

今天这次"四库学"会议在南京召开，有它的特殊意义。从历史上说，《四库全书》的"北四阁南三阁"存藏地"南三阁"中有两阁在江苏（扬州文汇阁、镇江文宗阁），这是历史的眷顾，也是今天会议的学术渊源。近年来，在江苏省委、省政府的领导下，由省委宣传部具体组织的一项全省性文化发展战略工程"江苏文脉整理与研究工程"，正在积极实施中。《四库全书》的研究也正是江苏割不断的文脉之一，而南京师大江庆柏先生的《四库提要汇辑汇校汇考》又在 2015 年获批为国家社科基金的重大项目。天时、地利、人和，三者俱备。

这次会议的东道主南京师范大学是一所百年老校，它在古典文献的整理与研究领域有一批卓有成就的知名学者，其中有段熙仲、诸祖耿、唐圭璋、钱玄、孙望、徐复等老一辈大家，也有郁贤皓、李灵年、钟振振、赵生群、江庆柏、方向东、陈书录等当今名家，可说是群贤汇集。南师大文学院的古典文献专业又是全国高校古委会系统的古文献学本科生五大人才培养基地之一，办学有特色，课程设置有章法，教师有真才实学，学生功底坚实，这也为"四库学"和古文献学的研究提供了厚实的基础。通过这次学术会议，南京师范大学的文科建设、南师文学院的学术影响、南师古典文献专业的深入发展，都会得到学术界的更广泛的肯定和支持，强大与发展的前景无限。

感谢这次会议的主办单位南京师范大学文学院、南京图书馆、江苏省古籍保护中心。感谢这次会议的会务组周到的安排和细致的工作。

预祝这次学术论坛圆满成功。

在山东大学"《史记》文献整理的回顾与展望"研讨会上的发言

2019 - 12 - 03　济南

首先祝贺"《史记》文献整理的回顾与展望"研讨会召开，预祝研讨会取得成功，同时祝贺山东大学《史记》研究中心的建立。

我知道《史记》研究中心的建立很不容易，首先得益于赵生群先生主持的《史记》点校修订本的出版。从2006年起步，2013年出版，赵生群先生的团队做了大量工作，很见学术功力，在原来中华书局出版的点校本基础上更进一步，取得了新的成果。同时感谢中华书局，特别是徐俊先生与顾青先生组织了"二十四史"点校本修订整理，第一部就是《史记》，选择了赵生群先生来做《史记》点校工作的主持人。在《史记》点校本出版后，徐俊先生又提出建立《史记》研究中心。由一所大学建立《史记》研究中心还未有所闻，特别是中华书局这样的全国一流出版社和大学合作建立《史记》研究中心更是没有先例。中华书局徐俊、顾青先生的见识和赵生群先生的扎实工作是促成《史记》研究中心建立的重要因素。而赵先生在做了《史记》点校本之后，更有一系列对《史记》整理、研究的想法。在这两家下决心的基础上，特别感谢山东大学和山东大学的杜泽逊先生。杜泽逊先生在担任文学院院长后，有不少新的进展、提出新的见解。几个月前，我看到他的一个讲话，大意是：山东大学人文学科、文学院的发展，不是只靠山东大学，只靠山东大学自己培养的学生。老一辈的学者出身自全国各个大学，但是为山东大学服务，为山东大学建设作出杰出贡献，我们应该包容四海。我认为这个思想非常重要，是山东大学文学院兴旺发达的一个基础。杜泽逊先生在发表讲话之后不久引进几位学者，赵生群教授是其中之一。赵生群教授能够从原来的学校来到山东大学，并且建立了《史记》研究中心，担任中心主任及首席专家。我认为这个举措是一般学校做不到的，山东大学、山东大学文学院特别是杜泽逊教授在这方面做出的决策非常重要。这三家，有赵生群先生本人，有中华书局徐俊先生、顾青先生，有山东大学和山东大学文学院的杜泽逊先生。三家合成，才有今天的《史记》研究中心建立。

第二，因为今天的会是谈《史记》文献整理的回顾与展望，刚才会上几位先生也讲了，要做一些科研方面、整理研究方面的项目，下面我提供一些思路，我觉得有些题目还可以做。

《史记》的整理方面，我希望能有一个《〈史记〉旧注集成》，不含有今注、新注，只有古注的集成。前段时间参加了一个中国经典古籍推荐讨论会，我有一个感受，比如说经典古籍推荐选择《史记》，这部书确定了，那该推荐哪个读本呢？今注本不少，但在甄选的过程中，我感觉其实有些今注本还不如旧注本。像普及性的《古文观止》这部书，清代的二吴注今天已经很少看到了，大量出版的都是《古文观止》的今译今注本。而今天的译注本的注释，其准确度有的需要再斟酌，有的还不如二吴注简明扼要。前两年我参加了一个项目的审稿，一位老先生主编的对古代文史名篇的译注，这个书现在已经出版了。其中我帮助审了部分稿子，发现有一点情况。由此我就想到，我们今天的注释有些不够准确，甚至有错误。所以我建议在《史记》整理方面可以做一个《〈史记〉旧注集成》的项目，不要加今人的意见，就把旧注汇总在一起，包括《史记》的三家注，包括后来明人、清人的注，截止到1949年以前，1949年以后的都不录。也不要按我们今天"集成"的体例，加上整理者的意见，像泷川资言的《史记会注考证》加上考证，我建议不加"考证"，只汇总旧注。我觉得这个工作很重要。第二就是《〈史记〉今注》。有些学者提议做经典古籍的今注。这个想法是好，但实际操作起来并不容易，今人作注能有多少可以超越前人的？我倒是赞成搞，尤其是《史记》，但要少而精，切忌犯"增字为训"这样的基本功上的问题。要有一支精练的队伍来做比较扎实的今注，这是第二点。第三，要有一个《史记》的简注今译，用于普及。一定简明扼要，而且有今译，翻译过来方便大家阅读。第四，做新的《史记》选本。刚才提到中国经典古籍推荐讨论会，推荐《史记》选本的时候，大家还是倾向于王伯祥先生的人民文学出版社的版本。王伯祥《史记选》的选和注比较准确、清晰，但我们还是需要做一个新的、更好的选本。第五，我建议做《史记研究汇编》，把我们今天的《史记》研究，包括论文汇编在一起。我知道这几年的研究成果除却赵生群先生的《史记》点校本之外，陕西的袁仲一先生、赵光勇先生和陕西师范大学的张新科先生主持的收集《史记》研究资料的工作，已经做了很长时间，收集的资料非常全面，只一个《五帝本纪》就很厚一本，工作量很大，却是非常有意义、功德无量的事。但他们把新中国成立后所有的研究，包括论文也摘录收集进去。我主张1949年以后的研究成果另收，做成上面说的《史记研究汇编》，可以把1949年以后的许多有见地的论文成果，像今天在座的张大可先生、俞樟华先生的专门研究都收录汇编在一起。

《史记》的研究方面，我觉得可以就一些没有解决的问题作一些深入研究。比如说司马迁的生年，现在关于司马迁的生年是公元前135年还是公元前145年一直有争论。这些问题不是短时间内能解决的，大家可以作一些探讨。还有像《史记》的补作问题、《史记》的下限问题，等等，都可以组织一个小的队伍进行专门性的研究。山东大学的《史记》文献整理和研究中心可以组织一些学者，特别是精力充沛的年轻学者，来研究这方面的问题。这是我想到的第二个问题，涉及《史记》文献整理与研究方面今后可以考虑的一些题目。

山东大学的《史记》研究中心，是由一家大学和一家有声望的出版社合作建立的研究单位，这样一个机构要带一个团队、一批年轻人，我建议在思想学风上多加留意。第一，我建议实事求是。做学问要力戒虚荣、力戒功利，更多从实际情况出发，寻找学术的客观规律得出结论。我们现在做学问的整体氛围有点"浮躁"，对某个问题产生分歧便纠缠不休，甚至进行人身攻击。我在普林斯顿大学的东亚图书馆看到他们挂着一幅胡适先生亲笔写的条幅，上面写的是："有几分证据说几分话，有七分证据不能说八分话。"无论今天怎么评价胡适先生，他这话是有道理的。做学问是这样，做人也是如此。你有七分证据就说七分话，不要多扩展一分到八分。目前有些学者在做学问上往往追名逐利，很虚荣，别人指出自己的错误也不承认。老老实实、实事求是，这是很重要的。第二，我建议求同存异。有些问题争论多年，一时解决不了，没有新的材料、新的证据、新的观点，没必要强行解决，所以要求同存异。做人需要通达，做学问也需要通达，不能解决的问题让下一代去解决，让历史去解决，司马迁的研究已经有上千年了，不急于在我们这一代必须解决，对待这些问题要通达，不必过于拘泥。所以从指导思想和作风、学风上，实事求是和求同存异还是需要引起重视的。

谢谢各位。

在教育部古籍整理研究与保护利用工作调研会上的发言

2022 - 02 - 24　北京

　　刚才听了主持人王博先生的讲话，听了宋毅司长、徐青森司长的讲话，我的理解，今天的会是一次涉及整个教育部系统的高校古籍的整理研究、保护利用方面工作如何开展、如何布局、如何统筹的工作性的座谈会，同时也和古委会的换届有关。

　　前面谈的工作都涉及古委会的任务，所以正好在这个时机，古委会来调整领导班子。我都 81 岁了，刚才说我做了 26 年古委会主任，说起来我很不安——一届就 4 年，哪有干 26 年的。我们到第五年就向教育部报告，应该换届，报了 18 次。到了 2015 年第 17 次报告的时候，是袁贵仁同志做部长。部党组和袁部长派了人事司副司长彭实同志，还有一位处长，来跟我们座谈。座谈完了散了会，在我们这儿吃盒饭，他们就说："安老师，部党组让我们转告你，同意你们的换届，还是你来做主任，你组阁。"我说我都 75 岁了，怎么能这样呢，我不能接受。我就一再地作揖："请你们反映给领导，我不能再做。"之后，张东刚同志他们组成了一个小组，来研究这个问题。接着到 2016 年，新的部长陈宝生同志上任，我给他写了封信，还是请辞，并且说明古委会工作的情况和重要性，希望教育部能够选择合适的人选。那是 2016 年 9 月，没有下文；后来他也离任了，仍没下文。我是个老党员。我觉得教育部党组给我的任务，当初是党组书记朱开轩同志和柳斌副书记给我们的任务，所以我想为了全国高校的古籍整理与研究工作，我还是站这个岗继续付出吧，但是积极地希望领导能够按时换届。现在不错，这次教育部下决心，特别是北京大学，郝平先生、王博先生他们几位这么支持，对古委会工作的支持，实际上也是对我个人的帮助，所以能够现在换届，并且明确了。今天有这个结果非常好，借这个机会古委会就做一个交接。

明确了由郝平先生来作古委会主任，王博先生做常务副主任，卢伟先生来做古委会的秘书长。这个情况我建议能够向全国高校相关部门发通知。所谓相关部门，是我们下面过去有80 多个古籍整理研究机构。比如说北京大学的中国古文献研究中心、北京大学的中国古代史研究中心、复旦大学的古籍整理研究所、南京大学的古典文献研究所、吉林大学的古籍研究所、浙江大学的古籍研究所、四川大学的古籍整理研究所等。我们后来在这 80 多家里选择了更有实力的 26 家，是所谓的"国家队"。就是刚才说的这些学校，还有培养古文献人才的本科生，有 5 个专业，就是北京大学、浙江大学、上海师范大学、南京师范大学、陕西师范大学。现在又增加了全国高校古籍保护利用相关的图书馆。向这些机构通报一下，告诉他们有这么个变化。

同时，很迫切的就是要充实古委会秘书处这个工作班子。

这个工作班子，教育部人事司20世纪90年代给的编制是18个，都给了北京大学。这是我经手的，因为那时候周林同志是古委会主任，他是个正部级的副部长，具体事儿都是我作为常务副主任兼秘书长来操持，所以这个指标18个给了北京大学。但是北大实际上给配备的只有9个人，工作起来人手紧张。我和杨忠同志、曹亦冰同志到现在还是每天上班，就是人手不够。我们这9个人里，现在有3个离开古委会秘书处了，今天，我们3个再退休，就剩3个人在这儿值班，还怎么干活呢？那么一大摊子事儿，涉及全国那么多个研究所和专业，还有青森和宋毅司长刚才布置的古籍保护利用的新任务，那样一来就摊子更大、任务更重。所以急需配备人员，充实队伍。而且充实的是对头的人，就是在行的人，又肯于奉献的人。

换届里面，最关键的是郝平先生来做主任。这么多年来我是一直希望他能够接任，能够做古委会主任。因为我们两个认识大概有40年了。他的为人，他的学问都是非常好的。为人方正，有人只看到他圆到的一面，没看到他本质上的善良、方正这一面。我跟他接触，一开始觉得他做事非常圆到，照顾到各个方面，其实他更本质的是善良和做人的方正，做事是清正廉明。我只举一个例子，我们一起在90年代初做海外汉籍的工作。我们从1992年开始这项工作时，郝平先生是最早参与的，那时候他还不是领导，我们一起来做这项工作。后来我们主编的《日本宫内厅书陵部藏宋元版汉籍选刊》，由上海古籍出版社出版。出版以后给我们稿费，作为主编应该至少有几万块钱。但他不拿，到现在也没拿。这个钱还搁在上海古籍出版社。学术上，他本科是在北大历史系毕业，硕士导师是夏威夷大学郭颖颐先生，博士导师是北大赵宝煦先生，赵宝煦先生也是我的老师辈，所以他的业务非常精湛，非常深入。我觉得有这么一位同志来承担这项古委会的主任工作非常合适。他为人方正，办事清明，这一点至关重要。你是北大的人，做的是全国古委会的工作，你不要只给北大谋取好处。我自己有体会，我是北大中文系的人，做全国高校古委会的工作，一做多少年，我大概基本上没给北大中文系谋取过什么好处，我想中文系同志也可能对我有意见。我觉得需要这个精神，我不后悔。我觉得郝平先生是有这个精神的。他比我更能干，考虑问题更周到，大概这方面的问题，不会像我这样，遗留那么多问题，得罪那么多人，他是非常合适的人选。所以我借这个机会说这么几句。这是第一个问题。

第二个问题，今后的工作。今后工作本不该我说。这是新的班子应该说，教育部的各个司局领导都在这儿，是你们说的事儿。我应该退后，少说话，但是作为工作的交接，我想提醒一下，主要是两个方面：

一是日常工作中，加强对工作范围内实际情况的了解和与各级相关人员的沟通。这相关人员，包括领导和专家，包括老师和学生。工作要深入实际，实践出真知，兼听则明，集思广益。也就是说，古委会和办事机构秘书处的工作，离不开全国高校古籍保护与利用、古籍整理与研究、古文献专业教学与更广泛的人才培养乃至古籍的出版诸多方面的人和事。

二是关注与古籍工作有关的中央重大指示、部署和实际工作中出现的重要问题。比如，刚才宋毅司长、青森司长谈到的中央对《永乐大典》的整理研究工作指示、对敦煌文献的整理研究工作指示、新制订的《2021—2035 年国家古籍工作规划》及其附件《2021—2035 年国家古籍工作规划重点出版项目》和最近对高校古籍保护工作的批示等。需要我们反应敏捷，头脑清楚，判断准确，处理得当。

（根据录音整理，本人有删改）

致全国高校古籍整理研究工作师生的信

2022 - 03 - 15 北京

全国高校从事古籍整理、研究和教学的各位师生：

经与教育部相关司局和北京大学协商，上级领导部门同意，全国高等院校古籍整理研究工作委员会（高校古委会）于最近调整了领导班子，我不再担任高校古委会主任，郝平同志兼任高校古委会主任。古委会的工作任务，在原有的受教育部委托，负责组织、协调全国高校的古籍整理、研究和人才培养及经费分配管理的基础上，增加了负责全国高校古籍保护、利用、修复和数字化的职能。2月24日，教育部相关部门4位司长、4位处长同高校古委会、北京大学相关领导商谈了新一届古委会的工作开展事项。至此，我卸任了担任近26年的高校古委会主任的工作，也退离了工作39年的高校古委会。特此禀告各位关心高校古委会及我个人的同行师生和朋友。

高校古委会建立于1983年，至今已有39年的历程。我参与了它的筹建工作和建立后发展的全过程。39年来，高校古委会取得的成绩，是在中共中央1981年37号文件和陈云同志讲话指引下实践的结果，也是在前三届老主任周林同志带领下和我们这一届领导集体的劳作下，团结全国高校各古籍整理研究所（中心）、古典文献专业老中青几代师生共同奋斗的结果。这中间涌现出众多的杰出学者和优秀的师生。他们使得高校的古籍整理研究和人才培养工作虽几经曲折、坎坷而能不屈不挠、坚实迈进。我和我在古委会一起工作的同事正是在这种感召下负重前行的。我在 39 年的工作中存在不少的缺点，也出现过疏失、误判和错误，有的事后发现纠正了，有的至今自己还没有觉悟。我希望在我退下来之后能继续得到大家的批评和教育。我在 39 年的实践中认识到个人的渺小，而成千上万的古籍整理研究工作者是推动古委会前进的决定力量。我今年81 岁了，早就该退下来做一点自己的学术工作了。由于种种原因拖至今天退下来已是剩有残年了。

我真诚地希望大家继续支持高校古委会的工作，支持郝平教授的工作。郝平教授政治站位正确，大局观强，而又能从实际出发，稳妥、周到地解决实际问题。他毕业于北大历史系，经多年个人努力取得了学士、硕士、博士的学位。他对中国历史和传统文化有深切的了解，他有多部关于历史的个人研究著作，又在 20 世纪 90 年代参加并指导了北大海外汉籍调查、复制的学术团队，主编了《日本宫内厅书陵部藏宋元版汉籍选刊》的工作（上海古籍出版社出版）并于 1995 年同该团队一起在美国哈佛燕京图书馆调查、目验了那里所藏的珍稀汉籍，所以，他是有从事古籍整理工作经历与经验的人。他现在是北京大学的教授、博士生导师，也是北大的校长。协助郝平主任的新任古委会常务副主任王博教授是中国哲学思想史专家，他个人学术研究的成就使他理所当然地接替汤一介先生作北大

《儒藏》编纂与研究中心主任，牵头负责《儒藏》工程，他在北大副校长任上，办事的公正、清明，学术组织、行政运作的精到，得到大家的首肯。有郝平教授的领导，有王博教授的协助，加之古委会新任秘书长卢伟同志的贯彻执行，新一届高校古委会的工作一定会进入一个兴盛、发达的新阶段、新境界。况且，按照教育部新的要求，古委会的工作范围扩大，"希望古委会真正发挥好全国古籍工作主阵地作用"（2月24日教育部调研座谈会纪要），高校古委会的任务更重，责任也更大。我希望高校古委会在中宣部全国古籍整理出版规划领导小组的指导下，与文化部全国古籍保护中心呼应，推动国家古籍收藏与保护、整理与研究、出版与利用三个有机组成部分共同发展。我们期待着一个新局面的出现。

安平秋

2022 年 3 月 15 日